STAUHITZE

Für Nina, Phillip, Hanna, Fabian und Justus.

ANDREAS
WAGNER

STAUHITZE

Ein Krimi

LEINPFAD
VERLAG

Die Handlung und alle Personen sind völlig frei erfunden; Ähnlichkeiten wären rein zufällig.

Umschlag: kosa-design, Ingelheim
Layout: Leinpfad Verlag, Ingelheim
Druck: wolf print, Ingelheim

Leinpfad Verlag, Leinpfad 5, 55218 Ingelheim,
Tel. 06132/8369, Fax: 896951
E-Mail: info@leinpfadverlag.de
www.leinpfadverlag.com

ISBN 978-3-945782-16-3

1.

Das grüne Reblaub knackte, als er sich tief in die Zeile hineindrückte. Die in alle Richtungen abstehenden Triebe schienen sich gegen ihn zur Wehr setzen zu wollen. Leise atmete er durch den weit geöffneten Mund aus und versuchte seinen Herzschlag zu erlauschen. Es hämmerte entschieden in seinem Brustkorb. Wenn er es nur schaffte einigermaßen ruhig im Schutz der dichten Reben auszuharren. Das stellte das größere Problem dar. Seine Unruhe, die Rastlosigkeit und Nervosität, die ihn umtrieben. Hinaus aus seinem Bett mitten in der Nacht, den Flur entlang über knarzende Dielen, die ihn schon mehr als einmal verraten hatten. Die steile ausgetretene Treppe hinunter, ungelenk auf der Suche nach den Stellen, die sein Gewicht trugen, ohne gequält aufzustöhnen. Ein sinnloses Unterfangen, weil es doch nie so recht gelang. *Junge, wo willst du jetzt noch hin.* Sonst immer ihr Zwischenruf aus dem Halbschlaf. Heute zum Glück nicht. *Raus auf den Hof pissen, Mutter.* Ihre stille Zustimmung, weil er das so machte, seit er ein kleiner Junge war. Die mächtige Kastanie im engen Hof, die er seit Jahrzehnten aufsuchte, in jeder Nacht. Eine bescheuerte Angewohnheit, die sich aus den dunkel verschleierten Jahren seiner Kindheit bis ins Jetzt hinübergerettet hatte. Weil sein Vater auch stets nach draußen gegangen war, bis sie den Misthaufen zuschütteten, da es kein Viehzeug mehr gab, für das man die stinkige Grube noch offen halten musste. Aus stillem Trotz hatte er sich weiter in den Hof gestellt und selbst im tiefsten Winter einen dampfenden Strahl auf die furchige Rinde des alten Baumes geschickt. Ihre Versuche, ihm diese schlechte Angewohnheit auszutreiben, waren nur halbherzig gewesen. Lange Jahre genoss er die Stille unter dem Baum, die sein Plätschern begleitete, ohne zu wissen, dass sie einmal sein bester nächtlicher Fluchtvorwand werden würde. Auch heute Nacht wieder.

Tief sog er Luft in sich hinein und sah auf das erleuchtete Nieder-Olm. Um ihn herum knackte es jetzt wieder. Die Blätter der Rebstöcke, in die er sich hineingedrückt hatte, brachen. Die alten Hecken vom Mini-Willy. Hier würde es nicht einmal auffallen, wenn er eine halbe Zeile komplett niederdrückte. Er verbot sich jeden weiteren Gedanken an den Mini-Willy, in dessen Weinberg er doch nur Schutz gesucht hatte, und nicht mehr. Mitten in der Nacht vor dem, der da plötzlich auf dem Feldweg auf ihn zu gewankt kam. Zumindest hatte es aus der Entfernung so ausgesehen. Der Gedanke daran, dass es ein nächtlicher Spaziergänger war, der nach dem Spätfilm seinen an der Leine zerrenden Köter nochmal ausführte, ließ sein Herz wieder schneller schlagen. Das fehlte jetzt gerade noch: Das Gekläffe einer Töle, die ihn gerochen hatte, obwohl er doch tief in das Gestrüpp eines Weinbergs eingetaucht war, der diesen Namen kaum noch verdiente. Wie verdächtig machte ihn das alles hier? Er würde sich über Wochen jeden weiteren Besuch an dieser Stelle verbieten müssen. Qualen, die er sich in diesem Moment der Anspannung besser nicht ausmalte. Was war schon dabei? Er stand hier zwischen den Reben. Auch er ein nächtlicher Spaziergänger, der nochmal raus musste und sich eben gerade erleichtert hatte. Dezent im Schutz der Rebgasse. Er würde sich an seinem Gürtel zu schaffen machen, um den eigenen Worten zu mehr Überzeugungskraft zu verhelfen. Das musste der ihm schon abnehmen. Wo blieb der eigentlich? Bestimmt schon vorbei und die Aufregung umsonst.

Konzentriert lauschend löste er sich aus dem knackenden

dürren Geäst heraus und spähte die schmale Rebzeile hinunter. Der konnte auch abgebogen sein. Das lag sogar noch viel näher. Wieder zurück in die Siedlung. Langsam setzte er einen Fuß vor den anderen und behielt den kleinen Ausschnitt des Weges genau im Blick. Außer dem Knacken des dürren Grases unter seinen Füßen war nichts zu hören. Ausgedörrt und staubig der Boden. Die Dunkelheit schluckte alle Farben. Die sengende Hitze der vergangenen Wochen hatte die Natur verändert. Eine Steppenlandschaft, in der nur noch das Grün der Rebhänge von Leben zeugte.

Vorsichtig spähte er in den Feldweg. Er hatte recht gehabt, der musste abgebogen sein. Er war jetzt wieder alleine. Hektisch fingerte er an seiner ausgebeulten Jackentasche herum. Auch auf die Entfernung konnte er mit bloßem Auge deutlich das Licht erkennen. Entschlossen riss er das kleine Fernglas heraus und presste es sich auf die Augen. Nur einen ganz kleinen Moment brauchte er, um in der Flut der dunklen Fenster das eine Erleuchtete zu finden. Er glaubte sie für den Bruchteil einer Sekunde gesehen zu haben. Ein Schatten nur noch, der mit dem erlöschenden Licht verschwand. Der ganze Weg und die Aufregung umsonst. Nicht einmal richtig erkannt hatte er sie, nur weil ihn die wankende Gestalt ins Dickicht getrieben hatte.

Morgen würde er wieder zur selben Zeit genau hier stehen, wenn sie das Licht anknipste.

2.

Das kaum hörbare Surren seines Handys riss Kendzierski aus dem Schlaf. Noch bevor das erste Intervall verklungen war, hatte er den Alarm bereits abgeschaltet. Einen Moment lauschte er in der Stille nach Atemzügen, einer Regung, einem Laut. Der Schmerz in seinem Rücken erinnerte ihn daran, wo er lag. Wohnzimmer, Sofa. Steifer Nacken, dumpfer Schmerz, der sich jetzt schon bis in seinen Hinterkopf vorgearbeitet hatte. Verkatert, ohne einen Schluck Alkohol. Unter diesen Bedingungen weigerten sich seine Augenlider standhaft, Licht hereinzulassen. Den Dämmerzustand erhalten, zurück in einen leichten Schlaf gleiten, der den Schmerz der erzwungenen Liegeposition wattig einhüllte und vergessen ließ. Widerstrebend schlug er die Augen auf. Gleißende Helligkeit, die in seinen Schädel fuhr. Er drückte die Augen wieder fest zu. Die ersten Sonnenstrahlen fluteten bereits das halbe Wohnzimmer. Ein weiterer greller Sommertag, der sich nahtlos an die vorherigen anschloss und die quälend ausdauernde Hitzeperiode weiter verlängerte. Der Jahrhundertsommer. Heißer, trockener, länger als alles je zuvor. Selbst die Zeitungen hatten es mittlerweile aufgegeben, nach weiteren Superlativen zu suchen.

Kendzierski rieb sich die Augen und bereitete seinen verschwitzten Körper auf einen neuen Schwung Helligkeit vor. Die Arbeit rief, keine Aussicht auf Hitzefrei, obwohl sie alle sichtlich litten im nichtklimatisierten Rathaus von Nieder-Olm, das sich mittlerweile so sehr aufgeheizt hatte, dass selbst die Nächte kaum noch für Abkühlung sorgten. Schon um kurz nach acht hatte jeder, dem er begegnete, große, dunkle Schweißflecken unten den Armen und länglich den Rücken hinunterwachsende ovale. *Schlimmer noch als 2003. Das war ein Witz dagegen. Ein Vorglühen nur.* Jetzt die Dürre auf den Feldern, Brandgefahr im Ober-Olmer Wald. Die Feuerwehr hatte zwei Dutzend Hinweisschilder aufgestellt, die davor warnten, Kippen oder Glasflaschen sorglos wegzuwerfen.

Gegen alle diese Aussichten quälte sich Kendzierski in eine senkrechte Position. Gähnend harrte er einen Moment im Sitzen aus. Die Polsterung des Sofas knarrte unter ihm. Seit der Geburt ihrer Tochter Laura im vergangenen Oktober war sein Schlaf nur noch ein ganz leichter. Leiseste Geräusche ließen ihn aufschrecken. Eine vollkommene Umkehr seiner früheren Schlaftiefe. Vor Laura hätte ein Flugzeug erfolgreich direkt neben ihm landen können, ohne ihn aus dem seligen Schlummer zu reißen. Jetzt reichte schon ein Seufzen seiner Tochter im vergitterten Bettchen aus, um seinen traumlosen Halbschlaf jäh zu beenden. Klara war dann immer schon wach und sah ihn erschöpft lächelnd an. Bei ihr schien schon ein sich ankündigender tieferer Atemzug ihrer Tochter auszureichen.

Da Laura sie auch nach neun Monaten immer noch in unregelmäßigen Abständen vier- bis fünfmal pro Nacht mit einem lauten Aufschrei herauszwang, um Futter, eine saubere Windel oder ein gesäuseltes Wiegenlied einzufordern, schien Klara die Nacht in einer Art Dämmerzustand zu verbringen, der mit dem Begriff Schlaf kaum treffend zu beschreiben war. Eher ein Wachzustand mit geschlossenen Augen. Dunkle Ringe unter den Augen, blass der Rest ihres Gesichtes, das auch in den Sommerwochen kaum Farbe angenommen hatte. Die Müdigkeit schien dies zu verhindern, und Lauras verquerer Schlafrhythmus, der sie tagsüber mehr zur Ruhe kommen ließ als in der Nacht. Da Klara diese knappen Phasen der Ruhe nutzte, um die Wohnung bewohnbar, den Kühlschrank bestückt und die Kleidung ihrer Kleinfamilie vorzeigbar zu erhalten, baute sich langsam, aber sicher ein gut sichtbares Schlafdefizit auf. Eine als Provisorium in den ersten Tagen und Wochen nach der schwierigen Geburt akzeptierte Ausnahmesituation, die sich zum Dauerzustand ausgewachsen hatte.

Schnell schob sich Kendzierski in die Höhe und schlich in Richtung Bad. Wenn Klara ihn bis jetzt nicht gehört hatte, würde sie sich auch noch seinetwegen aus dem Bett quälen, um ihn zu wecken. Das wollte er verhindern. Vielleicht kam sie noch auf ein Stündchen leichten Schlaf, bevor der Tagestrott sie wieder in Beschlag nahm. Stöhnend drehte er auf dem Weg durch den Flur den Kopf in alle möglichen Richtungen. Das hörbare Knacken zwischen den Wirbeln im Nacken verriet nichts Gutes. Ein Sofa war eben kein Bett, auch wenn es durch die Distanz zum eigenen Schlafzimmer und dem Gitterbett ihrer Tochter eine trügerische Aussicht auf erholsame Nachtstunden vorgaukelte. Wenn man seinen Fall realistisch betrachtete und die neun Monate vor der Geburt mit einbezog, in denen er nächtelang aus Sorge wach gelegen hatte, dann war es geradezu ein Wunder, dass er sich noch immer täglich zur Arbeit ins Rathaus schleppte. Wobei das nur die halbe Wahrheit bedeutete.

Vorsichtig ließ er Wasser über seine Hände laufen. Schwach nur, weil das weniger Lärm machte. Er sammelte ein wenig und tauchte sein Gesicht hinein. Zarte Kühlung, die er gerne unter der kalten Dusche dem gesamten Körper hätte zukommen lassen. Da aber Laura stets vom Plätschern der Dusche wach wurde, verbot er sich schon seit dem Winter diese Variante der Morgenhygiene. Letztlich war es ja auch egal, ob man sich nach dem Aufstehen oder vor dem Schlafengehen unter den Wasserstrahl stellte.

Mit der Zahnbürste im Mund holte ihn der zweite Teil der Wahrheit gnadenlos ein. Das schlechte Gewissen, weil er immer wieder einmal aus dem quälenden Zustand der

Übermüdung ausbrach. In letzter Zeit immer häufiger. Der Weg zur Arbeit als gefühlte Erholung. Die Stille und Ruhe im Büro, die Anspannung, die dort von ihm abfiel, weil er sich nicht in einer dauerhaften Hab-acht-Stellung befand. Im Februar, als der letzte Schnee lag und es noch früh dunkel wurde, hatte er es zum ersten Mal mit Erfolg ausprobiert. Nach fünf am Nachmittag kehrte im Rathaus zügig Ruhe ein. Vereinzelte schnelle Schritte gedämpft vom Flurteppich. Er hatte Klara den Abendtermin in den Tagen zuvor mehrmals angekündigt, um sicher zu gehen, dass sie ihn nicht vergaß. Nachbesprechungen mit allen Beteiligten des großen Nieder-Olmer Fassenachtsumzugs. Manöverkritik, Verbesserungsvorschläge, Parksituation, Sauberkeit und Ordnung. Das konnte dauern, bis alle Meinungen ausgetauscht waren. Kendzierski spuckte reichlich Schaum in das Waschbecken. Seinen dicken wollenen Winterpullover hatte er extra mitgenommen und seither im Schrank seines Büros deponiert. Nachdem er das Licht gelöscht und die Bürotür abgeschlossen hatte, war er mit dem Kopf auf den gefalteten Pullover auf seiner Schreibtischplatte gesunken und in einen mehrstündigen tiefen Schlaf gefallen, aus dem ihn erst die lärmenden Geräusche des Staubsaugers aufschrecken ließen, die den Reinigungstrupp beim nächtlichen Säubern der Flure und Büros des Rathauses begleiteten. Seither vergaß er nie, sich den Wecker auf 23 Uhr zu stellen, um nicht wieder in solch arge Erklärungsnot zu geraten wie damals im Februar.

Mit wenig Wasser, das er mit der Hand vor dem klatschenden Aufschlagen im Waschbecken abbremste, spülte er die Schaumreste hinunter und suchte sich aus seinem Klamottenhaufen ein paar für den heutigen Tag zusammen. Das Polohemd gehörte eigentlich in die Wäsche. Er verbot sich, daran zu riechen, weil es keine wirkliche Alternative gab. Beide wären spätestens dann wach, wenn er die Schublade im Schlafzimmer aufzog. Während er ausatmete, zog er sich das dunkelblaue Polohemd über den Kopf. Ein schmaler eingetrockneter Spuckestreifen zog sich von seiner rechten Schulter bis fast herunter zur Brust. Da Paul Kendzierski wenig Lust verspürte, seine übernächtigten Gesichtszüge noch einmal im Spiegel anzustarren, nahm er keine Notiz von den sichtbaren Zeichen seiner väterlichen Bemühungen des Vortages. Heute Nachmittag nach fünf würde er wieder in einen tiefen Schlaf fallen und spätestens zu Lauras erster Nachtflasche leidlich erholt zurück sein.

3.

Sie spürte noch immer die Erregung auf dem Weg hierher. Nicht mehr so heftig wie noch am Anfang des Sommers. Zehn-, elf-, zwölfmal, sie hatte keine Ahnung wie oft sie schon hier entlanggegangen war in den letzten drei Monaten. Einmal pro Woche war es doch ganz sicher gewesen. Also lag sie mit ihrer groben Schätzung nicht so weit daneben. Schnell schaute sie sich im Laufen um. Der Schotterweg lag einsam da in der morgendlichen Hitze. Meistens war sie am späten Nachmittag hierhergekommen. Einmal nur schon so früh. Es gab keine Regelmäßigkeit bei dem, was sie hier tat. Nicht nur aber doch zu einem nicht unbeträchtlichen Teil lag darin der besondere Reiz des Ganzen. Keine Routine, keine Langeweile. Überraschung, wenn die Nachricht auf ihrem Handy aufblinkte. Sie fuhr sich mit der Rechten durch die lockigen Haare, die sie nachher zu einem Zopf zusammenbinden würde. Im Laufen summte sie eine Melodie vor sich hin. Kein bestimmtes Lied, ein paar Tonfolgen, die sie noch aus dem Radio im Ohr hatte. Einer der Hits des Sommers, die man mit den ersten verfärbten Blättern Anfang Oktober nicht mehr hören konnte. Hierher passte das perfekt. Zum Ort, zu ihrer Stimmung, zur Hitze und der Leichtigkeit, die sie den Hang hinabtrug. Am liebsten wäre sie in diesem Moment losgerannt. Ein kleiner Spurt, um der Erregung ein Ventil zu geben. Ein Spannungsaufbau, wie er besser kaum sein konnte. Ob nur sie das so empfand? Herausgerissen aus dem öden Tagesablauf. Eine schnelle Ausrede auf der Arbeit. Der Weg hierher im Auto. Sie parkte den Wagen immer an einer anderen Stelle, aber nie weit von der Physiotherapiepraxis am Ortsausgang entfernt. Zur Not wäre das eine plausible Erklärung. Die Wahrscheinlichkeit, dass sie die brauchte, ging aber ohnehin gegen Null. Wen aus ihrem Umfeld sollte sie hier in diesem Nest schon treffen? Keine der Arbeitskolleginnen aus dem Salon, bei denen sie sich heute mit einer hitzebedingten Migräne krank gemeldet hatte. Alle anderen ging das nichts an. Es war ihre Sache, wen sie wann und wozu traf.

Sie ließ noch einmal ihren Blick schweifen, weil sie die ersten niedrigen Sträucher erreicht hatte. Auch in den angrenzenden Weinbergen konnte sie niemanden ausmachen. Zu heiß schon jetzt am Morgen. Und wenn da einer auftauchte, konnte sie, wie vor ein paar Wochen auch schon, langsam weiterschlendern und abwarten, bis er wieder aus ihrem Blickfeld verschwunden war. Die Anspannung wuchs dadurch nur noch mehr. Der Schauer des Verbotenen. Die kribbelnde Furcht, entdeckt zu werden. Das genoss er auch. Die Orte, an denen sie sich trafen, wählte schließlich er aus. So wie er auch das Wann bestimmte. Die knappe SMS.

Zwei Worte reichten aus, um alles in ihr in Wallung zu versetzen. Das Codewort für einen ihrer drei Treffpunkte und die immer gleiche Zeitangabe. Halde SOFORT. Sie kramte im Laufen ihr Handy aus der Handtasche und kontrollierte seine Nachricht. Mit zwei knappen Bewegungen hatte sie die Mitteilung gelöscht. Das gehörte auch zu seinen Regeln. Sie hatte seine Anweisung zu befolgen und zuerst am Ort zu sein. Es war ein Spiel, auf das sie sich eingelassen hatte. Ein Spiel mit großem Spaßfaktor und geringem Risiko, zumindest für sie.

Für einen Moment hielt sie an. Sie spürte den Schweiß, der kitzelnd unter ihren Armen hinablief. Ein letzter Kontrollblick in alle Richtungen. Volle Konzentration vor dem letzten Schritt. Absolute Ruhe, nicht einmal ein Vogel war zu hören, obwohl sich hinter ihr ein dichtes Dickicht ausbreitete, in dem es nur so wimmelte von allen möglichen Viechern. Keine Ahnung, wie er auf dieses Versteck gekommen war. Der dicht zugewachsene alte Schuttabladeplatz war ihr heimlicher Lieblingsort. Einem Dschungel gleich wie im Fernsehen, durch den man nur mit einer Machete kam, wenn man die geheimen Pfade nicht kannte. Die schmalen Wege des Wildes, die er ihr am Anfang gezeigt hatte. *Hilfe, ich bin ein Star!*

Schnell fasste sie ihre langen blonden Locken am Hinterkopf zusammen und streifte das Haargummi, das sie ums Handgelenk getragen hatte, darüber. Dann tauchte sie hinein und fühlte sich schon im nächsten Moment verschluckt. Gebückt lief sie weiter. Der Schatten unter den Blättern ließ es hier fast angenehm kühl erscheinen. Der zarte Schauer der Vorfreude. Ihr Atem ging schneller. Einmal halb rechts und nach einer kurzen gebückten Strecke links, dann weitete sich das enge Dickicht. Keine wirkliche Lichtung, weil die umstehenden Bäume und größeren Sträucher ein undurchlässiges Dach bildeten, durch das zwar Licht, aber keine direkten Sonnenstrahlen drangen. Hier herrschte heute wirkliche Urwaldschwüle. Der Geruch verriet, dass sich hier in den Nächten auch die Tiere trafen. Auf den letzten Metern zu der kleinen Hütte zerrte sie sich schon ihr Trägerhemd über den Kopf. Sie wollte bereit sein, wenn er auftauchte. Zusammen mit ihrer Handtasche warf sie es in die Dunkelheit des Bretterverschlages, den eine schmale Matratze ausfüllte. Als die Tür hinter ihr zuschlug und alles um sie herum in tiefe Dunkelheit tauchte, beschlich sie bereits das dumpfe Gefühl, dass irgendetwas heute anders verlief als in den letzten Wochen.

4.

Kendziäke!“

Er zuckte auch diesmal wieder zusammen, obwohl er sich fest vorgenommen hatte, daran zu arbeiten. Das war sein Name und kein Befehl, auch wenn es aus dem Mund von Ludwig-Otto Erbes, dem Nieder-Olmer Bürgermeister, genau so klang. *Kendziäke! Still gestanden!* Er war selbst nie bei der Bundeswehr gewesen, aber mit der aus alten Kriegsfilmen gespeisten Fantasie, entstanden farbige Bilder in seinem Kopf, in denen ein kleiner, gedrungener Feldwebel knappe Befehle brüllte, um dann mit kritischem Blick die aufgereihten, stramm stehenden und zitternden Rekruten zu mustern. Soweit lag er bei Erbes nicht daneben. In launiger Runde, nach einigen Gläsern Riesling bei der Weihnachtsfeier oder dem alljährlichen Betriebsausflug, wenn die Gezwungenheit der weinseligen Ausgelassenheit wich, gab sein Chef nicht selten angestaubte Kasernenerinnerungen zum Besten. *Hauptmann der Reserve. Mit uns wäre kein Krieg zu gewinnen gewesen.* Heute eine schwer vorstellbare Situation. Sein Chef in einer knappen Uniform, die über dem Bauch spannte. Er reichte ihm kaum bis ans Kinn. Ein auf die Größe eines Hobbits gedrückter Kommunalpolitiker, der die Angewohnheit besaß, durch ständiges nervöses Wippen auf den Zehenspitzen ein klein wenig mehr an Körpergröße herauszuschinden. Die sich in den letzten Jahren stetig erweiternde lichte Fläche auf seinem Kopf versuchte er durch eine mutig quer gelegte Haarsträhne notdürftig zu kaschieren. Ein Unterfangen, das spätestens seit diesem Frühjahr kaum mehr gelang, da sich auch die ehemals voluminöse Locke langsam verzehrte. Übrig waren noch ein paar lange Flusen, die oft in Erbes Wippstakkato mit auf- und niederschwangen, um danach wirr in alle Richtungen zu stehen.

„Kendziäke, es ist gut, dass Sie schon so früh hier sind. Bei den Temperaturen, die sie für heute angekündigt haben, müsste man sich an den Spaniern orientieren. Siesta von zwölf bis vier und dann eine Spätschicht, wenn es langsam abkühlt." Erbes hatte ihn jetzt erreicht. Beide standen sie sich kurz vor Kendzierskis Büro gegenüber. Der Chef wippte nur langsam und kaum merklich in die Höhe. Ein untrügliches Zeichen dafür, dass nichts Ernsthaftes anstand. Ein sich langsam ausdünnendes Rathaus, weil die ersten Urlaub hatten, noch zwei Wochen bis die große Flucht mit den Schulferien einsetzte. Dann begann Kendzierskis liebste Zeit hier. Ruhe und Stille, kaum Bewegung in den langen dunklen Fluren. Hatte Erbes eigentlich schon angedeutet, wann er mit seiner Frau weg wollte? Zum Wandern in die

Berge. Beide im gleichen Outdoor-Outfit mit klappernden Stöcken bewaffnet. So war ihm der Chef mal im nahen Ober-Olmer Wald über den Weg gelaufen. Beide in identischen Trainingsanzügen. Erbes gequält lächelnd und mit einem Stirnband der Krankenkasse geschmückt, das seine luftige Haarpracht zusammenhielt.

„Ich hoffe, Ihre Kleine leidet nicht zu sehr unter der Hitze." Erbes sah ihn fragend an.

„Allzu viel Ruhe hat sie ihrer Mutter noch nie gegönnt." Kendzierski seufzte. „Außer der einen Nachtflasche, die sie immer zur gleichen Zeit kurz vor Mitternacht bekommt, hat sie keinen wirklichen Rhythmus. Damit hält sie Klara und mich ganz schön auf Trapp. Und sie verfügt jetzt schon über einen ausgeprägten Willen, dem wir uns unterzuordnen haben."

„Ja, das erste Jahr geht schon an die Substanz." Erbes schwieg und setzte für einen kurzen Moment auch das Wippen aus. Ein entrückter Blick über Kendzierskis rechte Schulter in die Tiefe des Rathausflures und in seine eigene Jungvaterzeit. „Aber dafür sind die heutigen jüngeren Väter ihren Frauen eine ganz andere Hilfe." Erbes Augen blieben an Kendzierskis Schulter hängen. Der Chef schmunzelte. Kendzierski fiel der schmale, krustig eingetrocknete Spuckstreifen ein, der sein dunkles Polohemd von der Schulter bis zur Brust zierte. Toll. „Ihre Frau kann sich glücklich schätzen." Erbes wippte jetzt wieder. „Sie haben aber auch mit Ihrer Klara eine sehr gute Partie gemacht. Ich freue mich mit Ihnen beiden." Mit zwei, drei schnellen Bewegungen unterstrich Erbes sein knappes Lob und beendete die kurze außerdienstliche Unterredung mit einem scharfen „So!", noch bevor sich in Kendzierski ein schwaches schlechtes Gewissen rühren konnte. Die vorgeschobenen Abendtermine, um zumindest ab und an ein wenig zur Ruhe zu kommen. Er hatte schon mehrmals auch seinen Chef als Grund dafür bei Klara angegeben.

„Ich habe vorhin einen Anruf aus der Mainzer Uniklinik bekommen." Erbes beschleunigte seine Wippfrequenz. „Der Arzt der dortigen Notaufnahme." Er hielt abrupt auf den Zehenspitzen inne. Der Chef reichte ihm in diesem Moment bis zur Oberlippe und sah ihn aus großen Augen an.

Erst jetzt fiel Kendzierski auf, wie sich der Bürgermeister heute gekleidet hatte. Es würde außerordentlich schwer werden, die nächsten Minuten ohne ein lautes Losbrüllen zu überstehen. Erbes' Kleiderordnung war eigentlich eine recht übersichtliche: Anzug plus Krawatte, vollkommen losgelöst von allen Jahreszeiten und Wetterbedingungen. Gefürchtet waren die sich daraus ergebenden Kombinationsmöglichkeiten. Der Chef variierte stets bunt und brachte Muster und Farben zusammen, von denen die Modewelt und selbst der Geschmack normaler Menschen Abstand nahmen. Kendzierski versuchte durch einen schmerzhaften Biss in seine Zunge, das sich andeutende breite Grinsen im Keim zu ersticken. Erbes hatte sich heute in einen Zweiteiler gezwängt, dessen zwei dunkle Grautöne so gar nicht zusammenpassen wollten. Die Hose glänzte dazu noch fast silbern. Das war aber alles nur Dekoration für den eigentlichen Höhepunkt, der sich später wie ein Lauffeuer durch das gesamte Gebäude verbreiten würde: Erbes hatte ein neues Hemd. Er trug unter grauem Sakko und gelber Krawatte ein farbenfrohes Hemd in Rot, Grün und Blau, dessen wildes Blumenmuster Kendzierski an ein Hawaii-Hemd erinnerte. Die leuchtend gelbe Krawatte darüber kam ihm bekannt vor. Sie könnte aus dem Kleiderschrank von Rainer Brüderle stammen. Kendzierski spürte, wie ihm die Hitze in den Schädel schoss.

Bloß nicht loslachen, nicht jetzt direkt vor ihm. Jürgen von der Lippe oder Norbert Blüm beim rheinischen Karneval.

Erbes, heftiger wippend, gedachte jetzt, in seiner scheibchenweisen Darreichung der brandaktuellen Neuigkeiten fortzufahren. „Die Hitze." Er hielt auf den Zehenspitzen inne.

Kendzierski nickte verständnisvoll.

„Die Alten trinken zu wenig. Darauf muss man mehr achten."

Kendzierski nickte noch einige Male weiter, obwohl er nicht recht verstand, worauf Erbes hinaus wollte. Er hatte von *den Alten* gesprochen. Natürlich oder doch nicht? Restlos sicher war er sich in diesem Moment nicht mehr. Der Chef würde nie so von seiner Frau reden. *Die Alte trinkt zu wenig.* Er schüttelte den Kopf. Die vollkommen falsche Reaktion.

„Ich konnte das auch nicht recht glauben. In den Zeitungen hatten sie es ja schon davon. Die Hitze nimmt die Menschen über achtzig ganz besonders mit."

Kendzierski schnaufte hörbar aus.

„Es sterben viele und der Oberarzt aus der Notaufnahme wollte mich davon in Kenntnis setzen, dass es gerade hier bei uns und in den Dörfern drum herum sehr auffällig ist." Erbes schüttelte ungläubig den Kopf. „Er hat auch keine wirkliche Erklärung dafür. Wir sollen ein Auge darauf haben und unsere Möglichkeiten zur Aufklärung nutzen. Das stellt der sich so einfach vor. Wir können doch nicht bei allen alten Menschen über achtzig täglich mehrmals anklingeln und sie ans Trinken erinnern." Erbes stand auf den Zehenspitzen und starrte ihn fragend an. Sein Chef im Hawaiihemd und grauem Anzug. Die Reaktion der kommunalen Verwaltung auf den Klimawandel.

„Vielleicht gibt es in den Dörfern einfach nur sehr viele allein lebende ältere Menschen. Gerade in den alten Ortskernen, den alten Bauerngehöften, da wohnt oft nur noch eine Person. Die Menschen trauen sich bei der Hitze kaum vor die Tür. Es fällt also gar nicht auf, wenn man den Nachbarn ein paar Tage nicht zu Gesicht bekommt. Aber ob das als Erklärung ausreicht? Vielleicht ist es einfach auch nur ein Zufall."

Kendzierski merkte, dass er eben auch gewippt hatte. Das steckte an. Erbes schien es aber nicht aufgefallen zu sein. Der hielt sich eisern auf den Zehenspitzen. „Wir könnten es über die Ortsbürgermeister weiterleiten. Hier am Rathaus und in den Gemeinden ein Aushang. Das sollte reichen. Mehr können wir selber nicht tun." Kendzierski zuckte mit den Schultern.

„Das dachte ich mir auch so. Aber unter uns, einen wirklichen Effekt wird das nicht haben. Und ich will mir über den Sommer nicht den Ruf verdienen, dass in meiner Verbandsgemeinde die alten Menschen verdursten. Zumal ein Ende der Hitzeperiode nicht absehbar ist." Erbes wippte jetzt wieder schnell. „Nach dem Sommer 2003 gab es eine Deutschlandkarte, die die Häufung der Hitzetoten verzeichnete. Würde mich wundern, wenn so etwas in diesem Jahr nicht auch den Weg in die Zeitungen fände. Und am Ende ist die Verbandsgemeinde Nieder-Olm der deutsche Meister." Erbes schüttelte heftig den Kopf und schob sich in gefährliche Höhen. „Wir müssen mehr tun. Das sind wir unseren verdienten alten Mitbürgern schuldig."

Kendzierski dämmerte schon in diesem frühen Stadium, dass sein Gegenüber bereits etliche Schritte weiter war. Kein offenes Gedankenspiel: *Was können wir machen? Was meinen Sie? Wie sollten wir, wo liegen unsere Grenzen? Kendziäke!*

Der Befehl von vorhin. *Still gestanden! Die Sachlage, meine Anweisung, Ihre Umsetzung. Tägliche Berichterstattung, Abtreten!* Genau so würde es kommen. Hübsch verpackt in ein scheinbar offenes Frage- und Antwortspielchen. Er konnte sich in diesem Moment mit einer Liste der Meldebehörde ausgestattet durch die verwaisten Straßen Zornheims, Essenheims, Ober-Olms und so weiter ziehen sehen. Den Finger auf der Klingel. *Entschuldigen Sie die Störung, was haben Sie heute getrunken?* Diesen unter flirrender Hitze hart erarbeiteten Ruf des Jahrhundertsommers würde er bis zur Pensionierung nicht mehr loswerden. Der Getränkebeauftragte der Verbandsgemeinde Nieder-Olm. *Ich trinke, aber nur, wenn Sie einen mittrinken. Prost!* Er würde besoffen durch die Straßen ziehen und Klara sich von ihm trennen.

Erbes reckte sich, bereit zur Urteilsverkündung. „Kendziäke, die Feuerwehr hat einen Einsatzwagen mit guter Mikrofonanlage." Erbes wippte zweimal entschieden. Kendzierski konnte sich selbst schlucken hören. Er wollte eigentlich in diesem Moment den Kopf schütteln. Keimender Widerstand ohne Aussicht auf Erfolg. „Wenn wir das in den nächsten Tagen mehrmals hinbekommen. Es ist ja kein großer Aufwand." Erbes lächelte. Reichlich Stolz auf seinem Gesicht. „Ein Fahrer und Sie. Ich denke einmal am Vormittag und einmal am Nachmittag sollte reichen. Und irgendwann muss diese quälende Hitze doch zu Ende gehen." Erbes atmete tief ein, weiter auf den Zehenspitzen stehend. Jetzt sah er aus wie der stolze Feldherr. Napoleon war doch auch nicht groß gewesen. In überlegener Pose, mit stolz geschwellter Brust vor dem Hofmaler posierend im Hawaiihemd. Gerne hätte Kendzierski jetzt gelacht. Mehr als ein gequältes Grinsen bekam er in diesem Moment aber nicht mehr zustande.

„Ich lasse die Presse informieren. Das gibt ein schönes Motiv. Wir kümmern uns, wenn die Menschen uns am dringendsten brauchen. Wir sind ganz nahe dran. Kendziäke, Sie werden sehen, unser Beispiel wird Schule machen! Die Feuerwehr ist schon informiert. Der Wagen wird gerade noch betankt. Um elf kann es losgehen." Erbes klopfte ihm aufmunternd auf die Schulter. „Sie kann man gebrauchen. Ein guter Einfall, Kendziäke. Die Getränke gehen auf mich!"

Noch bevor Kendzierski einen einzigen Laut herausbrachte, hatte sich Erbes schon schwungvoll abgewandt und marschierte strammen Schrittes davon.

Wie gerne hätte er jetzt gelacht!

5.

Klaus, was soll das! Lass mich raus. Ich mag das nicht." Sie trommelte mit den Fäusten gegen die Bretter der schiefen Tür.

„Hör auf damit!" Sie schrie und merkte, dass ihr Tränen der Wut über die Wangen liefen. Der Zorn trieb sie zu weiteren Schlägen, die aber nur die Schmerzen verstärkten. Verdammt! Jetzt hatte sie sich auch noch einen Splitter in den Handballen getrieben. Ein Stich, der sie aufschreien ließ.

„Lass mich sofort hier raus. Ich will das nicht!"

Sie verstummte für einen Moment und zog kurz die Nase hoch. Draußen war nichts zu hören. Absolute Stille. Sie schniefte noch einmal. Auf diese Bretter, aus denen die windschiefe Hütte zusammengenagelt war, konnte sie lange eindreschen. Das würde doch nichts ändern. Massives Holz, Abfall zwar aus dem überwucherten Schutt, der hier überall herumlag, aber doch so stabil und dick, dass sie unmöglich mit eigener Kraft wieder herauskommen würde. Ein dummer Scherz das alles? Sie schüttelte den Kopf, mehr für sich, und rieb sich mit der unverletzten Linken die Tränen aus dem Gesicht. „Klaus, bitte, bitte, mach doch die Tür auf." Sie schluchzte hinterher, weil sie in diesem Moment spürte, dass das sinnlos war. Ein dummer Jungenscherz? Jemand, der sie beobachtet hatte auf dem Weg hierher und sich einen Spaß daraus machte, sie in der Bude einzusperren. Der konnte was erleben, wenn Klaus gleich hier ankam. Wieder lauschte sie in die Stille. Sie presste ihr linkes Ohr an eine der Ritzen zwischen den Brettern. Nichts zu hören, kein Laut. Grillen zirpten. Ein Vogel kreischte in einiger Entfernung. Sie versuchte, durch den Spalt hindurchzuspähen. Durch den Tränenschleier würde sie sowieso nichts erkennen. Sie zog noch einmal den Rotz hoch. „Du Arschloch da draußen! Melde dich, wenn du noch da stehst!" Im Halbdunkel, an das sich ihre Augen mittlerweile gewöhnt hatten, langte sie nach ihrem Top und streifte es sich über. Schnell hatte sie auch in der Handtasche die Dose gefunden. Der konnte was erleben, wenn er sich hier reintraute! Verdammt, wo war Klaus? Wenn ihm etwas dazwischen gekommen war und er gar nicht kam? Das war noch nie passiert. Sie langte nach ihrem Handy und drückte zitternd darauf herum. Keine neue Nachricht. Das Knacken ließ sie aufschrecken. Das war direkt vor der Tür gewesen. Erschrocken ließ sie das Telefon fallen. Es landete gedämpft auf der Matratze, genau neben ihrer Handtasche.

„Klaus, bist du das?" Bebend wartete sie auf eine Antwort. „Klaus, bitte sag doch was." Ein kaum verständliches Wimmern waren diese letzten Worte gewesen. Statt einer Antwort konnte sie jetzt deutlich das Brechen dünner, dürrer Zweige hören. Jemand stand direkt vor der Tür, jetzt in diesem Moment. Der musste sie hören können. Ihre Schreie, ihr Schluchzen. Warum gab er denn keinen Laut von sich?

Zitternd, mit rasendem Herzen hielt sie das Pfefferspray in die Richtung, in der sie ihn vermutete. Das Schnaufen war von ihm gekommen, sie hatte es deutlich gehört. Ihr eigener Atem klang anders. In kurzen Stößen sog sie die Luft ein und näherte sich ganz vorsichtig dem Spalt, an den sie vorhin noch Ohr und Auge gepresst hatte. Ihre Hand mit dem Spray war jetzt genau an dieser Stelle. Schnell holte sie noch einmal tief Luft und presste die Augen zusammen. Dann drückte sie den Plastikkopf der Dose fest nach unten. Ein leises Rauschen signalisierte, dass das Spray noch voll funktionsfähig war, obwohl es schon Jahre ungenutzt in ihrer alten fleckigen Lederhandtasche herumgelegen hatte. Das hatte der nicht anders verdient, egal wer sich dort draußen herumtrieb. Zuerst stotternd und dann von einem letzten Gurgeln begleitet erstarb das Geräusch. Fast im gleichen Moment rang sie hektisch nach Luft und riss die Augen auf. Ein brennender Schmerz in ihrem Hals fraß sich rasend die Kehle und die Luftröhre hinunter. Gleichzeitig begannen ihre Augen zu tränen. Sie brüllte heiser in das grelle Licht der offenen Tür. Den dunklen Umriss konnte sie kaum erahnen.

Sie wusste noch nicht einmal, ob er wirklich Klaus hieß.

6.

Ihre Schreie taten weh. Bei jedem Laut, den Laura herausquälte, zog sich etwas in Klara zusammen. Ein Krampf in der Brust, der sich bis in den Magen fortsetzte.

Die Sonne schien herein. Draußen zwitscherten die Vögel

wild durcheinander. Stimmen waren dazwischen zu erkennen. Undeutlich nur, weil sie von Lauras Wimmern überlagert wurden. Die holte jetzt erneut Luft. Eine kleine kurze Ruhepause, deren Ende absehbar war. Klara ließ die Hand über die weiche Haut gleiten, vollführte sachte kreisende Bewegungen auf dem Bauch. Richtig hart fühlte er sich an, gespannt und verkrampft. Das Öl tat bestimmt gut, obwohl es noch nie wirklich Wirkung gezeigt hatte. Der Geruch ließ Klara mittlerweile kalt. Anfangs hatte sie sich noch geekelt, weil sie Kümmel nicht ausstehen konnte. Schon als Kind nicht. Die Samen klemmten zwischen den Zähnen fest und sonderten unablässig diesen penetranten Geschmack ab. Das hatte sich so bei ihr eingeprägt, dass sie das Aroma auch dann nicht mehr ausstehen konnte, wenn alles zu feinem Staub zermahlen war. Kümmel gab es nicht in ihrem Haushalt und jetzt rieb sie ihre Tochter mehrmals täglich damit ein, massierte ihren steinharten Bauch, wenn sie sich wieder einmal bei der Verdauung quälte. Laura brüllte. Ein endlos wirkender Schrei aus einem schmerzverzerrten Gesicht.

„Alles wird gut." Worte, die keine Wirkung erzielen würden. Heute nicht, wie auch in den Tagen, Wochen und Monaten davor schon nicht. Soviel Lärm aus einem so kleinen Körper. Ein zartes Geschöpf unter dessen offensichtlichen Qualen sie noch mehr litt als unter der Schlaflosigkeit. Selbst dann, wenn Laura die Augen schloss, kam sie nicht zur Ruhe. Ein permanentes Warten auf das nächste Schreien. Klara schlich dann durch die Wohnung, die sie kaum mehr in einem bewohnbaren Zustand halten konnte. Notdürftig sammelte sie dann Dinge ein, die sie zuvor im Raum verstreut hatte. Windeln, ein Lätzchen, das Spucktuch, ein paar Schnuller, Wäsche. Mit offenen Augen schlief sie. Auch wenn das kein wirklicher Schlaf war. Sitzend auf dem Stuhl im Wohnzimmer, den Blick starr ins Nichts gerichtet. Keine Ruhe, weil Laura sich schon wieder unruhig stöhnend im Bettchen wälzte. *Schreikinder sind Gedeihkinder.* Der Spruch ihrer Mutter. Wenn sie ihn hörte, musste sie an sich halten, um nicht die Fäuste zu ballen. Das eine Mal, als sie sich angeboten hatte, für zwei Stunden auf die Kleine aufzupassen, hatte schon nach knappen zehn Minuten das Telefon geklingelt. *Die Kleine kreischt in einem durch.* Natürlich, warum hätte es denn auch bei ihrer Mutter anders sein sollen? Insgeheim war sie damals sogar froh gewesen dafür. Die Selbstzweifel begleiteten sie auch so auf Schritt und Tritt.

Vorsichtig wärmte sie in der Hand zwei neue Tropfen Kümmelöl an und massierte Lauras spürbar weicher werdenden Bauch weiter. Schreien würde sie bestimmt noch eine halbe Stunde lang. *Sie müssen mit der Kleinen mehr an die frische Luft. Sie werden sehen, das hilft. Hat sie Hunger, ist die Windel voll?* Die gut gemeinten Ratschläge und neugierigen Blicke in den Kinderwagen konnte sie nicht mehr ertragen. Deswegen ging sie nur noch selten vor die Tür.

Am schlimmsten war ihre Vermieterin, die sich fast jeden Tag hier herumtrieb, obwohl sie im alten Ortskern wohnte. Sie hatte immer etwas im Garten ihres Vierparteienhauses zu wurschteln und war stets zur Stelle, wenn sie den Kinderwagen aus der Haustür schob. *Wie süß die Kleine. Ganz die Mutter. Sie wird Hunger haben.*

Nein, verdammt nochmal! Sie hat gerade eben gegessen! Danach brüllt sie sich immer die Seele aus dem Leib. Klara war sich nicht sicher, ob die Wortwahl stimmte. Aber so etwa musste sie es gesagt haben vor ein paar Tagen oder lag das schon länger zurück? Keine Ahnung. Was spielte die Zeit für eine Rolle? Keine. Alle Tage waren gleich.

„Leise, Laura." Sie wiederholte den Satz flüsternd immer wieder. Ein Mantra, gebetsmühlenartig vorgetragen. Das Brüllen eine Endlosschleife, ein Labyrinth aus dem sie keinen Weg herausfand. Auch die Ärzte nicht, die sie abgeklappert hatte. In großer Sorge um das Wohl ihres Kindes. Kein Befund. Unbrauchbare Ratschläge, die sich in jedem schlechten Ratgeber fanden. *Warme Bäder, Öle, Nähe, pflanzliche Mittelchen.* Der Gang zum Osteopathen. Die schwere, lange Geburt, die das Kind noch nicht verarbeitet hatte. Gebrüllt hatte Laura in einem fort, auch als er sie vorsichtig abtastete. Pauls kritischer Blick, als sie ihm davon erzählt hatte. Dass sie vor Kurzem sogar einen Heiler aufgesucht hatte, brauchte er nicht zu wissen. Weißer Rauch, aufgelegte Hände, undeutliches Gemurmel. Geholfen hatte es auch nicht. Selbst wenn sie ehrlich gewesen wäre, Paul hätte doch nichts gesagt. Keine Kritik. Sie sagten beide ja kaum noch etwas. Schlichen schweigend und müde durch die Wohnung, bemüht möglichst wenig Geräusche zu machen oder niedergebrüllt von ihren Heulkrämpfen. Paul konnte sie stundenlang herumtragen. So fand die Kleine zumindest immer wieder Ruhe. Bei ihr warf sie sich ständig ins Hohlkreuz und war gar nicht zu bändigen. *Und jetzt kommt bald das zweite? Laura soll doch kein Einzelkind bleiben.* War das auch ihre Mutter gewesen? Da sie sich kaum noch mit jemandem traf, blieb wenig Auswahl. Sie hatte es still geschluckt. Keine Antwort war auch eine Antwort. Laura holte wieder Luft. Ein kurzer Moment der Stille, in dem das Schreien in Klaras Ohren als schwaches Rauschen erhalten blieb. Laura hielt die Augen geschlossen und atmete kaum hörbar weiter.

Es waren Klaras Tränen, die in diesem Moment der Ruhe auf Laura herabfielen.

7.

Ihre Verbandsgemeinde informiert: Trinken Sie reichlich! Mindestens drei Liter Wasser pro Tag. Vermeiden Sie anstrengende Arbeiten in der Mittagshitze. Ein Service Ihres Verbandsbürgermeisters. Vielen Dank für Ihre Aufmerksamkeit!"

Joachim neben ihm krümmte sich vor Lachen. Sein Oberkörper zuckte unkontrolliert. Nur langsam schien er sich beruhigen zu können. „Fällt das, was wir beiden hier tun, nicht auch unter Anstrengung in der Mittagshitze?" Er sah Kendzierski an. Sein Blick wechselte zwischen der Sörgenlocher Hauptstraße und ihm hin und her. Bei dieser Schrittgeschwindigkeit hätte er ohne Probleme auch länger in seine Richtung schauen können. Es war außer ihnen ja ohnehin kaum einer unterwegs. Kendzierski zuckte mit den Schultern.

„Ich glaube das hier ist eher eine Frage für den Arbeitsschutz. Unzumutbare Schwere des übertragenen Auftrags. Wir sind bescheuert, dass wir uns nicht geweigert haben. Jeder, der uns hier sieht, denkt sich, was haben die beiden ausgefressen, dass sie sich dermaßen zum Idioten machen müssen. Freigänger auf Bewährung. Sozialstunden im Dienst des Bürgermeisters."

Zornheim lag am nächsten. Dort waren sie vor Lauras Geburt bei einer Freundin von Klara zum Geburtstag eingeladen gewesen. Direkt an der Hauptstraße, gleich beim Friedhof. Seit ihre Tochter auf der Welt war, kamen sie kaum noch dazu, jemandem einen Besuch abzustatten. Das stellte mit der Kleinen ja auch eine echte Herausforderung dar. Objektiv betrachtet waren sie dort, wo sie in den ersten Wochen nach der Geburt noch willkommen gewesen waren, nie wieder eingeladen worden. Laura hatte sie alle in Grund und Boden gebrüllt. Betretene Gesichter, entschuldigende Gesten. *Ist uns ja auch unangenehm, dass sie gerade hier so unruhig ist.*

„Du bist wieder dran." Joachim, der ihn gemütlich auf dem Fahrersitz wippend angrinste, holte Kendzierski aus seinen Gedanken.

„Wir könnten tauschen." Er hielt ihm das Mikro an der gedrehten Schnur entgegen.

„Geht gar nicht." Joachim schüttelte entschieden den Kopf. „Der Fahrer konzentriert sich auf den regen Straßenverkehr. Und ein Wechsel des Fahrers ist nicht zulässig, da die Feuerwehrfahrzeuge im Einsatz nur von Feuerwehrmännern geführt werden dürfen. Mal ganz davon abgesehen, dass meine Dienstanweisung so eindeutig umschrieben war, dass sie Diskussionen nicht zulässt." Joachim schüttelte den Kopf. „Ich, der Fahrer, du, der Redner."

„Dann möge der Fahrer aber bitte ein wenig schneller fahren, damit wir zumindest ein klein wenig Fahrtwind abbekommen. Dieser Dinosaurier gleicht allmählich einer Sauna auf Rädern." Kendzierski räusperte sich umständlich und führte das Mikro dicht vor die Lippen. „Achtung, Achtung, hier spricht Ihr Verbandsbürgermeister. Bitte halten Sie Fenster und Türen geschlossen. Es besteht kein Grund zur Beunruhigung. Ich wiederhole." Kendzierski musste prustend loslachen.

Joachim starrte ihn aus weit aufgerissenen Augen an. „Bist du bescheuert? Die Hitze tut dir wirklich nicht gut."

Kendzierski lachte weiter. „Nicht auf den Knopf gedrückt."

„Ein Glück." Joachim richtete den Blick wieder nach vorne. „Ich habe nämlich einen Ruf zu verlieren. Du nicht. Deiner ist schon hin."

Die barbarische Hitze in diesem Ungetüm und die Leidensgemeinschaft als Sprachrohr Seiner Majestät hatte sie innerhalb kürzester Zeit zusammengeschweißt. Nur mit einer gehörigen Portion Galgenhumor war das, was sie beide hier vollführten, zu ertragen.

„Beenden wir Sörgenloch und ziehen eins weiter."

„Erstmal folgen wir dem hier." Joachim deutete mit einem Kopfnicken in Richtung des Traktors, der sich vor ihnen auf die Hauptstraße in Richtung Hahnheim schob. „Der fährt die Weinberge gießen."

Der alte Schlepper mühte sich aufheulend an einem schweren Anhänger ab, auf dessen Ladefläche jeder freie Zentimeter ausgenutzt zu sein schien. Die Lücken zwischen den großen weißen Plastikfässern füllten kleine Kanister in den unterschiedlichsten Ausführungen.

„Das macht mein Schwager auch gerade. Den alten Stöcken macht das nichts aus. Aber die jungen überleben einen solchen Sommer nicht." Joachim nickte vielsagend. „Mein Schwager hat im Frühjahr zwei Hektar neu gepflanzt. Riesling und Silvaner, jeweils viertausend Reben. Die Wurzeln sind zwar zwanzig Zentimeter tief in der Erde. Aber dort herrscht mittlerweile auch vollkommene Trockenheit. Wenn man da jetzt nichts macht, ist alles umsonst. Ein riesiger Schaden. Jede Pflanze kostet fast zwei Euro. Kannst du dir ausrechnen, was da für Summen zusammenkommen? In den letzten Tagen hat er an jeden einzelnen Stock gut zehn Liter Wasser laufen lassen. Das sind Mengen. Die brauchst du, damit du überhaupt bis an die Wurzel kommst. Er macht das zusammen mit noch einem. Einer oben auf dem Schlepper mit dem langen Schlauch in der Hand. Der zweite geht voraus und macht um den Stock eine kleine Mulde, damit das Wasser auch versickert und auf dem knochenharten Boden nicht einfach so wegläuft. *Bitte vermeiden Sie körperliche Anstrengung in der Mittagshitze.* Wenn ich dem mit diesem Spruch komme, schenkt er mir nie wieder ein Glas Wein ein. Aber bis Ober-Olm haben wir ja noch ein wenig. Und bei ihm kann ich sicher sein, dass er um diese Zeit nicht daheim ist. Höchstens zum Wasserholen, wenn sein Brunnen noch etwas hergibt."

Der Traktor bog kurz nach dem Ortsausgang von der Landstraße in einen staubigen Feldweg ein. Joachim beschleunigte den alten Mannschaftswagen langsam. Der aufkommende Fahrtwind tat gut. Kendzierski hoffte in diesem Moment inständig, dass Erbes nicht in den nächsten Tagen von den Winzern der Umgebung bestürmt wurde. Sonst konnte es gut passieren, dass er noch zum Gießen aller jungen Reben der Verbandsgemeinde eingeteilt wurde.

Die Hitze schien auch seinem Chef nicht gut zu tun.

8.

Zweimal schon war Klara auf Socken vorsichtig soweit ins Zimmer gegangen, dass sie mit einem schnellen Blick durch die engen Holzstäbe des Bettchens kontrollieren konnte, ob Laura noch schlief und mit ihr wirklich alles in Ordnung war. Dabei hatte sie sogar die Luft angehalten. Ein über die Monate eingeübtes Prozedere, das sie mittlerweile routiniert abspulte. Laura atmete deutlich hörbar und bewegte die kleinen Lippen. Es wirkte, als ob sie im Schlaf sprechen würde. Vorsichtig ging Klara rückwärts wieder aus dem abgedunkelten Zimmer, das nach dem Baby roch.

Im Wohnzimmer angekommen ließ sie ihren Blick unschlüssig schweifen. Seit zwei Stunden schlief sie bereits. Vollkommen ermattet von der außergewöhnlich ausgedehnten Schreierei davor. Den Krämpfen mit steinharter Bauchdecke. Es lag wirklich nichts mehr herum, nichts, was sie jetzt in diesem Moment hätte unbedingt wegräumen, verstauen oder zusammenlegen müssen. Mitten im Raum blieb sie daher für einen Moment reglos lauschend stehen. Eine große Leere, die sich nicht schlecht anfühlte. Klara musste gähnen. Irgendetwas in ihr setzte sich vehement gegen den aufkeimenden Gedanken zur Wehr, es einfach ihrer Tochter gleich zu tun. Die Müdigkeit war zwar da, aber in diesem Moment gar nicht so erdrückend. Auf dem Weg zum Sofa griff sie nach der obersten der in einer hölzernen Weinsteige sauber aufgestapelten Tageszeitungen. Das Resultat einer ganzen Woche, alle unberührt, weil auch Paul nicht zum Lesen kam. Laura bestimmte ihren Lebensrhythmus vollständig.

Wann hatten sie sich zum letzten Mal umarmt, geküsst, von allem anderen ganz zu schweigen? Sie hatte keine Ahnung, keine Erinnerung. Ohne auf die Bilder vor sich zu achten, blätterte sie die Zeitung weiter durch. Laura forderte alle Kraft von ihnen und sie blieben dabei auf der Strecke. Dass sich Paul scheinbar kaum noch gegen die zunehmende Zahl an Abendterminen zur Wehr setzte, die ihm Erbes aufdrückte, versetzte ihr einen Stich. Er stahl sich nicht aus seiner Verantwortung. Ganz sicher nicht. Er sorgte sich rührend um sie beide und hatte sich im Vergleich zu den ersten ungelenken Handgriffen kurz nach der Geburt zu einem routinierten Vater entwickelt, auch wenn er das Wickeln liebend gerne ihr überließ. So, wie sie Zeit für sich brauchte, um das alles zu schaffen, musste auch wieder einmal Zeit für sie beide übrig bleiben. Gar nicht so viel, aber zumindest ein kleines bisschen, das zeigte, dass es sie beide noch gab, als Paar.

Während Klara weiter gedankenverloren in der Mainzer Zeitung von vorgestern blätterte, fiel ihr Blick auf den farbigen Werbeflyer, der beim Aufschlagen herausgerutscht sein musste. *Neueinsteiger, Seiteneinsteiger willkommen. Der Spaß zu zweit und doch nicht alleine. Ungezwungen, ganz in Ihrer Nähe nette Menschen kennenlernen. Neue Kurse beginnen donnerstags 20.30 Uhr.* Klara musste überlegen. Wochentage spielten in ihrem derzeitigen Leben eine nur untergeordnete Rolle. Das musste morgen sein. Wohliger Tatendrang keimte in ihr, während sie den Flyer in der Hand drehte. Das war sogar hier in Nieder-Olm. Sie würde Paul heute Abend mit einem feinen Abendessen überraschen und ihm im Kerzenschein den Tanzkurs so schmackhaft machen, dass er kaum Nein sagen konnte. Trotz aller Euphorie war das realistisch betrachtet keine wirklich leichte Aufgabe. Wenn Laura ihr nur noch eine Viertelstunde Zeit ließ, könnte sie vielleicht die wichtigsten organisatorischen Hindernisse aus dem Weg räumen. Dann bot sich ihm kaum eine Ausrede. Sie musste lächeln. Ihre Mutter ließ sich bestimmt damit als Babysitter gewinnen, dass ein zweites Enkelkind nur dann in Aussicht stand, wenn man sich als Paar auch ab und an etwas näherkam. Und diesmal würde sie das Handy aus Versehen für die zwei Stunden abstellen. Funkloch. Ihre Mutter war schließlich auch mit ihr zurechtgekommen und vielleicht war ja der zarte Hauch Besserung, den Lauras heutiger ausgedehnter Schlaf andeutete, ein erster Hoffnungsschimmer.

9.

Paul Kendzierski lief der Schweiß in Strömen übers Gesicht. Im Schritttempo schlichen sie im Feuerwehrmannschaftswagen durch die aufgeheizten Straßen von Essenheim. Er hatte den Überblick verloren, an welcher Stelle sie sich bei ihrer Aufklärungsfahrt in Sachen Trinkverhalten gerade befanden. Mitte, Ende, Schluss? Sörgenloch, Zornheim, Nieder-Olm, Ober-Olm. Keine Ahnung, was noch kam. Die Hitze verzehrte das Gehirn. Seit er in Ober-Olm auf der Bahnhofstraße, der breiten Straße, die quer durchs Dorf führte, mit aufmunternden Zurufen angefeuert worden war, hielt er das Fenster auf seiner Seite des Wagens geschlossen. *Unser Verdelsbutze fährt spazieren beim schönsten Sommerwetter. Bollizist misst mer soi. Und unsereiner kriegt kein Hitzefrei.* Die reflektierende Scheibe verhinderte, dass man ihn sofort erkannte. Zusätzlich ließ er sich tief im Sitz nach unten sinken und zog die Schultern soweit in die Höhe, dass sein Gesicht von draußen selbst aus nächster Nähe kaum zu erkennen war. Der reinste Selbstschutz. Seit einer gefühlten Ewigkeit schwiegen sie sich stumpf an. Die Anfangseuphorie, der Galgenhumor und das gegenseitige wortreiche Bedauern waren der hitzebedingten Trägheit gewichen. Bloß keine unnötigen Bewegungen, zu denen auch die Artikulation verständlicher Laute gehörte. Es reichte ihm vollkommen aus, dass er alle zwei, drei Minuten den Daumen rühren musste, um das Mikro in seiner Hand in Gang zu setzen. „Achtung, Achtung, eine Durchsage Ihres Verbandsbürgermeisters. Bitte trinken Sie reichlich. Drei Liter Wasser braucht der Mensch bei dieser Hitze täglich. Ermahnen Sie ältere Menschen in Ihrer Nachbarschaft, reichlich Flüssigkeit über den Tag zu sich zu nehmen. Vermeiden Sie körperlich anstrengende Arbeiten in der Mittagshitze. Suchen Sie Schatten auf."

Kendzierski stöhnte und wischte sich den Schweiß aus dem Gesicht. Ein sinnloses Unternehmen, das er sich eigentlich schenken konnte. Er fühlte sich nass, klebrig, durchgeschwitzt. Mit einem kräftigen Schluck aus der Wasserflasche versuchte er zumindest mit gutem Beispiel voranzugehen. Das, was jedoch in seinen Mund lief, besaß mittlerweile die gefühlte Temperatur eines frisch gebrühten Tees. Knapp unter dem Siedepunkt.

„Hast du noch einen Überblick, wo wir sind?" Er wandte sich fragend in Joachims Richtung. Der saß zwar am offenen Fenster, litt aber unter seiner tief in die Stirn gezogenen Feuerwehrkappe ähnliche Qualen. Reichlich weiße Schweißränder zeichneten sich auf dem dicken Stoff ab. Joachim brachte locker zehn bis fünfzehn Kilo mehr auf die Waage als er. Eine unter diesen klimatischen Bedingungen nicht zu unterschätzende zusätzliche Last, auch wenn man eigentlich gefahren wurde.

„Essenheim."

„Wie witzig. Das weiß ich selber. Wie viele haben wir noch vor uns? Ich habe einfach den Überblick verloren."

Joachim reagierte nicht sofort. Anscheinend brauchte er auch einen Moment, um sich im Geist die abgefahrenen Ortschaften ins Gedächtnis zu rufen. Eine gefühlte Ewigkeit waren sie doch schon unterwegs, ohne Klimaanlage in dieser alten, glühenden Kiste. „Stadecken-Elsheim und Jugenheim, wenn ich keinen vergessen habe." Beide hielten sie den Blick starr nach vorne gerichtet. Kendzierski ließ sich noch ein Stück tiefer in den weichen Sitz sinken. Unter seinem Hintern spürte er die metallenen Federn, die sich über die Jahre bis in die obere Polsterschicht vorgearbeitet hatten.

Auf dem Bürgersteig links standen zwei ältere Frauen, die sich aufgeregt zu unterhalten schienen. Die eine der beiden deutete mehrmals mit dem ausgestreckten Zeigefinger auf ihn. Irgendwie kam ihm ihr Gesicht in diesem Moment bekannt vor, aber sein Gehirn wollte die notwendige Verbindung unter diesen feindseligen Bedingungen nicht zustandebringen. Eigentlich war das alles vollkommen egal. Es käme einem ausgewachsenen Wunder gleich, wenn ihn bisher keiner erkannt hatte.

„Aber dann folgt noch der zweite Durchgang. Heute am späten Nachmittag. Wahrscheinlich können wir gleich durchstarten und von Jugenheim direkt wieder nach Sörgenloch fahren."

„Gehen Sie zurück auf Los." Beide stöhnten sie fast synchron vor sich hin und verfielen dann wieder in dumpfes Schweigen. Den Versuch, mit ein paar Radioklängen für eine zeitweilige Aufheiterung zu sorgen, hatten sie schon nach wenigen Minuten abgebrochen. Die Wettervorhersage hatte ihnen das letzte Restchen Hoffnung geraubt. Ein Ende der Hitzeperiode war nicht absehbar. Die beiden befragten Meteorologen überboten sich sogar gegenseitig in ihrer eigenen Einschätzung über den zu erwartenden Fortgang der stabilen sonnigen Hochwetterlage. Als dann aus dem sicherlich gut klimatisierten Radiostudio eine Sondersendung zu den globalen Folgen des Klimawandels angekündigt wurde, hatte es Joachim, der Herr über das Fahrzeug, nicht mehr länger ausgehalten. Seither lauschten sie alleine dem Dröhnen des Motors und seinen eigenen Variationen des Trinkmotivs. *Saufen Sie wie ein Loch. Ihr Bürgermeister empfiehlt: mindestens drei Liter Riesling. Meiden Sie Schatten. Halten Sie die Fenster geschlossen. Schließen Sie sich im Keller ein. Prost und Helau.* Nahe am Wahnsinn. Reichte das beim Hausarzt morgen früh für eine Krankschreibung aus? Wahrscheinlich nur dann, wenn er ihm androhte, den Vormittag vor seiner Praxis auf und ab zu fahren.

Kendzierski brachte gerade das Mikro vor seinem Mund in Position, als jemand links aus einer Hofeinfahrt auf den Bürgersteig schoss. *Bitte vermeiden Sie Anstrengungen jeder Art in der Hitze.* Das Wetter hatte seine Körperfunktionen bis auf den Schweißausstoß massiv reduziert. Erst jetzt bemerkte er nämlich, dass sie das Weingut Karl Bachs passierten, der lachend und heftig winkend am Straßenrand stand. Wie peinlich, zumal es den Anschein hatte, dass der ihn trotz aller Tarnversuche bereits erkannt hatte. Kendzierski versuchte sich an einem gezwungenen Lächeln und hob die linke Hand zum zaghaften Gruß. Noch bevor er einschreiten konnte, hatte Joachim das rot-weiße Ungetüm bereits quietschend zum Stehen gebracht.

„Kendzierski, Sie verblüffen mich immer wieder." Bach schien dieser Auftritt ganz besondere Freude zu machen. „Ich wollte das gar nicht glauben, als mich die Chaussee-Erna eben angerufen hat. Bei der gelten Sie anscheinend als enger Freund der Familie Bach, was sie dazu bewogen hat, mich umgehend davon in Kenntnis zu setzen, dass Sie einen Umzug durchs Dorf veranstalten und ehrbare Bürger von der verdienten Mittagsruhe abhalten." Bach hielt nur einen kurzen Moment inne und fuhr dann fort. „Mir scheint, die beiden Herren von der Feuerwehr könnten eine Abkühlung vertragen."

Während Kendzierski den Kopf schüttelte, war Joachim neben ihm schon in ein hektisches Nicken verfallen. Er setzte den Wagen in Bewegung und steuerte ihn so nahe an die Hauswand, dass Kendzierski gerade eben noch hinausklettern konnte. Vielleicht hätte er ihn vorab darüber aufklären sollen, dass man bei Bach nie unter einem Dutzend Proben wieder herauskam. Im kühlen Weinkeller mochte das noch gehen, aber spätestens mit den ersten Schritten nach draußen in die Hitze würden sie treffsicher niedergestreckt.

„Nur Wasser, keinen Wein!“ Kendzierski folgte Joachim und Bach über das Kopfsteinpflaster der Hofeinfahrt.

„Das wäre das erste Mal hier bei mir, dass Sie nüchtern bleiben.“ Bach grinste ihn breit an. Seine dunklen Locken standen wirr in alle Richtungen. Am Haaransatz hinten klebten sie an der Kopfhaut. Ein großer dunkler Schweißfleck zierte das hellbraune T-Shirt des Winzers auf dem Rücken. Er sah Bach zum ersten Mal in kurzen Hosen, die ihm fast bis an die Knie gingen. Große ausgebeulte Seitentaschen, in denen es bei jedem Schritt metallen klapperte. „Bei dem Wetter jagt man seinen ärgsten Feind nicht vor die Tür.“

Bachs Frau Eva saß rechts vor dem Wohnhaus im Schatten des alten Baumes. Der Tisch war oft schon Ort gemeinsamer Weinproben gewesen, denen Kendzierski einen Großteil seines gepflegten Weinhalbwissens verdankte, mit dem er mittlerweile stilsicher auftrumpfte, sobald er sicher war, dass ihm kein wirklicher Weinkenner gegenübersaß.

„Wir haben uns das nicht selbst ausgesucht.“ Sie hatten den wohltuenden Schatten erreicht.

„Erbes?“ Bachs Frau sah ihn freundlich lächelnd an. Kendzierski nickte. „Na, dann setzen Sie sich wenigstens auf eine kleine Erfrischung zu uns.“

„Bitte, kein Wein.“ Das hatte fast flehend seinen Weg aus Kendzierskis Mund herausgefunden.

„Keine Angst, bei dem Wetter bringe selbst ich tagsüber keinen Tropfen herunter.“

Eva Bach goss aus einer großen Karaffe, in der die Eiswürfel munter klapperten, Gläser voll. Ein glückselig machendes Geräusch, obwohl Kendzierski sich beim Blick auf den Glasinhalt noch nicht restlos sicher war, ob das nicht doch so etwas wie eine Weinschorle war. Bach wäre nicht der erste Winzer, der ihm mit der Inbrunst tiefster Überzeugung weiszumachen versuchte, dass es sich bei einem Sauergespritzen nicht um Wein, sondern um ein vollkommen harmloses Erfrischungsgetränk handelte.

Bachs Frau schien seinen kritischen Blick richtig gedeutet zu haben. „Garantiert alkoholfrei und wunderbar erfrischend. Zum Wohl." Klingend trafen vier herrlich beschlagene Gläser in der Mitte des großen Tischs zusammen. „Wenn Ihnen das zu herb ist, so wie mir, können Sie mit einem kleinen Schuss Holunderblütensirup nachsüßen."

Kendzierski schnupperte vorsichtig an dem perlenden Getränk. Eine Mischung aus Vorsicht und angedeuteter Kennerschaft. Eine andere Herangehensweise verbot sich hier in dieser Umgebung. Neben sich konnte er Joachim schon gierig schlucken hören. Als er gerade zum ersten Schluck ansetzte, stellte Joachim sein Glas bereits geleert auf den Tisch zurück. „Fantastisch."

Das, was er jetzt eisig kühlend in den Mund laufen ließ, schmeckte verdammt nach Riesling-Schorle. Bach gehörte also auch zu der Fraktion der Winzer, bei denen Wein erst ab einem Alkoholgehalt von über zwölf Prozent begann. Alles darunter war bloß Wasser, quasi alkoholfrei. *Kann Spuren von Alkohol enthalten.*

„Sie können entspannt weiter trinken." Bach lachte kurz dazwischen. „Das tut nicht weh und ist vollkommen ungefährlich. Verjus mit eiskaltem Sprudelwasser aufgegossen."

Kendzierskis Widerstand erlahmte, obwohl er immer noch keine Ahnung hatte, was er da in sich hineinschüttete. Er war schließlich nicht der Fahrer dieser sommerlichen Landpartie. Die Sätze am Mikrofon gingen ihm sicher im berauschten Zustand noch besser über die Lippen. In großen Schlucken ließ er die kühlende Erfrischung in sich hineinlaufen. *Trinken Sie reichlich. Vermeiden Sie allzu große Anstrengungen in der Mittagshitze. Saufen Sie doch bitte entspannt im Schatten.*

„Den haben wir im letzten Jahr zum ersten Mal gemacht. Ein befreundeter Gastronom hat uns auf die Idee gebracht. Er kocht so gerne damit und verwendet den Verjus auch für mild säuerliche Salatsoßen. Eigentlich ist das ein Saft aus unreif geernteten Rieslingtrauben. Wir schneiden die beim Ausdünnen der alten Reben Anfang August mit heraus. Früher haben wir sie alle als Dünger im Weinberg belassen. Jetzt nehmen wir bei der grünen Vorlese die Eimer mit und schneiden die Trauben dort hinein. Ihre Schale ist zu diesem Zeitpunkt noch hart und in jeder Beere nur ein wenig saurer Saft. Abends wird die Ernte gestampft und bleibt dann zwei, drei Tage kühl und dunkel stehen, bevor die Maische, die in der Zeit Aroma aus den Schalen gezogen hat, gekeltert wird. Sie trinken also eine Traubenschorle aus unreifen Rieslingtrauben." Bach nahm einen weiteren Schluck aus seinem Glas und schmatzte kennerhaft. „Schmeckt in der Hitze fast wie Wein, zitronig, einem grünen, sauren Apfel gleich. Tagsüber gibt es kaum etwas Besseres."

Kendzierski leerte beruhigt auch den letzten Rest. Bachs Frau goss ihnen allen nach.

„Wir halten uns bereits eisern an die Ratschläge aus Nieder-Olm und bleiben daheim im Schatten, anstatt draußen im Südhang hoch- und runterzuhetzen."

„Im Weinberg ist es wahrscheinlich kaum auszuhalten."

„Das ist um diese Uhrzeit nahe am Selbstmord. Schon vor drei Wochen haben wir den Tagesablauf umgestellt. Es war nicht mehr auszuhalten.“ Bach trank noch einmal. Sie folgten seinem Beispiel. „Wir fangen zurzeit morgens um fünf an und machen bis um zehn. Dann ist bis drei Mittagspause und es geht abends bis zwanzig Uhr weiter. Wir sind beim Heften. Das müssten Sie ja schon kennen, so oft wie wir uns dabei in den letzten Jahren draußen getroffen haben. Die grünen, in die Höhe wachsenden Triebe werden zwischen den Drähten geordnet und immer wieder geradegestellt, damit eine ordentliche und gut durchlüftete Laubwand entsteht. Dabei legt man ganz schöne Strecken zurück, im Hang unter direkter Sonneneinstrahlung, in den Mittagsstunden ohne Aussicht auf Schatten. Das hält keiner lange durch. Auch dann nicht, wenn man glaubt, daran gewöhnt zu sein.“

„Und ansonsten machen die Reben den Jahrhundertsommer gut mit?“ Die Quasi-Weinschorle hatte sich in Kendzierskis Magen wohltuend kühl ausgebreitet. Hier im Schatten des alten Baumes ließ es sich aushalten. Es war gut, dass Erbes sie so nicht sehen konnte. *Kendziäke!*

„Eigentlich schon. In den über dreißig Jahre alten Anlagen merkt man kaum etwas, außer, dass der Boden einer Dürrelandschaft gleicht. Tiefe Risse durchziehen die Rebzeilen. Alle andere Vegetation ist tot. Da finden Sie keinen grünen Grashalm mehr. Die Reben haben dort aber so tiefe Wurzeln in den Boden getrieben, dass sie sich noch gut versorgen können. Bei einem alten Rebstock über dreißig geht man je nach Bodenbeschaffenheit von einem Wurzelwerk zwischen fünf und sieben Metern aus. Bei den jüngeren Anlagen im Hang kann man aber den Trockenstress schon deutlich sehen. Sie rollen die Blätter ein, um die Verdunstung zu reduzieren. Oben auf dem Kalksteinplateau zeigen selbst alte Reben auf diese Weise an, dass sie am Limit sind und auf reine Selbsterhaltung umgestellt haben. Gemeinsam ist allen, dass sie kaum mehr wachsen. Schon seit vierzehn Tagen. Da wir aber aufgrund des milden Winters und frühen Austriebs einen ordentlichen Entwicklungsvorsprung besitzen, ist das alles noch nicht problematisch für die Pflanze. Schlimmer sieht es in den Jungfeldern aus." Bach seufzte. „Ich bin froh, dass wir in diesem Jahr nur einen ganz kleinen Weinberg, den ich im letzten Jahr kaufen konnte, neu bestockt haben. Dort bin ich alle zwei Tage spätabends unterwegs und gieße die knapp tausend Reben. Fünf bis zehn Zentimeter sind die gewachsen und seither in Hitzeschockstarre verfallen. In normalen Jahren kommen sie Anfang Juli auf einen guten Meter. Da gilt es jetzt Wasser hinzufahren, damit sie nicht reihenweise eingehen. Einen Kollegen im Dorf hat es besonders hart getroffen. Der hat eine riesige Fläche neu bepflanzt und fährt von morgens bis abends nur Wasser hinaus. Trotzdem sieht man bei ihm schon deutlich die ersten großen Lücken. Das wird teuer." Für einen gedehnten Moment schwiegen sie alle und griffen dann fast zeitgleich nach ihren Gläsern. „Da haben wir mit unserem jungen Riesling noch Glück gehabt bisher." Bach langte nach der dunklen Flasche. „Probieren Sie mal die Variante meiner Frau. Mit einem kleinen Schuss Holunderblütensirup. Bringt ein tolles zusätzliches Aroma und belebt." Bach hielt Joachim die Flasche hin, der gerne zugriff. „Wobei ich mir in Jahren wie diesem, wo einem der Klimawandel drastisch vor Augen geführt wird, nicht mehr so sicher bin, ob ich mit einem Riesling die richtige Sortenwahl getroffen habe."

„Riesling passt immer, solange die Lage stimmt. Das sind deine Worte. Ich hätte gerne in die Parzelle eine rote Sorte gepflanzt. Eine zum Experimentieren. Es sind doch nur ein paar Stöcke, warum nicht mal einen Malbec, Shiraz oder Tempranillo." Eva Bach grinste ihren Mann herausfordernd an.

„Ja, ja, du hast ja recht. Das Wetter in diesem Jahr spielt dir in die Karten. Wir haben die Diskussion im Winter ausgiebig geführt. Ich habe entschieden und die Rieslingreben bestellt und bekomme jetzt die Prügel dafür. Den Shiraz müsstest du übrigens ebenso gießen und den Malbec und all die anderen auch."

„Natürlich, aber die Stauhitze in der Ecke des Teufelspfads würde ihnen in den Folgejahren gut tun. Und wenn es mit dem Klimawandel so rasant weitergeht, dann wachsen die schönsten Rieslinge nicht mehr im Hang, in den ehemals besten Rieslinglagen, sondern auf dem Berg ganz oben. Dann brauchen sie den späteren Austrieb, um nicht mit der Vollreife in die Hitze zu kommen. Am besten schmecken die Rieslinge nämlich, wenn sie in der letzten Reifephase neben milden Tagen, kühle Nächte haben. Nur so bleibt das charakteristische Säurespiel erhalten."

Kendzierski lauschte gespannt dem vinologischen Schlagabtausch im Hause Bach. Insgeheim musste er sich eingestehen, dass er Eva Bach gehörig unterschätzt hatte. Bei allen Weinproben, die er zuvor hier unter dem Baum oder im Keller der Bachs genießen durfte, war sie entweder nicht dabei gewesen oder hatte sich dezente Zurückhaltung auferlegt. Ganz im traditionellen und erwarteten Rollenspiel. Während ihr Mann dozierte versorgte sie die angeschlagenen Tester mit dünn aufgeschnittenen Hartwurstscheiben und frischem Brot. Dass sie sich schon einmal in solcher Form gegen ihren Mann behauptet hatte, vermochte er aus seiner Erinnerung nicht zu sagen.

„Du hast ja recht, meine Reblaus.“ Bach lächelte herausfordernd. „Aber der Riesling steht für uns und die nächste Generation wahrscheinlich auch noch. Ich verspreche dir hier vor Zeugen, dass die nächste brauchbare Parzelle mit einer roten Sorte deiner Wahl bepflanzt wird, auch wenn es mir als rheinhessischem Weinfundamentalisten widerstrebt, wenn ich die ganzen Merlots, Cabernets und Shiraz‘ sehe. Wir sind Riesling-, Silvaner- und Spätburgunderland.“

„Karl!“ Eva Bachs entschiedener Zwischenruf. „Es ist nicht der Untergang des weinbaulichen Abendlandes, wenn auf ein paar Quadratmetern außergewöhnliche Rotweine wachsen, die im Geschmack unsere Handschrift tragen. Also bitte beruhige dich. Denk an die Hitze, dein Herz und unsere Gäste.“ Eva Bach drehte sich Kendzierski zu, anscheinend in der Absicht, das Gespräch in ruhigeres Fahrwasser zu führen. „Wenn uns der Bezirkspolizist und sein Bürgermeister raten, übermäßige Anstrengungen und Aufregungen in der Mittagshitze zu vermeiden, dann sollten wir uns daran halten.“

Karl Bach signalisierte zerknirscht Zustimmung. Seine Frau fuhr daraufhin zufrieden in Richtung Kendzierskis fort. „Was haben Sie beide eigentlich ausgefressen, dass man Sie zu einem solchen Frondienst verurteilt hat?“

Ihr Mann grinste jetzt über das ganze breite Gesicht.

10.

Wo habt ihr den Arcadie gelassen?“

Theo Lorenz‘ Blick wanderte die Reihe seiner rumänischen Weinbergsarbeiter entlang. Aus großen Augen starrten sie ihn fragend an und vermittelten mit ihrem beharrlichen Schweigen den Eindruck, dass sie ihn nicht recht verstanden hatten. Wobei das natürlich ausgemachter Schwachsinn war. Darius und Feodor verstanden jedes Wort. Bei Iolan und Misu war er sich da nicht so sicher. Die sagten kaum mal etwas und schickten dann die anderen beiden als Übersetzer vor. „Wo ist er?" Weiter große Stille. Er hatte sofort gemerkt, dass irgendetwas nicht stimmte, als sie aus dem alten Kadett ausgestiegen waren, der seiner Hefttruppe als Weinbergsauto diente. Sie hatten versucht, sich möglichst schnell und unauffällig in ihre Unterkunft zu verziehen. Ungewöhnlich eben, weil sie sich sonst nach der Arbeit immer bei ihm meldeten, um zu berichten, wie weit sie über den Tag gekommen waren. Da er nicht ständig dabei sein konnte, war ihm dieses Zeremoniell wichtig, um ein Stück weit den Überblick zu behalten, dass auch wirklich etwas gearbeitet wurde. Sie wären nicht die ersten, die munter in den Weinberg fuhren, um im Schatten der Rebzeilen abzuwarten, bis der Feierabend anbrach. Weil er das selbst vor ein paar Jahren erlebt hatte, mühte er sich mindestens zweimal täglich, seine Truppe aus sicherer Entfernung durch das Fernglas zu beobachten. Heute war er aber nicht dazu gekommen, weil er im Keller zu tun hatte. Die ersten Rotweine des letzten Jahrgangs sollten in der kommenden Woche abgefüllt werden. Mit dem Spätburgunder war er mittlerweile ausverkauft. Es wurde also höchste Zeit, sonst verlor er seinen größten Kunden. Der Sommelier des Berliner Hotels hatte schon mehrmals ungeduldig nachgefragt, wann denn endlich mit Nachschub zu rechnen sei. Dass beide Spätburgunder einfach noch nicht so weit waren, hatte er ihm aus weiser Voraussicht verschwiegen. Das eine Fass ging gerade so. Daher war er heute auch nicht aus dem Keller gekommen. Mehrmals hatte er den Rotwein gelüftet, um ihm vor der Füllung noch ein wenig Sauerstoff mitzugeben. Dazu hatte er den Wein über einen Hahn am Holzfass in eine davor gestellte Wanne plätschern lassen. Aus der sich füllenden Wanne saugte er ihn dann wieder ab und pumpte ihn zurück ins Fass. Ein Kreislauf, der seine ständige Aufsicht beanspruchte, weil die Gefahr bestand, dass die Wanne überlief. Jetzt schmeckte der Spätburgunder leidlich, was vielleicht auch daran liegen mochte, dass er sich den Wein über den Tag schön getrunken hatte. Theo Lorenz spürte hier draußen in der Hitze zwischen den Bruchsteinmauern seines Weingutes, dass er ganz ordentlich geladen hatte. Die vier verschwitzten Gesichter drehten sich vor ihm im Kreis. Einen Laut gaben sie dennoch nicht von sich.

„Verdammt, Jungs, wo ist er?" Lorenz musste heiser husten. Er spuckte aus und rieb sich über die brennenden Augen. Diese Idioten! Es hätte ihm eigentlich klar sein müssen, dass das nicht gutgehen würde. Vier Rumänen, die schon seit drei Jahren zu ihm kamen, weil er damals seine Polen rausgeschmissen hatte. Die wollten immer mehr Geld. Mehr und noch mehr. Auf dem Bau verdienten sie angeblich das Doppelte, daheim auch. Daher die Rumänen, die ihm ein Kollege vermittelt hatte, dem es genauso ergangen war. Arcadie, den sie anscheinend im Weinberg vergessen hatten, war Moldawier und heute zum ersten Mal dabei gewesen. Ein neues Beschäftigungsmodell, das er ausprobieren wollte. Leiharbeiter, das machten die großen Firmen doch auch. Eine Agentur in Mainz hatte sich darauf spezialisiert und er sich beschwatzen lassen, das Ganze zu testen. Von den Kosten war das eine echte Alternative, zumal sie die Arbeiter morgens brachten und abends wieder abholten. Er brauchte also keine Unterkunft mehr zu stellen und versorgen würden sie sich auch selbstständig. Außerdem war das Ganze als Werkvertrag organisiert. Ein ausgeklügeltes System, mit dem er sogar um die fälligen Sozialbeiträge kam. Sein gutes Recht also und ganz vernünftig, das mal auszuprobieren. Sinn machte es aber nur, wenn die Leistung im Weinberg stimmte. Das Heften war ganz wichtig für die spätere Weinqualität. Nur dort, wo alles schön gerade und luftig stand, fanden die Trauben ausreichend Platz, um gesund die Vollreife zu erreichen. „Habt ihr ihn vergessen oder absichtlich sitzen gelassen? Darius, mach endlich das Maul auf!"

„War weg, ganz plötzlich." Darius spielte den Ahnungslosen und zuckte mit den Schultern.

„Wie weg? Habt ihr nicht zusammen gearbeitet?"

„Chef, nicht gut mit Moldawier." Darius sah ihn gequält an und wiegte dabei den Kopf hin und her. „Ist so langsam. Billig nichts gut." Wie auf Befehl schüttelten sie jetzt alle vier ihre Köpfe und wollten gar nicht mehr damit aufhören. Da lag also der Hase begraben. Er hatte doch nicht soweit danebengelegen mit seinem unguten Gefühl. Die hatten ihn abgehängt bei der Arbeit in den Rebzeilen und dann einfach im Weinberg stehen lassen. *Der Konkurrenz zeigen wir es mal. Soll er doch zusehen, wo er bleibt, und hinterherlaufen.*

„Wo ist er?" Lorenz brüllte Darius an.

„Teufelspfad."

„Wo im Teufelspfad? Der Teufelspfad ist groß! Mann, lass dir nicht jeden Wurm einzeln aus der Nase ziehen!"

„Alter Spätburgunder, wo ist ganz steil und hinten Hecken mit Kirschbäume. War so langsam." Die letzten beiden Worte hatte Darius mit dem Anflug eines Grinsens gehörig in die Länge gezogen.

„Dort war er zuletzt bei euch?"

Darius und Feodor nickten synchron. Die beiden anderen

hielten ihre Köpfe gesenkt, wie zwei Grundschüler, die dabei erwischt worden waren, als sie die Türklinke zum Lehrerzimmer mit Zahnpasta präparierten. „Ist noch nicht hier, Chef?“

„Würde ich euch sonst fragen?“ Lorenz schnaufte ungehalten. Der Spätburgunder in seinem Magen drängte säuerlich nach oben. Er schluckte dagegen an. Das fehlte jetzt gerade noch. Er mit einem Schluckauf vor seinen Rumänen, die sich dagegen wehrten, von der billigeren Konkurrenz aus dem Nachbarland ausgestochen zu werden. Die Ostwanderung der Arbeitskräfteakquise. Er musste doch auch sehen, wo er blieb. Der Hotelier in Berlin würde sich bedanken, wenn er ständig die Preise für den Spätburgunder erhöhte. So war der Markt und alles ganz legal. Ein lautes Rülpsen fand ungedämpft den Weg aus seinem Mund. Damit war aber zumindest der peinliche Schluckauf erst einmal abgewendet. Erst jetzt sah er klar. Ganz plötzlich, weil seine Verdauung nicht mehr die volle Aufmerksamkeit beanspruchte. „Dann habt ihr den schon gleich nach dem Mittagessen dort sitzen lassen?“ Lorenz fingerte ungelenk sein Handy aus der Hosentasche. „Das ist fast fünf Stunden her. Der müsste doch längst hier sein, auch wenn er sich auf dem Weg zehnmal verlaufen hat.“

11.

Eigentlich hatte Mini-Willy warten wollen, bis es finster war. Es durfte ihn auf gar keinen Fall irgendjemand sehen. Im Dunkel der Nacht wäre die Gefahr, entdeckt zu werden, sicher geringer. Wobei er nicht vorhatte, das jetzt wieder bis in alle Details abzuwägen. Auch am helllichten Tag traf man an dieser Stelle in den Essenheimer Weinbergen selten jemanden. Alle nutzen sie den besser befahrbaren Feldweg tiefer am Hang. Im Laufen traf sein Fuß einen mittelgroßen Stein der frisch aufgetragenen Schotterschicht. Ein strammer Schuss, der den Brocken ins nahe Dickicht beförderte. Kreischend stoben ein paar Krähen in die Höhe, die er bei ihrem Festmahl in der verwilderten Sauerkirsche gestört haben musste. Sie drehten eine ausladende Runde in der Luft und kamen schon wieder näher. Er schien nicht in ihr Feindschema zu passen. Wenn er gewusst hätte, dass irgendjemand all die tiefen Löcher des Feldweges schon aufgefüllt hatte, wäre er natürlich mit dem Wagen bis hier runter gefahren. Wahrscheinlich reichte ein heftiger Regenschauer und die ersten Furchen waren wieder freigespült. Wenn doch nur mal einer käme! Besser noch ein erlösender gleichmäßiger Landregen über Stunden oder auch Tage, damit die ganze trockene Erde bis in tiefere Regionen mal wieder gut durchnässt wurde. Es würde vieles einfacher und seine Sorgen geringer machen.

Im Laufen schüttelte er den Kopf und suchte dabei einen weiteren schönen Brocken, den er mit einem ordentlichen Tritt in die Hecken befördern konnte. Da war schon einer. Er nahm Maß, traf ihn aber nicht richtig. Nach ein paar Metern blieb er bereits liegen. Der nächste saß. Er verschwand fast waagerecht auf Bauchhöhe im Gestrüpp, das den ehemaligen großen Schutthang bis hoch zum Grillplatz überwuchert hatte. Eine Reaktion wie eben blieb aber aus. Nicht mit jedem Schuss ließ sich etwas aufscheuchen. Den schlechten Feldweg hatten sie wirklich gut hinbekommen. Etliche Anhänger voll Schotter mussten das gewesen sein. Morgen früh würde er mit dem Traktor den Weg einer ernsthaften Belastungsprobe unterziehen. Dann brauchte er nicht unten auf dem anderen Weg im Schneckentempo entlangzuschaukeln. Der hier lag jetzt eindeutig besser da. Wobei er für das zu transportierende Gewicht eigentlich zu steil war. Vielleicht fuhr er ihn doch besser erst einmal leer hinauf, auf dem Heimweg vom ersten Gießen nach Sonnenaufgang. Er schnaufte schwermütig, während er nach dem nächsten Stein trat. Daneben, Luftloch. Beim Abbiegen auf die große staubige Fläche, die sich vor ihm auftat, spürte er, wie ihm die Tränen kamen. Durch den Schleier hindurch konnte er kaum noch etwas deutlich sehen. Er stolperte in die erste Zeile hinein und schluchzte. Achtausendvierhundert Reben, Ende April frisch gepflanzt, die langsam aber unaufhaltsam vor die Hunde gingen. Fünfzehntausend Euro in den Sand gesetzt, Geld, das er nicht einmal hatte. Er brüllte gegen die Krähen an, die immer noch über ihm kreisten. Scheißegal, wenn ihn jetzt doch jemand sah. Kurz nach acht an einem Mittwochabend lagen sie alle daheim vor der Glotze. Fußball-Länderspiel. Er hatte auf dem Weg hierher nicht geglaubt, dass er sich das wirklich trauen würde. Aber was blieb ihm denn sonst noch übrig, wo nicht einmal das Gießen das langsame Sterben aufhalten konnte?

Also los jetzt! Wippend beugte er seinen Oberkörper nach vorne und ging leicht in die Knie. Dazu stimmte er langsam summend, dann lauter werdend, den Gesang an, den er sich vorhin auf Youtube noch einmal angesehen hatte. „Umumumumumumum." Er wiegte sich weiter im monotonen Rhythmus, der über seine Lippen kam. Mit geschlossenen Augen stampfte er auf die staubige Erde, für die er mit seinem Regentanz der Cherokee-Indianer Linderung erbat. „Hamhamhamham." Langsam arbeitete er sich Schritt für Schritt den Hang hinunter, konzentriert und in sich gekehrt.

Er konnte doch nicht zusehen, wie die Jungpflanzen alle langsam verreckten. Jeden Tag mehr. Fest auftretend vollführte er eine Drehung um die eigene Achse und schob sich weiter voran, fast in Trance mittlerweile. Der Widerstand allerdings, auf den sein linker Fuß in diesem Moment traf, brachte ihn aus dem Gleichgewicht. Kopfüber stürzte er und riss im Fallen die Augen auf. Aus der grünen Nachbarzeile, in der die knorrigen alten Stöcke tapfer in die Höhe standen, ragte ein verdrehtes, nacktes Bein in die erste Gasse seines Jungfelds herüber.

12.

„Da lang!" Theo Lorenz deutete mit dem ausgestreckten Zeigefinger seiner Rechten in die Richtung, in die Darius den VW-Bus bei ihrer abendlichen Suche nach dem verschollenen Moldawier zu lenken hatte. „Mach langsam, du ruinierst mir die Stoßdämpfer."

Im Spiegel der Sonnenblende, die sich durch das elende Geschaukel herabgesenkt hatte, konnte er erkennen, dass die drei anderen Rumänen auf der Rückbank wild durcheinandergeworfen wurden. Alle hatte er sie nacheinander einsteigen lassen, obwohl er eigentlich nur einen von ihnen als Fahrer brauchte. Er fühlte sich nach dem vielen Spätburgunder im kühlen Holzfasskeller nicht in der Lage, durch die Gegend zu kurven. Außerdem hatten sie es verbockt und nicht er. Wahrscheinlich stand jetzt schon der Fahrer aus Mainz im Weingut auf der Matte und wollte den ausgeliehenen Arcadie abholen. Da war es nur recht, dass sie alle mit mussten. Und je nachdem wie lange das hier dauerte, würde er sie nachher noch ordentlich zusammenfalten, diese Idioten. Schöner Mist das alles!

„Wart ihr hier an dem Spätburgunder oder am nächsten zuerst?“ Obwohl er Darius angebrüllt hatte, reagierte er nicht sofort. „Was denn?“ Er kontrollierte während der holprigen Fahrt die Zeilen. Etliche Triebe hingen noch in die Gassen hinein. So ein Pfusch! „Den wollt ihr geheftet haben? Da könnt ihr Morgen gleich nochmal eine Ehrenrunde drehen. Nichts ist das, gar nichts. Und glaubt nicht, dass ihr dafür auch nur einen Cent bekommt. Den heutigen Tag streiche ich euch komplett von der Stundenliste. Ihr habt wohl im Schatten gepennt und geglaubt, ich merke das nicht.“ Er spürte, dass ihm die Hitze in Kopf und Brust den Atem raubte. Seine letzten Worte hatten daher wie das Krächzen eines altersschwachen Gockels auf dem Mist geklungen. Ein Unheil kam selten alleine. Der Tag fiel komplett unter die Kategorie ‚zum Vergessen‘.

„Nein, nächste Spätburgunder, ganz alte mit schlechtem Draht.“ Darius hatte fast geflüstert und hob dann zu einer lauten Litanei auf Rumänisch an, die Feodor von der Rückbank schreiend erwiderte. Wenn die vier sich in den nächsten Tagen nicht gehörig anstrengten, konnten sie sich für die nächste Heftsaison nach einem neuen Arbeitgeber umsehen. Seine Toleranzgrenze war mit dem heutigen Tag erreicht. Das Maß war mehr als voll.

„Mensch, halt an! Hier ist die erste Reihe.“ Darius trat so fest auf die Bremse, dass sie alle nach vorne geschleudert wurden. Nur aus Rücksicht auf seine Stimmbänder verzichtete er auf einen weiteren lautstarken Wutausbruch. „Verteilt euch auf die Reihen. Wenn er hier nicht ist, fahren wir den ganzen Teufelspfad ab. Bewegt euch.“ Es erfüllte ihn große Lust bei dem Gedanken, dass er die vier bis in die

Nacht hinein scheuchen würde, obwohl sie nach dem langen Tag in der Hitze wahrscheinlich schon fix und fertig waren. Das würde ihnen eine Lehre sein. Strafexerzieren nach Feierabend. Wahrscheinlich hatte der Moldawier, nachdem er bemerkt hatte, dass die Rumänen einfach ohne ihn weitergefahren waren, in Mainz bei der Agentur angerufen und sich abholen lassen. Anders war es kaum zu erklären, dass er nicht schon längst im Weingut angekommen war. Morgen früh konnte er das am Telefon klären. Die kannten dort ja auch die Probleme zwischen den einzelnen Nationalitäten, die sich oft nicht grün waren untereinander. Sollte er jetzt auch noch darauf achtgeben? Seine vier hier konnten aber gut noch ein wenig rennen, bevor er die Suche abblasen würde. Er ließ sich auf dem Weg den steilen Hang hinauf zurückfallen. In diesem Moment erkannte er, dass weiter oben jemand auf dem ausgebesserten Schotterweg unterwegs war. Er hielt an und verschnaufte. Der Minimalschnitt-Willy war anscheinend unter die Jogger gegangen. Im gestreckten Galopp rannte der dort oben entlang. Bloß gut, dass der sie nicht gesehen hatte hier unten. Wenn er eines in diesem Moment überhaupt nicht gebrauchen konnte, dann die neunmalklugen Ratschläge dieses Kollegen, der faul war und dennoch glaubte, die Weisheit mit großen Löffeln gefressen zu haben. Aber in einem solchen Jahr zeigte sich, wer sein Handwerk verstand. Beim Mini-Willy verreckte nämlich gerade die komplette Junganlage, weil er im April viel zu spät mit dem Pflanzen angefangen hatte.

Aber immer zu spät im Wingert zu sein, war Familientradition, die der Vater vom Willy an seinen Sohn weitergegeben hatte. Nur das Nötigste tun und das auch nur halbherzig. Seit ein paar Jahren versuchte er sogar noch, die Faulheit als neue Errungenschaft zu verkaufen: Minimalschnitt, die

Weinbauschule experimentiere seit Jahren erfolgreich damit. *Höchste Effizienz im Weinbau, die Befreiung von den Fesseln der Handarbeit.* Dreißig, vierzig Hektar könne bald einer alleine bewirtschaften. Nur vom Traktor aus. So sahen seine paar Weinberge in Nieder-Olm auch aus. Verbuschte Hecken, die kaum mehr als Zeilen zu erkennen waren, weil der Minimalschnitt-Willy den Rebschnitt eingestellt hatte und nur einmal im Frühjahr mit dem Laubschneider den Wuchs bändigte. Brüchiges, dichtes Geäst, durch das kaum noch ein Sonnenstrahl an die Trauben kam. Nichts als Pfusch. Für einen kurzen Moment ließ Theo Lorenz der Gedanke an die Gerechtigkeit der Welt seine eigenen Probleme vergessen.

„Chef, hier!" Der Schrei aus der Nachbarzeile holte ihn zurück. Von Misu war er gekommen, den er jetzt schnaufend eingeholt hatte. Der Rumäne stand wie versteinert da. Vor seinen Füßen lag der Moldawier mit weit aufgerissenen Augen auf dem Rücken. Auf seinem kalkweißen Gesicht zeichneten sich zwei eingetrocknete, rotbraune Rinnsale, die sich aus der Nase und dem Mundwinkel stammend auf der Wange vereinigten, deutlich ab.

„Ihr Idioten, was habt ihr mit ihm gemacht!"

13.

Fast geräuschlos drückte Kendzierski die Wohnungstür auf. Er stoppte in der Bewegung und lauschte hinein. Stille, kein Gebrüll. Er hatte also doch richtig gehört, unten an der Haustür. Schon dort hatte er nämlich einen Moment ausgeharrt, um sich seelisch und moralisch auf das vorzubereiten, was ihn fast immer erwartete, wenn er nach Hause kam. Lauras Geschrei und Klaras trauriger, müder Blick. Er seufzte und tat vorsichtig den ersten Schritt in ihre Wohnung. Er durfte sie auf keinen Fall aufwecken. Ähnlich konzentriert, wie er die Tür zudrückte, setzte er behutsam Schritt für Schritt durch den Flur bis ins Wohnzimmer. Da er Klara weder in der Küche, noch im Bad vorfand, rechnete er fest damit, sie und die Kleine auf dem Sofa im Wohnzimmer anzutreffen. Fast lautlos gelangte er, einem Indianer auf dem Kriegspfad gleich, dort an. Sein Blick fiel zuerst auf die beiden halb heruntergebrannten Kerzen, danach auf den Rest des festlich gedeckten Esstisches. Das feine Sonntagsporzellan von Klaras Mutter, Silberbesteck und rote Stoffservietten. Bitter kroch das schlechte Gewissen in ihm nach oben. Während er selig mit dem Kopf auf der Schreibtischplatte schlummerte, hatte sich Klara hier solche Mühe gegeben und auf ihn gewartet. Aber warum? Kendzierski fühlte die Hitze auf seinem Gesicht. Einen Jahrestag vergessen? Heftig schüttelte er den Kopf. Nicht im Juli. Nicht Klaras Geburtstag und nicht sein eigener. So vergesslich war er auch wieder nicht. Außerdem hatte er ihr doch mehrmals gesagt, dass er heute Abend diesen wichtigen Termin im Kalender stehen hatte. Die Nachbesprechung zum Straßenfest.

Sie lag auf dem Sofa. Trotz der Hitze in eine Decke eingewickelt mit geschlossenen Augen. Kendzierski spürte in diesem Moment wärmend in sich, wie sehr er sie liebte. Etwas wie heute Abend durfte nie wieder vorkommen. Keine weiteren Lügen mehr. Klara schlug in diesem Moment die Augen auf und lächelte ihn an.

„Bleib ruhig liegen." Er hatte geflüstert. „Schläft sie?"

Klara nickte und richtete sich auf.

„Es tut mir so leid, dass ich dich alleine gelassen habe heute Abend."

„Ach Paul, das sind die Nachwirkungen der Stillamnesie. Mir ist erst eingefallen, dass du heute ja diesen Termin hast, als ich mit allem fertig war. Und dann habe ich gehofft, dass du doch früher da rauskommst. Darüber muss ich eingeschlafen sein."

Kendzierski setzte sich neben Klara auf das Sofa und nahm sie in den Arm. Das fühlte sich so gut an. Er küsste sie aufs Ohr.

„Paul, wir müssen mehr an uns denken." Klara flüsterte und hielt ihn fest an sich gepresst. „Ich habe eine Überraschung für dich. Morgen Abend halb neun. Ich hoffe, du hast da nicht auch einen Termin."

„Egal was es ist, ich sage ihn ab. Aber Laura?"

„Meine Mutter will es nochmal versuchen. Ich glaube, sie hat gute Chancen diesmal. Laura ist seit heute wie ausgewechselt. Kein einziger Schrei den ganzen Nachmittag und heute Abend ist sie ohne Murren bei der Flasche eingeschlafen. Ich glaube wir sind auf dem Weg der Besserung."

14.

Er hatte sie heute zum ersten Mal seit ein paar Wochen wieder tagsüber beobachtet, am späten Nachmittag gleich nach der Arbeit. Irgendwie war ihm danach gewesen, obwohl er wusste, dass die Erfolgsaussichten gering waren. Und dann das! Zufrieden lief er jetzt durch die Dunkelheit. Die Luft tat gut, die leichte Abkühlung, die man nur deswegen überhaupt wahrnahm, weil es heute einen weiteren Hitzerekord gegeben hatte. Im Radio war es vorhin gemeldet worden. Schon der vierte für diesen Sommer. Lange würde er nicht Bestand haben, darin waren sie sich alle einig. Ihm war das egal.

Eine rot getigerte Katze schoss an ihm vorbei und verschwand mit einem Satz über einen niedrigen Jägerzaun. Ausgestorben wirkte das alles, obwohl hier Haus an Haus dicht gedrängt stand. Der Speckgürtel des Rhein-Main-Gebietes. Teure Quadratmeterpreise ließen die Grundstücke schrumpfen. Mit jeder neuen Erschließung ein wenig kleiner. Kaum noch Garten davor und dahinter.

Er verhakte beide Daumen unter den Trägern des Rucksacks, den er auf dem Rücken trug. Alles war noch am rechten Ort. Er zog die Riemen enger, um das noch deutlicher wahrzunehmen. Noch einmal um die Ecke, dann hatte er den Wagen erreicht. Er würde sich zwingen müssen, zuerst ein Stück zu fahren. Nach den letzten Häusern gleich der erste Feldweg: Spätestens in den würde er sein Auto lenken. Viel länger war das nicht auszuhalten. Er musste unbedingt wissen, was er erbeutet hatte. Sein Schatz. Er war richtig stolz auf sein überlegtes Vorgehen.

Er hatte vorhin eigentlich schon wieder aufbrechen wollen. Die Sonne auf dem Kopf und den Misserfolg vor Augen, weil sie nicht da war, wo er sie vermutet hatte. Im letzten Moment hatte sich die Tür aufgetan und sie war herausgekommen. Sein Herz schlug jetzt allein bei dem Gedanken daran schneller. Wie würde es nachher erst sein, wenn er seinen Rucksack öffnete. Wie an Heiligabend unterm Christbaum vor Jahrzehnten, als alles noch in weichem Licht gezeichnet war. Aus dem sicheren Schutz eines Hausvorsprungs hatte er sie gut beobachten können. Er war ihr zunächst mit den Augen gierig gefolgt, dann auch mit den Füßen. Kein übermäßiges Risiko, gehöriger Abstand. Die Schirmmütze bis an die Augen, das Kinn auf der Brust. Sie hatte eine Tüte in der rechten Hand getragen, weich und ausgebeult. Zwei Straßen weiter am Altkleidercontainer hatte sie Halt gemacht und sich umgeblickt. Den Moment hatte er kommen sehen. Es war wichtig, in Gedanken immer einen winzigen Schritt vorauszusein. Die pralle Plastiktüte, der Container, um den herum unzählige andere lagen. Er hatte daher schon, bevor sie den Container erreichte, Schutz hinter einer sauber getrimmten Buchenhecke gefunden. Dort harrte er aus, bis sie ganz nahe und wieder vorüber war. Er hatte sie riechen können für einen ausgedehnten Moment. In der schwirrenden, windstillen Hitze hielt er sich lange in der Luft, ihr süßer Geruch, den er so gut kannte und den er überall würde herausriechen können.

Danach war er in den Restposten-Markt im Gewerbegebiet gefahren, dessen Plastiktüte sie benutzt hatte. Er kaufte billige Handtücher, füllte damit den Beutel und verschloss ihn so, wie sie es gemacht hatte.

Er war einfach zu schwach. Die letzten Meter zum Auto lief er fast, zog die Tür auf und zerrte den Beutel aus dem Rucksack, kaum dass er drinnen auf dem Sitz saß. Ihren, der so aussah wie seiner, gegen den er ihn eben am Container ausgetauscht hatte. Seine Hände zitterten zu sehr, als dass er in der Lage gewesen wäre, den Knoten behutsam zu öffnen. Er riss die Plastiktüte gewaltsam auf und drückte seine Nase tief in ihren Geruch. Mit geschlossenen Augen sog er ihn in sich hinein und wünschte sich in diesem Moment, so einschlafen zu können. Zusammen mit ihr, sie in seinen Armen.

15.

Kendzierski brummte eine muntere Melodie vor sich hin, während er in seiner Hosentasche nach dem Büroschlüssel kramte. Er empfand in diesem Moment tiefes Glück und das musste heraus. Der gestrige Abend, die Nacht und die Aussicht auf Klaras Überraschung heute: traumhafte Perspektiven, die ihn sogar die Last der nächsten Stunden verschmerzen ließen. Ein Blick auf die Armbanduhr bestätigte ihm, dass er noch eine gute Stunde Zeit hatte. Sein Leidensgenosse Joachim holte ihn gegen halb zehn ab. Sie hatten sich auf diesen Zeitplan für die nächste Ausfahrt zur Verbesserung der Trinkgewohnheiten im Selztal verständigt. Sie wollten schließlich nicht auch noch zum Weckkommando werden. Ab heute war ohnehin alles egal. Selbst bis zu Klara war es schon vorgedrungen, wozu ihn Erbes verdonnert hatte. Und das, obwohl sie diesen Bereich Nieder-Olms, das Neubaugebiet im Weinberg, weiträumig umfahren hatten. Klaras Mutter und zwei Freundinnen hatten sie telefonisch umfassend über sein neues Betätigungsfeld in Kenntnis gesetzt. *Ist Paul versetzt worden? Davon hast du gar nichts erzählt. Ein ruhigerer Job als junger Vater, ganz so jung ist er ja auch nicht mehr.*

Gut nachzuvollziehen. Die kleinen Spitzen von Klaras Mutter, seiner ansonsten ganz verträglichen Fast-Schwiegermutter. Sie konnte sich einen wiederkehrenden Seitenhieb auf die gut zehn Jahre Altersunterschied zwischen Klara und ihm nicht verkneifen. Dass sie es aber heute Abend noch einmal wagen wollte, Laura zu bändigen, war aller Ehren wert. Klara hatte ja so recht. Sie mussten ab und an eine gemeinsame Unternehmung hinbekommen, als Paar wieder zueinander finden, auch in dieser nun vollkommen veränderten

Situation. Ansonsten lebten sie in nicht allzu ferner Zukunft nur noch schweigend nebeneinander her. Das durfte auf keinen Fall passieren. Die Paare, die er manchmal beobachtete, im Bus, im Restaurant, im Café. Vor sich hinstarrend still nebeneinander, als ob sie Welten voneinander entfernt wären.

„Paul Kendzierski?"

Er zuckte unweigerlich zusammen, weil er mit einem Ordnungsruf Erbes' gerechnet hatte. Die Uhrzeit, der Ort, direkt vor seinem Büro, eine alltägliche Szenerie. Der Bürgermeister, der ungeduldig wartend seinen Verdelsbutze vor der Tür abfing. *Kendziäke! Warum sind Sie noch nicht unterwegs? Die Menschen verdursten uns und Sie stehen hier rum. Los, los, Marsch, Marsch!*

Das Gesicht kam ihm bekannt vor, ohne dass er sofort hätte sagen können, wo der Dicke hingehörte, der da gehetzt auf ihn zukam.

„Schön, dass ich Sie so früh antreffe."

Kendzierski nickte und mühte sich redlich, einen gequälten Gesichtsausdruck gar nicht erst entstehen zu lassen. Er drückte die Bürotür auf und signalisierte dem Dicken, dass er ihm gerne den Vortritt ließ beim Eintritt in den stickigen Mief seines aufgeheizten Arbeitsraumes. Ein Vorgeschmack auf den Rest des Tages im Feuerwehrwagen.

„Jetzt lernen wir uns endlich mal persönlich kennen." Er streckte ihm die Rechte entgegen. Kendzierski nickte freundlich beflissen und griff zu, ohne die geringste Ahnung, zu wem diese weiche feuchte Hand gehörte, die er schüttelte. „Thomas Breivogel."

Ein kurzer Moment der peinlichen Stille. Der Dicke blickte ihn erwartungsvoll an. Kendzierski nickte. Der Groschen wollte dennoch nicht recht fallen. Der Redakteur der Mainzer Zeitung? Jetzt hatte Kendzierski vollständig die Kontrolle über seine Gesichtszüge verloren. Irgendwo zwischen gequält, genervt und leidgeprüft. Hatte Erbes tatsächlich eine Pressemeldung rausgegeben und dieser Besuch war das Ergebnis? Der gegenüber passte trotzdem gut ins Feindbild. Er war ein wenig größer als Kendzierski, steckte in einem dunkelblauen, sackartigen Anzug, der faltig an ihm herunterhing. Auf seinem runden fleischigen Gesicht, das eine große viereckige Hornbrille mit dünnem Rahmen dominierte, suchten sich mehrere feine Schweißrinnsale ihren Weg nach unten. Die blonden, dünnen Haare lagen strähnig quer. Aus wachen Augen, die durch die dicken Gläser der Brille zusätzlich vergrößert wurden, blickte er ihn noch immer erwartungsvoll an.

„Ich freue mich auch."

Kendzierski nickte ein paar Mal. Unsicher, ob diese Antwort jetzt überhaupt zu seinen Worten zuvor passen wollte. Neu musste der sein, weil er eigentlich sämtliche Mitarbeiter kannte, die für den Lokalteil der Zeitung hier auf dem Land zuständig waren. Mitte dreißig, für einen Praktikanten eigentlich zu alt. Schwangerschaftsvertretung vielleicht, letztlich aber auch egal. „Ja, unserer Verbandsgemeinde ist es ein echtes Anliegen, für ihre Bürger da zu sein." Kendzierski kontrollierte umgehend, ob dem Journalisten das vielleicht schon ausreichte. Doof! Der dicke Breivogel war nicht hierhergekommen, um sich mit einem nichtssagenden Halbsatz abspeisen zu lassen. Interview, Fotos. *Wie fühlen Sie sich dabei? Eine große Verantwortung, die Sie auf Ihre Schultern geladen haben. Eine tolle Idee, wie sind Sie darauf gekommen? Gibt es bereits Nachahmer in anderen Teilen Rheinhessens?* Ganz sicher nicht, so bescheuert war sonst keiner! Kendzierski, reiß dich zusammen! Ein paar Fragen, ein paar Antworten, je eher es losging, desto schneller war er den schwitzenden Fleischberg, der wie ein Staubsaugervertreter aussah, wieder los.

„Sie werden es sicher schon mitbekommen haben, dass wir gestern am Abend zwei Leichen oben in Essenheim in den Weinbergen gefunden haben."

Kendzierski hatte keine Vorstellung, wie er jetzt gerade aussah. Ziemlich dämlich wahrscheinlich, sicher irritiert, vollkommen ohne Plan, reichlich peinlich. „Was?" Mehr konnte er in diesem Moment nicht sagen.

„Eine weibliche und eine männliche Leiche. Nicht weit voneinander entfernt, aber auf den ersten Blick ohne wirklichen Zusammenhang, wobei ich zugestehen muss, dass wir noch nicht recht weitergekommen sind. Bisher gehen wir in beiden Fällen von einem Verbrechen aus. Vieles deutet darauf hin." Er kicherte dazwischen, was komisch klang. „Es wäre kurios, wenn die beiden Funde nicht zusammenhingen. Die Dörfer hier sind ja nicht unbedingt ein Ort, an dem Mord und Totschlag ein täglicher Begleiter sind."

Ohne dass er ihn dazu aufgefordert hatte, steuerte Breivogel den Besucherstuhl vor Kendzierskis Schreibtisch an. Schnaufend zog er sich eine abgegriffene dünne Kunstledertasche von der Schulter und schälte sich danach umständlich aus seinem Sakko, das er ordentlich über die Rückenlehne hängte. Mit zufriedenem Gesichtsausdruck nahm er Platz, lehnte sich zurück, verschränkte die Hände hinter dem Kopf und gab den Blick frei auf zwei überdimensionale Schweißflecken unter seinen Achseln. Der schien sich hier häuslich einrichten zu wollen. Langsam fügten sich die Bruchstücke in Kendzierskis Kopf zusammen. Das Gesicht, das Körpervolumen dazu: Gerd Wolfs Nachfolger bei der Mainzer Kripo. Da er noch nie irgendetwas mit dem Neuen zutun hatte, brauchte sein Gehirn länger. Die Hitze tat ihr

Übriges. Kendzierski ging hinter seinem Schreibtisch zum ersten Fenster und zog es weit auf. Das, was von draußen hereinzog, fühlte sich zwar frischer, aber nur wenig kühler an.

Wolf, mit dem er sich seit seinem eigenen Dienstantritt hier in Nieder-Olm immer wieder in die Quere gekommen war, hatte im letzten Winter den wohlverdienten Ruhestand angetreten. Breivogel war sein Nachfolger geworden, obwohl sie sich nicht einmal in Ansätzen ähnelten. Der drahtig sportliche, immer gebräunte und in den Ruhestand verabschiedete Vorgänger und sein schwitzender, blasser Nachfolger. Größer hätte der Kontrast nicht sein können. Kendzierski musste grinsen, auch wenn das hier nicht angebracht war. Obwohl er sich in den letzten beiden Jahren eigentlich ganz gut mit Wolf und seinem eisernen Beharren auf den klar abgegrenzten Zuständigkeiten zwischen Bezirkspolizist und Kripobeamtem arrangiert hatte, empfand er doch eine leichte Schadenfreude, dass der ihm gegenüber Wolfs Erbe angetreten hatte. Ätsch! Jetzt verstand er auch, warum es Wolf tunlichst vermieden hatte, ihm vor seinem Verschwinden den Nachfolger salbungsvoll und mit großen Gesten vorzustellen.

„Wir haben die ganze Nacht durchgearbeitet." Breivogel seufzte und gähnte mit offenem Mund.

Kendzierski musste sich in diesem Moment eingestehen, dass man die durchgearbeitete Nacht auch riechen konnte. Eine feine süßliche Schweißnote hing im Raum. Sein eigenes T-Shirt war heute frisch, zeigte keine eingetrockneten Spuckspuren seiner Tochter und roch angenehm nach Sommerblüten. Es lag also offen zutage, wer als Verursacher dieser geruchlichen Irritation einzig in Frage kam.

„Über sie wissen wir noch gar nichts. Sie sah aus, als ob sie auf dem Weg zur Disko gewesen wäre. Ende Zwanzig vielleicht, mächtig aufgebrezelt. Kurzer Rock, knappes Top, stark geschminkt. Der Fundort im Weinberg ist nicht der Tatort gewesen. Sie wurde dorthin geschleift, nachdem sie schon tot war. Den Rest ermittelt die Rechtsmedizin. Wir suchen, seit es hell ist, die Umgebung weiträumig ab. Würde mich wundern, wenn sie sehr weit entfernt umgebracht worden ist." Breivogel löste sich aus der lässigen Schweißfleckenpräsentationshaltung, um sich mit der Rechten über das nasse Gesicht zu wischen. Danach tastete er nach seiner Umhängetasche und kramte darin, während er fortfuhr. „Sie hatte nichts dabei, nicht mal ein Handy haben wir bisher gefunden. Wollen Sie?"

Fragend sah er Kendzierski für einen knappen Moment an und schlug dann einen Tabletcomputer auf. Mit bunten kleinen Bildern meldete sich das Gerät sofort einsatzbereit.

„Die offiziellen Abzüge vom Tatort sind noch nicht fertig. Ich mache mir immer selbst ein paar. Sind schon praktische Geräte. Ein Winzer hat sie gefunden, als er sein Jungfeld kontrollierte. Sie hat höchstens einen halben Tag dort gelegen. Die Hitze."

Er zog die Nase leicht angewidert kraus. Mit schnellen Fingerbewegungen schickte er die Bilder quer. „Sie hat eine sichtbare Verletzung an der Stirn, gestorben ist sie durch das Messer im Rücken. Hier." Breivogel hielt in der Bewegung inne, weil er das richtige Bild identifiziert hatte. Die Detailaufnahme eines hellbraunen Holzgriffes. Ein Messer, das bis zum Schaft verschwunden war. Ihr Rücken, rot getränkt der Stoff drum herum, der nur an den Bildrändern noch mintfarben durchschimmerte. Kendzierski schnaufte. Der Kripobeamte sah einen Moment zu ihm auf. Mit einer kurzen Bewegung schob er seine große Hornbrille hoch, die ihm fast bis auf die Nasenspitze heruntergerutscht war. „Die nächsten werden nicht besser."

„Ist o.k.“

Breivogel wischte schon weiter, ohne die Antwort wirklich abgewartet zu haben. Bei Wolf hätte er in dieser Situation sofort gewusst, was der von ihm wollte. *Ich informiere Sie, dafür mischen Sie sich nicht ein. Kümmern Sie sich um Ihre Parksünder und wir machen das große Verbrechen!* Beim Neuen konnte er die Beweggründe noch nicht wirklich einschätzen.

„Hier sehen Sie die Schleifspuren auf Bauch und Brust.“ Blutige dünne Streifen, Staub. Ihr Shirt war hochgerutscht und gab einen mit Spitzen verzierten schwarzen BH frei. Auf dem Stoff konnte er feine grüne Spuren erkennen. „Er muss sie an den Beinen hinter sich her geschleift haben durchs trockene Gras bis an den Ablageort. Warum genau bis dahin, in die Hälfte der Rebzeile, ist sein Geheimnis. Oben an den Weinberg stößt ein fast undurchdringliches Dickicht. Wenn er sie dort hineingezerrt hätte, würde sie jetzt noch dort liegen. Vielleicht erklärt es auch Leiche zwei.“ Er wischte jetzt hektischer über die Glasscheibe und ließ die Bilder als farbigen Streifen vorbeirasen. Zwei geweitete Augen starrten Kendzierski unvermittelt an. Blut aus Nase und Mundwinkel. Über der Stirn verklebte schwarze Haare. Dichte ebenso dunkle Augenbrauen. „Von der Zeitfolge scheint das zusammenzupassen. Der Täter ist mit ihr beschäftigt, zieht sie in den Weinberg und wird dabei von dem moldawischen Saisonarbeiter überrascht. Im Unterschied zur Frau zeigt der aber auf den ersten Blick keine offensichtlichen Spuren von Gewaltanwendung oder einem Kampf mit dem Täter. Arcadie Curtianu, 38. Er war eigentlich mit vier Rumänen unterwegs, die ihn aber, weil er den ersten Tag dabei war, alleine zurückgelassen hatten, damit er sich langsam nach einer Einführung in die neue Tätigkeit einarbeiten konnte.

Sie haben ihn zusammen mit ihrem Chef gefunden, weil er abends nicht ins Weingut zurückgekommen war. Beide Anrufe gingen fast zeitgleich bei uns ein." Der Kripobeamte klappte den Tabletrechner zu und verstaute ihn wieder in seiner Tasche. Er schien auf eine Reaktion zu warten. *Noch Fragen? Sie können ruhig fragen, wenn Ihnen etwas unklar ist.*

Kendzierski versuchte das Gesehene zu sortieren. Das nahm all seine verfügbaren Kapazitäten für diesen Moment ein. Unter Umständen war er genau zu dem Zeitpunkt oben in Essenheim gewesen, als diese beiden grausamen Morde verübt worden waren. Bei Verjus-Schorle mit einem Schuss Holunderblütensirup im Schatten des alten Baumes in Bachs Innenhof. Er musste schlucken und meinte sofort klarzusehen. Deswegen hatte sich der schwitzende Dicke zu ihm bemüht. Dutzende Einwohner und wahrscheinlich noch deutlich mehr mussten ihm in aller Ausführlichkeit berichtet haben, was ihnen am gestrigen Tage aufgefallen war. Dass sein Name in Verbindung mit einem großen roten Feuerwehrwagen und den schallenden Trinkhinweisen nicht nur einmal genannt worden war, konnte kaum überraschen. Dieser Gedanke trieb ein weiteres Seufzen aus ihm heraus.

„Ja, mich lässt das auch nicht kalt, obwohl ich das häufiger zu Gesicht bekomme als Sie." Breivogel mühte sich mit einem erfahrenen Lächeln ab. Kendzierski konnte das eigene Grinsen ohne größere Mühe zurückhalten. Wenn er sich richtig erinnerte, hatte Wolf an seinem Nachfolger kein gutes Haar gelassen. *Weiß alles besser, und wenn es drauf ankommt, meldet er sich krank.* Die Entführung des Mainzer Bauunternehmers Viktor Reichwein im vergangenen Jahr. „Als ich über das BKA in Berlin eingesetzt wurde, habe ich ganz andere Sachen erlebt." Breivogel hatte sich wieder entspannt in seinem Stuhl eingerichtet, verschonte ihn aber im Moment mit weiteren tiefen Einblicken in sein Schwitzverhalten.

„Und dass er sie umgebracht hat? Die Anstrengung, die Aufregung der Tat, Herzinfarkt auf der Flucht. Klingt kurios, aber er wäre nicht der erste Hitzetote, wenn auch der mit der außergewöhnlichsten Vorgeschichte. Ist sie vergewaltigt worden?“

„Per Zufall im Weinberg getroffen? Kurzschlusshandlung und Kollaps. Bleibt die Frage offen, warum sie in der Aufmachung über die Feldwege unterwegs war. Auf den ersten Eindruck sah es nicht nach einer Vergewaltigung mit anschließendem Mord aus. Es gibt auch kaum Spuren, die auf einen Kampf zwischen ihr und dem Täter hindeuten. Stark gerötete Augen hatte sie. Da müssen die Rechtsmediziner noch mehr Details liefern. Bis dahin ist aber auch Ihre Theorie nicht sicher auszuschließen.“ Breivogel machte sich daran, die Arme wieder hinter dem Kopf zu verschränken. Da ihm dabei auffiel, wie es um sein Hemd stand, ließ er das aber doch bleiben. „Die Hitze.“ Er schnaufte entschuldigend. „Ich brauche jetzt als erstes eine Dusche und frische Klamotten.“ Für einen gedehnten Moment schwieg er und ließ seinen Blick durch Kendzierskis Büro wandern. Es machte den Anschein, dass er nach den rechten Worten suchte, um seinen wahren Grund für den Besuch hier im Rathaus geschickt zu verpacken.

„Es ist sehr nett“, Kendzierski stockte kurz und fuhr dann fort, „sehr kollegial, dass Sie mich informiert haben.“ Er mühte sich redlich, einen möglichst unschuldigen Gesichtsausdruck zustandezubringen. Ein Hauch Dankbarkeit, ein Fitzelchen Unterordnung, eine Prise Anerkennung für den straffen Bericht, der die Ereignisse in Essenheim am gestrigen Mittwochabend zusammenfasste. *Auf eine gute Zusammenarbeit.*

„Wolf hat mir seinerzeit empfohlen, mich gut mit Ihnen zu stellen." Der Mainzer Kripobeamte grinste. „Sie könnten Ihre Nase ja doch nicht aus den Angelegenheiten heraushalten, in die Sie sie einmal hineingesteckt hätten." Er hielt wieder kurz inne, machte aber deutlich, dass er noch nicht fertig war. Ein Abwägen vielleicht, das den Eindruck vermittelte, er ringe noch um die richtigen Worte oder darum, ob er überhaupt damit heraus sollte. „Und außerdem habe ich die Hoffnung", er stockte, „vielleicht ist es gut, wenn Sie Augen und Ohren offen halten. Sie kennen sich besser aus hier draußen auf den Dörfern. Meine Wurzeln liegen zwar hier. Meine Großmutter stammte aus Klein-Winternheim, ist aber schon als junges Mädchen nach Köln gezogen. Ihr Vater war bei der Bahn." Er nickte vielsagend. „Aber einen wirklichen Bezug hatte ich nicht mehr hierher, außer der Verwandtschaft, zu der jedoch nur ein schwacher Kontakt bestand. Eine Karte zu Weihnachten." Er zuckte entschuldigend mit den Schultern. „Ich muss mich also in die Gegebenheiten vor Ort erst einmal hineinfinden. Obwohl es über den Rheinischen Karneval die ein oder andere Verbindung gibt. Von der Mentalität." Breivogel starrte ihn fragend an und zuckte gleichzeitig mit den Schultern. Kendzierski nickte vorsorglich, weil er glaubte, sein Gegenüber erwartete das so. Wirklich vollständig durchschaut hatte er aber das nicht, was der ihm gerade versuchte mitzuteilen.

„Heißt das, ich kann mich darauf verlassen, dass Sie sich melden, wenn Sie etwas erfahren? Ich halte Sie im Gegenzug auf dem Laufenden über unsere Ergebnisse." Er kramte umständlich in seiner Hosentasche und fingerte eine zerknickte Visitenkarte heraus, die er Kendzierski entgegenhielt. „Sie können mich über das Handy immer erreichen." Er schnaufte und hievte seinen mächtigen Körper in die Höhe.

„Ich will meinen ersten großen eigenen Fall anständig und erfolgreich über die Bühne bringen." Der Kripobeamte streckte sich und schob Kendzierski die Hand entgegen. Der Handschlag unter Ehrenmännern, die Übereinkunft besiegelt. Kendzierski spürte den feuchten Schweiß seines Gegenübers, der seine Hand anscheinend gar nicht mehr freigeben wollte. Glücklich schüttelte er sie immer weiter, als ob er sich davor fürchtete, sie loszulassen.

„Mehrere Befragte haben berichtet, Sie seien gestern am Nachmittag in Essenheim gewesen." Er hielt seine Hand weiter und behielt ihn fest im Blick. „Was haben Sie da eigentlich gemacht und ist Ihnen irgendetwas aufgefallen?"

16.

„Ja, Mutter!"

Sie hatte schon zum zweiten Mal von unten irgendetwas gebrüllt. Auch jetzt hatte er es wieder nicht verstanden, was sie von ihm wollte. Viel Fantasie brauchte es nicht, um die grobe Richtung zu erahnen. Der Morgen zog dahin. Die Sonne brannte auch jetzt schon wieder erbarmungslos vom Himmel und er saß hier mit offener Hose vor dem flimmernden Bildschirm seines Computers. Jetzt konnte er das Knarren der untersten Stufen hören. Die klangen anders als die oberen, dunkler und alle nicht so, wie wenn er auf ihnen unterwegs war. Seine Mutter war alt und gebückt und deutlich leichter. Das war der entscheidende Unterschied zusammen mit den Filzpantoffeln, die sie nur dann nicht anhatte, wenn sie den Hof verließ und Erledigungen im Dorf zu tätigen hatte. Für einen kurzen Moment überlegte er, ob er seine Zimmertür abgeschlossen hatte. Da er sich angewöhnt hatte, den Schlüssel immer schon umzudrehen, noch bevor er den Computer startete, konnte sie nicht sehr weit kommen, wenn sie sich schnaufend die Treppe hochgearbeitet hatte. Es würde aber noch einen Moment dauern, weil sie mehrere Pausen auf dem steilen Weg in den ersten Stock einlegen musste. Er konnte das also in aller Ruhe zu Ende bringen und sich noch einen Moment an den riesigen Brüsten weiden, die auf dem Monitor als kontinuierliche Bildfolge aufleuchteten.

„Es ist bald neun und du bist immer noch nicht draußen!"

Sie hatte die Verschnaufpause auf halber Treppe für eine krächzende Wortfolge genutzt. Reichlich außer Atem. Was brauchte sie sich auch hier hochzuquälen? Mit geschlossenen Augen bewegte er seine rechte Hand weiter gleichmäßig hin und her. Durch die Tür konnte er die nächsten stapfenden Schritte auf den knarrenden Holzstufen hören.

„Mutter, ich sitze an der Steuer." Sie musste ja nicht wissen, dass er heute Morgen schon draußen gewesen war. Er betrachtete das nächste Bild, das sich langsam und stockend vor ihm aufbaute. Diese beschissene alte Kiste und das elend langsame Internet hier in diesem Drecksnest! Nicht einmal ein paar Pornoseiten konnte man sich in Ruhe ansehen. An Videos war gar nicht zu denken. Daran verschluckte sich die betagte Mühle sofort. Bei der knappen Hälfte einer adrigen linken Brust stockte der Fortgang endgültig. Er drückte die Augen wieder zu und versuchte sich den Rest des Bildes eigenständig auf die Netzhaut zu zaubern. Die Brust, die er als Fragment eben gerade gesehen hatte, verdoppelt und ihr Gesicht dazu. Das Lächeln, das er stets abrufbereit in seinem Kopf gespeichert hatte. Mit einem leisen Stöhnen kam er in den alten grauen Waschlappen, den er sich übergestülpt hatte. Das Knarren verriet ihm, dass seine Mutter jetzt gerade die drittletzte Stufe erreicht haben musste. Im Aufstehen machte er sich die Hose zu. Für ein paar Sätze im Chat reichte es nicht mehr. Das musste warten bis heute Nacht. Auf dem Weg zur Tür fiel sein Blick auf die verstaubten Turnschuhe. Was für eine Trockenheit in den Weinbergen. Da von draußen kein Geräusch zu vernehmen war, schleuderte er sie noch schnell in den Kleiderschrank. „Spätestens heute müssen die Unterlagen zum Steuerberater, sonst zahlen wir wieder Zwangsgeld." Er drehte lautlos den Schlüssel in der Tür herum und trat hinaus auf das ausgetretene Linoleum des Flurs. Seine Mutter starrte ihn von der obersten Treppenstufe schwer schnaufend an. „Viel ist es nicht, aber gemacht werden muss es trotzdem. Dafür bleibe ich heute Abend länger draußen. Das ist ohnehin angenehmer, wenn es etwas abgekühlt hat." An die Wand gedrückt schob er sich an dem faltigen Gesicht seiner Mutter vorbei. Ein Teil ihrer weißen Haare, die sie geflochten und zur Schnecke eingedreht auf dem Hinterkopf fixiert trug, standen wirr und aufgeladen starr in alle Richtungen ab. Mit ein paar schnellen Schritten eilte er die Stufen hinunter. Wie zügig das ging, wenn man nicht auf die Geräuschkulisse achten musste. „Vergiss nicht zu trinken, Mutter. Ich stell dir unten eine Flasche hin. Die machst du bis heute Abend leer."

17.

Erna Schultheiß, die sie im Dorf alle nur die Chaussee-Erna nannten, weil sie mit ihrem bettlägrigen Heinrich in einem der letzten Häuser am Ortsausgang lebte, ging mit schnellen Schritten die Hauptstraße entlang. Ihr Mann war versorgt und sie wollte die gute Stunde nutzen, die er jetzt Ruhe gab, um die nötigsten Einkäufe für sie beide zu besorgen. Eigentlich war der Kühlschrank noch voll und viel brauchten sie ja nicht, aber an einem solchen Tag verbot es sich, daheim zu bleiben. Auch wenn sie nur mit einem halben Pfund Butter und einem Schälchen Magerquark heimkam, würde sich der sonst so beschwerliche Marsch quer durchs ganze Dorf heute dennoch lohnen.

Einen Teil hatte sie selber gestern Abend aus dem abgedunkelten Wohnzimmer im sicheren Schutz der Gardinen mit eigenen Augen beobachten können. Die Krankenwagen, die vielen Polizeiwagen, die gesamte Unruhe auf der Straße an einem Tag, der doch kein Kerbetag war. Wie während der Kirchweih waren sie gestern bis in die Nacht unterwegs gewesen. Da der Heinrich die Angewohnheit hatte, gerade wenn es dunkel wurde, aktiv zu werden, hatte sie sich nicht nach draußen gewagt. Er irrte oft orientierungslos zwischen Küche und dem Schlafzimmer im oberen Stock umher, suchte mal die Mutter oder den Vater, der aus dem Ersten Weltkrieg schon nicht nach Hause gekommen war. Wenn er ihre Stimme hörte, beruhigte ihn das zumindest für eine Zeitlang. Einmal, im Winter an einem aber glücklicherweise milden Abend hatte sie ihn von der Straße holen müssen, weil er meinte, zur Einberufung nach Mainz zu müssen. *Der Führer hat mich gerufen, wenn ich nicht gehe, kommen sie mich holen. Dann muss euer Papa ins KZ nach Osthofen.*

Da sie gestern Abend und die halbe Nacht hindurch alle in heller Aufregung gewesen waren, hatte der kleine Spalt schon ausgereicht, den sie das Fenster zur Hauptstraße aufgezogen hatte. In der Dunkelheit dahinter, mit den Ellbogen bequem auf dem Kissen und der Fensterbank abgestützt hatte sie genug hören können. Erst eine Leiche und dann noch eine.

„Soweit hat es ja mal kommen müssen."

Hilde Bonacker stand direkt vor ihr. Ganz in den eigenen Gedanken verfangen, hatte sie sie gar nicht kommen sehen. Die Grabstein-Hilde, wie sie im Dorf genannt wurde, wohnte weiter oben in der Straße, an der sie sich jetzt gegenüberstanden. Ihr Haus grenzte an die breite Rasenfläche, in die wiederum der Friedhof mündete. Den Spitznamen hatte sie aber nicht daher. Ihr Mann, der schon seit ein paar Jahren jenseits der Rasenfläche lag, hatte Zeit seines Lebens alle auf dem Friedhof ausrangierten Steine der abgelaufenen Grabstellen in mühevoller Handarbeit von dem Haufen, auf den sie die Gemeindearbeiter transportiert hatten, zuerst in seinen eigenen Garten geschafft. Dort hatte er sie allesamt so lange zwischengelagert, bis er ausreichend Helfer zusammenhatte, die ihm beim Einbau halfen. Kein Wunder, dass er sich schnell den passenden Spitznamen verdient hatte. Grabstein-Adolf oder Grabstein-Adi, je nachdem wie nah man ihm persönlich gestanden hatte. Mit den gesammelten Grabsteinen konnte der Adi über die Jahre seinen hinteren Gartenbereich recht erfolgreich gegen den nachdrückenden Hang abstützen. Eine aus der Nähe aber auch aus der Ferne betrachtet recht zweckmäßige und auch saubere Angelegenheit. Die Steine, die keiner mehr brauchte und deren Entsorgung den Nachfahren nicht unbeträchtliche Kosten verursacht hätten, waren so elegant fortgeschafft worden. Der Adi hatte zudem Gefallen daran gefunden, den Glanz des Marmors und der leuchtend goldenen Inschriften durch eine monatliche Reinigungsprozedur zu erhalten. Eine Pflege, die seine Frau leider nach dem Ableben ihres Mannes den in mehrere Meter Höhe aufgeschichteten Grabsteinen nicht mehr zuteil werden ließ.

„Jaja, die vielen Fremden im Ort!“ Die Chaussee-Erna wusste aus den belauschten Gesprächen der gestrigen Nacht, dass das der Grundtenor der Dorfmeinung zu den grausigen Funden war. Daher pflichtete sie der Grabstein-Hilde bei. „Da hast du recht.“ Beide nickten sie sich für einen gedehnten Moment ausgiebig zu. Das stille Einverständnis der verschworenen Dorfgemeinschaft. Da konnten sich die anderen noch so mühen, dazu gehörten sie doch nicht.

„Man weiß ja kaum noch, wer einem im Wingert entgegenkommt. Rumänen, Bulgaren, Spaziergänger oder Zugezogene. Irgendwann hat da ja mal etwas passieren müssen.“

Für einen Moment ließen sie pietätvolle Stille walten. Das Gespräch gestaltete sich außergewöhnlich zäh. So empfand es zumindest die Chaussee-Erna in diesem Moment. Ein schneller Blick die Elsheimer Straße hinauf offenbarte ihr jedoch, dass keine Erlösung in Sicht war. Die enge Straße lag verwaist da. Sie konnte spüren, wie der Ärger in ihr aufstieg. Worauf, wusste sie nicht zu sagen, aber es hatte den Anschein, dass sie den falschen Zeitpunkt für ihren Gang durchs Dorf abgepasst hatte. Pech gehabt! Nur, weil der Heinrich sie so lange aufgehalten hatte. Wie irre war der die letzte Stunde suchend durchs Haus gewandert. Hatte Schubladen aufgezerrt und ihren Inhalt durchwühlt. Erst beim dritten Anlauf wollte er heraus mit der Sprache. *Erna, die Reichsmark, die wir noch versteckt haben. Wir müssen die schleunigst umtauschen, sonst nimmt sie uns keiner mehr ab.* Die beiden Schlaftabletten, die sie ihm in einem großen Glas seines Lieblingssilvaners aufgelöst hatte, hatten der rastlosen Sucherei ein schnelles Ende bereitet. Wenn das so weiterging, dann würde sie in nicht allzu ferner Zukunft kaum noch mit ihm zurechtkommen. Sie spürte, wie ihr der Gedanke daran die Luft nahm. Ganz alleine in dem großen Haus, in dem sie es jetzt schon ständig rascheln und knarren hörte. Wenn er, wie es die Kinder schon seit Längerem wollten, ins Heim kam, würde sie innerhalb kürzester Zeit ebenso verrückt werden mit den vielen Geräuschen des lebendigen Gemäuers wie er. Die alten Seelen, die darin noch hausten und sich dann alle auf sie stürzten. Warum nur sträubten sich ihre beiden Töchter gegen eine Pflegerin? Das Haus bot mehr als genug Platz. Und alle, die im alten Ortskern mit der Pflege nicht mehr klarkamen, hatten mittlerweile eine Polin oder Rumänin, die rund um die Uhr verfügbar war. Ganz freundliche Frauen. Die Hasen-Marie wurde seit ein paar Wochen auf dem Weg zum Einkaufen immer von einer begleitet. So etwas musste doch auch für sie beide machbar sein, um ihren Heinrich noch ein wenig im eigenen Haus behalten zu können. Sie schüttelte den Kopf und merkte erst jetzt, dass sie noch immer der Grabstein-Hilde gegenüberstand, die sie aus großen Augen fragend anstarrte. Wie lange hatte sie schon kein Wort mehr gesagt? Hoffentlich hatte sie in Gedanken nicht sinnloses Zeug vor sich hin gebrabbelt. Dann hieß es nachher noch von ihr, sie sei auch nicht mehr ganz klar in ihren Gedanken.

„Wie kommt man eigentlich an eine von diesen Polinnen oder Rumäninnen?“

Hilde sah sie weiter ungläubig an. Das kam davon. Die lebte schon seit so vielen Jahren ganz alleine in dem großen Haus. Umgeben von Grabsteinen, mit dem Blick auf die letzten Ruhestätten. Wie sollte man da nicht verrückt werden. Sie schob sich daher noch ein Stück näher an die Hilde heran und redete betont langsam und lauter weiter.

„Es wird mir langsam zu viel. Der Heinrich, ich schaffe das nicht mehr alleine. Was mache ich, wenn er nicht mehr aus dem Bett kommt? In letzter Zeit wehrt er sich. Stark ist er ja doch noch." Sie nickte vielsagend. Hilde fiel in die Bewegung mit ein, obwohl ihr Blick verriet, dass irgendetwas mit ihr nicht stimmte.

„Du kannst doch jetzt nicht ernsthaft daran denken, dir eine von denen ins Haus zu holen. Nach allem, was passiert ist." Sie schnaufte ihr warmen Kaffeeatem ins Gesicht. „Man weiß doch noch gar nicht, wer sie umgebracht hat. Wenn du mich fragst, dann war es einer von denen." Hilde schmatzte. „Du holst dir die Gefahr ins Haus." Diesen Satz hatte sie geflüstert, die Augen weit aufgerissen. Mit einer knappen Kopfbewegung deutete sie an, was sie dazu bewogen hatte. Die Hasen-Marie schlurfte auf ihren Rollator gestützt auf der gegenüberliegenden Straßenseite an ihnen vorbei. So ins Gespräch mit ihrer Pflegerin vertieft, dass sie gar keine Notiz von ihnen nahm. Schweigend starrten sie den beiden nach, bis diese außer Hörweite waren.

„Ich würde nachts kein Auge zu bekommen." Die Grabstein-Hilde nahm als Erste den abgerissenen Gesprächsfaden wieder auf. Die Chaussee-Erna seufzte, weil sie sich eingestehen musste, dass sie die Sache von dieser Warte noch nie einer eingehenden Betrachtung unterzogen hatte. So schlimm war es mit dem Heinrich ja auch noch nicht. Mit Hilfe der Medikamente, die ihr der Hausarzt für ihn verordnete, und den starken Schlaftabletten, die sie sich für den eigenen Bedarf verschreiben ließ, obwohl sie sie gar nicht brauchte, hatte sie den Heinrich mittlerweile recht passabel in den Griff bekommen. Nur trinken musste er ordentlich bei der Hitze. Dazu musste sie ihn nachher auch wieder zwingen, weil er Wasser für eine völlig unnötige Angelegenheit hielt, wenn man auch Wein trinken konnte. *Ich habe doch keine Weinberge geerbt, um Wasser zu trinken. Wein haben wir, Wasser müssen wir kaufen!*

Schlagartig sah sie plötzlich klar. Die Erlebnisse der Nacht, ihre stillen Beobachtungen hinter der angelehnten Fensterscheibe und die Bilder des gestrigen Tages. Eine Abfolge, die sich jetzt stimmig hintereinander fügte. Ob sich die anderen im Dorf darüber schon Gedanken gemacht hatten? Hitzige Vorfreude schoss ihr glühend in den Kopf und ließ ihre Wangen rot aufleuchten. Blind waren sie allesamt für die ganz einfachen Zusammenhänge.

„Ich habe da eine ganz andere Vermutung." Sie flüsterte jetzt wieder und versuchte den Ärger darüber zu verdrängen, dass sie eben einen solchen Mist erzählt hatte. Die beiden Morde und sie verbreitete den Gedanken, sich die Gefahr ins eigene Haus zu holen. Das, was sie der Grabstein-Hilde jetzt erzählte, das würde diese ihre Irrungen augenblicklich vergessen lassen. „Du hast das da oben bei dir ja gestern gar nicht mitbekommen." Sie hielt einen Moment inne, um die Spannung noch ein wenig anzufachen. Hilde nahm Verteidigungshaltung an, weil sie immer vehement dagegen argumentierte, wenn man darauf verwies, dass sie weit ab vom Schuss wohnte und daher nur die Hälfte mitbekam. Die Wahrheit hörte sie nun mal nicht gerne. „Wer sich durchs Dorf gedrückt hat?" Die Chaussee-Erna riss die Augen bedeutungsvoll auf und flüsterte dann noch leiser weiter. „Der Verdelsbutze aus Nieder-Olm, der Kendschinski, der war hier im Dorf. Es würde mich nicht wundern, wenn das genau zu der Uhrzeit war, als es passiert ist. Als sie die arme Frau und den Arbeiter vom Theo Lorenz umgebracht haben. Wenn du mich fragst, das war kein Zufall."

18.

Bitte trinken Sie ausreichend. Drei Liter Wasser pro Tag. Vielen Dank für Ihre Aufmerksamkeit."

Kendzierski ließ die Hand mit dem Mikrofon auf seinen Schoß sinken. Kurz nach eins. Er wischte sich den Schweiß mit dem Küchenhandtuch von der Stirn. Der glorreiche Einfall, als er schon auf dem Weg nach draußen gewesen war. In der Kaffeeküche im Erdgeschoss hatte er eines der blauweißen Handtücher mitgenommen. Mit eingewebtem Diebstahlschutz: Eigentum der Verbandsgemeinde Nieder-Olm. Erbes war in dem Moment aufgetaucht, als sich Thomas Breivogel gerade anschickte aufzubrechen. Die dringend notwendige Dusche und ein frisches Hemd nach der durchgearbeiteten Nacht im Essenheimer Teufelspfad. Kendzierski lachte vor sich hin bei dem Gedanken an die peinliche Begrüßung. Wahrscheinlich hatte ihm die ältere Dame am Empfang des Rathauses gemeldet, dass der Nachfolger Wolfs sich vorstellen wollte. Erbes war in strammem Schritt den Flur entlangmarschiert gekommen. Sie beide standen bereits in der Tür. Erbes fuhr die Arme auseinander und legte im Laufen, noch bevor er den Kripobeamten vollständig in den Blick bekommen hatte, los. *Herzlich willkommen im Mainzer Speckgürtel. Schade, dass wir uns unter so traurigen Umständen kennenlernen.* Als er das wahre Ausmaß Breivogels erkannt hatte, stotterte er nur noch und war froh, dass der Kripobeamte sich zügig verabschiedete. Seine Fassung hatte er erst wieder gewonnen, als sich nur noch sie beide im Flur gegenüberstanden. Der wippende Chef, heute staatstragend. Auf dem weißen Hemd prunkte seine breite aber kurze Lieblingskrawatte der späten Siebziger. Schwarz-rot-goldene Querstreifen und das Landeswappen in einer Form, die Lauras Sabberlätzchen recht nahekam. Eine kuriose Schlipsmode damals, gigantische Dimensionen für einen Binder um den Hals. *Kendziäke! Wenn Sie mit dem Feuerwehrwagen nachher wieder unterwegs sind, dann schauen Sie sich mal unauffällig in Essenheim um. Ich will auf dem Laufenden bleiben, was dort passiert. Der junge Kripobeamte hält es ja anscheinend nicht für notwendig, mich persönlich zu informieren. Oder was wollte der von Ihnen?*

Essenheim hatten sie sich daher bis zum Ende aufgespart, um ganz unauffällig im roten Feuerwehr-Ford-Transit Baujahr 1974 ihre Runden zu drehen.

„Ich bin also jetzt Bestandteil offizieller polizeilicher Ermittlungen?" Joachim blickte ihn amüsiert an, während er den Wagen in die Straße lenkte, die entlang der ersten Rebzeilen den Berg hinabführte. Kendzierski hoffte, von da die beiden Fundorte in den Blick zu bekommen. Wenn die Kripo dort fertig war, konnten sie einen kleinen Abstecher wagen.

„Inoffizielle Ermittlungen." Kendzierski grinste zurück. Durch das dichte Laub der Rebzeile links neben ihnen schoben sich in diesem Moment ein Kopf und Hände, deren winkende Bewegungen ihnen zu gelten schienen. Erst jetzt erkannte Kendzierski, dass unter der ausgeblichenen grünen Fendt-Kappe Bachs Kopf steckte. *Vermeiden Sie anstrengende Tätigkeiten in der Mittagshitze.* Die Ereignisse des gestrigen Nachmittags hatten den Winzer seine guten Vorsätze vergessen lassen. Joachim brachte das rote Ungetüm bereits quietschend zum Stehen. Die Vorfreude auf eine erfrischende Schorle konnte es kaum gewesen sein.

„Sie haben den richtigen Weinberg ausgewählt."

Kendzierski lachte. „Bei der Aussicht lässt sich auch die Hitze verschmerzen."

Bach nickte. „Da ist noch ein Betrieb wie beim Rosenmontagszug in der Mainzer Altstadt.“ Der Winzer kroch unter seiner Rebzeile hindurch und kam an das Fenster auf der Fahrerseite des Feuerwehrautos. „Wir müssen uns ja nicht quer über die Straße anbrüllen. Sie haben heute Morgen mit gut zwanzig Polizisten die umliegenden Weinberge und das Gelände des ehemaligen Schuttabladeplatzes durchkämmt.“ Bach deutete mit einer knappen Bewegung hinter sich das Ausmaß der Suchaktion an. „Sie scheinen fündig geworden zu sein. Es ist praktisch, wenn man die eigenen Parzellen im gesamten Hang verteilt hat. Ich habe mich nach und nach dem Fundort angenähert. Ihn handarbeitend umkreist. Vor einer Stunde etwa haben sie das Dickicht, das den ehemaligen Schuttabladeplatz überwuchert hat, weiträumig abgesperrt. Das wird der Tatort sein.“ Bach hielt einen Moment inne. Sein Gesicht verzog sich. Die maximale Variante seines Grinsens. „Der Täter kommt ja bekanntlich zum Tatort zurück.“

Kendzierski nickte und lachte mit, obwohl er nicht recht verstand worauf Bach hinauswollte.

„Haben sie schon einen Verdächtigen?“ Kendzierski sah den Winzer fragend an.

„Es gibt derzeit sogar zwei Varianten, die im Dorf im Umlauf sind. Welche wollen Sie hören? Die kuriose oder die naheliegende?“

„Beide.“

„Von der einen hätte ich Sie gerne verschont.“ Bach zwang sich einen Hauch Mitleid aufs Gesicht. „Seit heute Morgen kursiert die Theorie vom Polizisten, der sich seine Leichen selber fabriziert.“

Kendzierski hatte keine Ahnung, worauf Bach hinauswollte.

„Sie schauen so, als ob der Groschen noch nicht gefallen wäre. Ich musste herzhaft lachen, als meine Frau auf dem Rückweg vom Einkaufen damit ankam. Sie kennen den doch näher. Diesen Hinweis vorweg hat eine der älteren Damen aus dem Dorf meine Frau in Kenntnis davon gesetzt, dass Sie zum engen Kreis der Hauptverdächtigen zählen." Bach prüfte amüsiert und eingehend Kendzierskis entgleisende Gesichtszüge.

„Bitte?"

„Ja, ganz recht. Die erzählen im Dorf, dass Sie zur fraglichen Uhrzeit hier unterwegs waren, während im Teufelspfad zwei Menschen ermordet werden. Eigentlich naheliegend, dann die Verbindung zwischen Ihnen und dem Mord herzustellen. *Wenn nichts passiert, macht er sich die Leichen eben selbst, um mal wieder einen Fall lösen zu können oder auf die Titelseite der Bildzeitung zu kommen.* Von Polizisten kenne ich das bisher nicht, aber es soll ja mehr als genug Feuerwehrmänner gegeben haben, die sich die Brände auch in Eigenarbeit geschaffen haben, um sie danach löschen zu können. Unser Verdelsbutze als Gegenpol zum pyromanischen Feuerwehrmann." Bach lachte kurz dazwischen. „Also seien Sie auf der Hut, bei Ihrer weiteren Fahrt durchs Dorf. Nicht, dass in der Mittagshitze eine der betagten Damen tot umfällt, wenn sie den leibhaftigen Ripper von Essenheim zu Gesicht bekommt."

Kendzierski fiel in seiner Sprachlosigkeit nichts Besseres ein, als sich ausgiebig mit dem blau-weiß karierten Handtuch der Verbandsgemeinde Nieder-Olm den Schweiß vom Gesicht zu wischen. Die Hitze trieb sie allesamt in den Wahnsinn und er saß mittendrin.

„Variante zwei sind die Rumänen von Theo Lorenz. Mit denen war der Moldawier eigentlich unterwegs im Weinberg. Heften, wie ich. Theo, den ich wie alle anderen Kollegen heute Morgen schon früh im Weinberg getroffen habe, hat mir erzählt, dass es Krach zwischen denen gab. Die Rumänen hatten Angst, dass ihnen der Moldawier die Arbeit wegnimmt. Er war ein Leiharbeiter, der im Akkord bezahlt wurde. Ein neues System, das auch andere Kollegen testen. Die Angst vor dem Mindestlohn treibt sie dazu, der mit etwas Verspätung auch für uns gelten wird. Mit dieser Variante wäre man fein raus, wenn sie nicht noch unterbunden wird. Die Arbeitskräfte sind selbständig und werden für die Fläche bezahlt, die sie bearbeiten. So lässt sich der Mindestlohn umgehen. Zumindest werben die Agenturen, die die Trupps verleihen, damit. Der Theo hat das ausprobieren wollen und seine Rumänen haben den langsameren Moldawier einfach im Weinberg sitzen lassen. Das sagen sie zumindest. Vielleicht ist aber auch der Streit eskaliert und sie haben ihn zusammen in die Mangel genommen. Die Nationalitäten sind sich untereinander oft schon so spinnefeind, dass es nur eines Funken bedarf, um sich an die Gurgel zu gehen." Bach zuckte mit den Schultern. Er langte nach seiner ausgeblichenen Fendt-Kappe, zog sie vom Kopf und wischte sich mit dem Ärmel seines T-Shirts über die verschwitzte Stirn.

„Das erklärt aber noch nicht die zweite Leiche. Ist die Frau hier aus dem Dorf?"

„Nein, das scheint nicht der Fall zu sein. Keine von hier. Zur falschen Zeit am falschen Ort. Vielleicht ist sie Zeugin der Auseinandersetzung geworden und musste daher sterben."

Kendzierski nickte. „Aber warum sind die Rumänen dann nicht längst über alle Berge? Die bringen den Konkurrenten um und gehen dann brav weiter heften. Denen muss doch klar sein, dass der Verdacht auch auf sie fallen wird." Kendzierski schüttelte ungläubig den Kopf.

„Das habe ich mich auch schon gefragt." Bach schob sich die Kappe wieder in die Stirn.

„Und damit ist auch noch nicht erklärt, was die Tote in dieser Aufmachung dort im Weinberg gesucht hat. Sie scheint nicht gerade in der üblichen Weinbergskluft unterwegs gewesen zu sein."

„Was soll das jetzt heißen?" Bach schickte einen schnellen Blick an sich hinunter. „Ich werfe mich morgens auch immer in Schale, bevor ich rausgehe. Im Rahmen meiner begrenzten Möglichkeiten als Mann." Er grinste. „Sie ist öfter schon hier gesehen worden. Die Frau vom Schoppe-Schorsch hat mir das vorhin brühwarm im Weinberg erzählt."

Joachim, der ihr Gespräch still und interessiert verfolgt hatte, lachte laut auf. „Wer?"

Kendzierski fiel heftig zuckend ein.

Bach sah sie beide bemüht entgeistert an. „An diesem Spitznamen hat er ein halbes Jahrhundert eisern gearbeitet. Den bekommt man nicht einfach so aus einer Laune oder einem Rausch heraus. Dazu bedarf es schon einer jahrelangen Disziplin, die er bis heute, bis ins hohe Alter durchgehalten hat. Sie ist morgens um acht draußen im Weinberg, selbst mit knapp achtzig noch. Während er ab Viertel vor elf vor der Kneipe steht und es kaum erwarten kann, dass man ihn hereinlässt. Klare Aufgabenteilung. Sie hat draußen im Weinberg die Augen und Ohren überall und hält mit ihrem klapprigen alten Deutz gerne für einen Plausch an. Jedenfalls will sie die junge Frau mehrmals in den letzten Wochen auf dem Weg in die Weinberge gesehen haben. Auf hohen Absätzen im kurzen Rock über die Schotterpiste ins Liebesnest."

„Ernsthaft?"

Bach schien seine Antwort abzuwägen. Die Glaubhaftigkeit der Zeugin. Vielleicht war es ja auch die Frau vom Schoppe-Schorsch, die ihn zum Täter gemacht hatte. Dann konnten sie sich dieses ganze Gefasel hier sparen. Kendzierski spürte, wie beim Gedanken daran der Zorn in ihm aufstieg. *Ihr freundlich mordender Bezirkspolizist empfiehlt: Trinken Sie reichlich, damit Sie als Leiche noch taugen und lange frisch bleiben.* Das machte ihn irre. Die Hitze und dieser Unsinn, der mit etwas Glück spätestens im Laufe des Nachmittags auch im Nieder-Olmer Rathaus angelangt war. Auf die Kommentare der dortigen Kollegen freute er sich ganz besonders. *Kendziäke! Nehmen Sie Urlaub bis Gras über die Sache gewachsen ist. Sonst fallen mir die alten Leute schon um, wenn sie Sie bloß zu Gesicht bekommen.* Vielleicht kam er auf diese Weise aus der Nummer mit dem Feuerwehrauto heraus. Ein Gedanke, den er sofort wieder verwarf. Es gab keine bessere Begründung, warum er hier oben in Essenheim herumkurvte. Die Ereignisse von gestern, die Situation auf den Kopf gestellt.

„Die Frau vom Schoppe-Schorsch gehört nicht zu denen, die sich Dinge wild und sensationslüstern zusammenreimen. Wenn sie behauptet, die junge Frau in dieser Aufmachung gesehen zu haben, dann würde ich ihr Glauben schenken." Bach verzog wieder sein Gesicht. Der ausufernde Exkurs ins Dorfgetratsche schien ihm große Freude zu bereiten. „Und es wäre nicht die erste Liebelei, die die Beteiligten in den Schutz der Weinberge oder der sich daran anschließenden Gebüsche führt." Bachs Blick blieb für einen ausgedehnten Moment an Joachim hängen, dessen Gesichtsfarbe sich schlagartig in Richtung Dunkelrot verfärbt hatte. Diplomatisch überging Bach diese Reaktion. „Bei meinem Grauen Burgunder dort unten", er deutete mit einer schnellen Bewegung in Richtung Tal, „nicht weit vom Fußballplatz. Dort fährt einmal die Woche ein Pärchen vor in einem klitzekleinen Wagen. Die beiden steigen nicht einmal aus. Kaum vorstellbar, was dort an Verrenkungen notwendig ist." Bach lächelte amüsiert. „Gegen sechs parken sie zwischen den Kirschbäumen und im Schutz der dichten Hecken. Spätestens um sieben sind sie wieder weg. Er setzt sie im Dorf an der Bushaltestelle nach Mainz ab und fährt dann in entgegengesetzte Richtung zu den Seinen nach Hause. Keine Ahnung wohin, vielleicht nach Stadecken, Jugenheim oder Engelstadt." Bach zuckte mit den Schultern und tat so, als ob das eine ganz alltägliche Erscheinung zwischen Reben und Rüben darstellte. Kendzierski hätte gerne nachgefragt, woher der Winzer dieses detaillierte Geheimwissen nahm. Von der Frau vom Schoppe-Schorsch, dem Scheppe-Hannes oder der Gänse-Liesel? Manchmal sehnte er sich nach der entspannten Anonymität der unübersichtlichen Großstadt, aus der er stammte. Zwei Häuser weiter war man bereits abgetaucht im Dschungel, ein Unbekannter, den keiner beachtete. Hier hatten sogar die Weinreben Augen, nicht nur die dunklen Fenster und die sich leicht im Wind wiegenden Gardinen. Beobachtungen, die gesammelt, ausgewertet und dann bunt gemischt ihren Siegeszug durch die Hauptstraßen der Dörfer antraten. Zwei Tote und ein Bezirkspolizist, selber schuld, wer da nicht eins und eins zusammenzählte und seine Schlüsse daraus zog. Zur Not musste eben der Verdelsbutze als Täter herhalten. Kendzierski schüttelte den Kopf und lachte schallend. Joachim und Bach sahen ihn amüsiert an.

„Wenn Sie Details zum Liebesnest haben möchten, das das Opfer aufgesucht hat, dann sollten Sie die beiden Halbstarken vom Gehacktes-Heine ausfindig machen. Kevin und Ronny. Wenn Sie schnell genug sind, erzählen die beiden vielleicht ein paar interessante Details. Die treiben sich oft im Gestrüpp des alten Schuttabladeplatzes herum und zaubern dort die schönsten Schätze hervor, sehr zum Leidwesen ihrer Mutter, die den ganzen rostigen Kram dann zu Hause im Hof liegen hat." Bach warf einen schnellen Blick auf seine Uhr. „Jetzt müssten die bald aus der Schule daheim sein. Stellen Sie sich auf die Hauptstraße und warten Sie darauf, dass zwei mit dem Fahrrad und gefühlten achtzig Stundenkilometern an Ihnen vorbeirasen. Der eine fährt das Bonanzarad seines Vaters aus den Siebzigern. Stilecht mit Antenne und Fuchsschwanz im Wind. Damals hat der Vater noch aufs Fahrrad gepasst. Als Metzger ist das Jugendgewicht kaum über die Jahre zu retten." Bach löste sich vom Beifahrerfenster und hob die Hand zu einem knappen Gruß. „Mittag. Ich muss raus aus der Hitze. Da drüben am Fundort der Leichen werden Ihre Kollegen jetzt gegrillt. Wahrscheinlich dauert es deswegen so lang, bis die fertig sind. Wenn Sie später noch auf eine Verjus-Schorle vorbeikommen möchten, sind Sie herzlich eingeladen. Am Abend auch gerne auf einen kühlen Grauen Burgunder."

Bach verschwand mit einer schnellen Bewegung unter der Rebzeile hindurch. Über das Grün hinweg konnte Kendzierski erkennen, dass der Winzer nicht alleine unterwegs gewesen war. Mehrere Köpfe bewegten sich langsam den Hang hinauf. Bachs Hefttruppe. Weiter hinten im oberen Bereich des Hangs konnte Kendzierski mehrere silberne VW-Busse erahnen. Ein ganz zufälliger Zwischenstopp bei Thomas Breivogel? Aber erst nachdem sie die beiden Jungs vom Gehacktes-Heine befragt hatten. Besaß man eigentlich eine realistische Chance, die Entstehung eines solchen Spitznamens zu verhindern? Das Aufheulen des Motors verhinderte weitere unsinnige Gedanken in diese Richtung.

„Ich habe schon ein wenig Angst, neben dir zu sitzen." Joachim grinste und rutschte demonstrativ weit von ihm weg in Richtung Fahrertür. „Wer verspricht mir, dass du nicht wirklich der Ripper von Essenheim bist?"

„Dafür frage ich dich nicht, wo sich dein Liebesnest befindet."

Das hatte gesessen.

19.

Vorsichtig bewegte Theo Lorenz den Schlüssel im Schloss. Obwohl das sinnlos war, drehte er sich dennoch um und kontrollierte den schmalen Weg, der zwischen den Forsythien hindurch zu der Stahltür führte. Wer sollte um diese Uhrzeit außer ihm hierherkommen? Und wenn schon, dann ging es denjenigen sicher nichts an, was er hier tat. Der Schweiß auf seinen Handinnenflächen erinnerte ihn zusätzlich daran, dass es nicht ganz so normal war, was er gerade begann. Sein Herzschlag fügte sich stimmig in diese Unsicherheit mit ein. Auf frischer Tat ertappt. Theo Lorenz atmete knurrend aus. Es war seine verdammte Pflicht, dem nachzugehen. Er hatte keine Lust sehenden Blickes ins Verderben zu rennen. Die vier Rumänen hatte er raus in den Weinberg geschickt. Weit weg vom Teufelspfad, auf die andere Seite des Dorfes, in die Blume. Dort sollten sie das aufholen, was durch die ausführliche Vernehmung heute am Vormittag liegen geblieben war. Fast drei Stunden hatte sie der Dicke von der Kripo zusammen mit einem Dolmetscher befragt. Ihn hatten sie gleich zu Beginn rausgeschickt. Als ob ihn das alles gar nichts anginge. Das waren seine Arbeiter, sein Weingut und sein Ruf, der auf dem Spiel stand.

Langsam zog Lorenz die schwere Tür auf. Das Licht reichte aus, um durch den dunklen Flur bis in die Zimmer zu kommen. Es stank nach kaltem Rauch, Essen und Schweiß. Lange war er schon nicht mehr hier drinnen gewesen. Sein Wohnhaus stand vor der großen Halle, auf deren Rückseite sie schon vor zwanzig Jahren einen Anbau für die Arbeiter angehängt hatten. Zwei Zimmer, ein Bad und eine kleine Küche mit Esstisch. Nach dem dritten Einbruch hatte er die Glas- durch eine Stahltür ersetzen lassen. Die Lage auf der Rückseite der Gebäude zum offenen Feld hin schien doch zu verlockend für alle, die sich gerne mal in fremden Wohnungen umsahen. Seither hatte es keiner mehr versucht. Außer ihm jetzt in diesem Moment. Wäre die Situation nicht so beschissen, er hätte sich jetzt an einem Grinsen abgemüht. Noch wusste er nämlich gar nicht, wonach er eigentlich suchte. Bei ihm konnte die Polizei den Laden auf den Kopf stellen und würde doch nichts finden. Seine Arbeiter waren immer angemeldet. Er hatte ein Auge auf das, was sie trieben und wer hintenherum bei ihnen ein- und ausging. Deswegen und wegen der Einbrüche gab es oben unter dem Dach eine kleine Kamera, die über einen Bewegungsmelder gesteuert wurde. Er wollte der Herr im Hause bleiben und dann so etwas.

Langsam schlich er im spärlichen Licht, das von draußen durch die offen stehende Stahltür hereinfiel, weiter auf die beiden Zimmer zu, die auf gleicher Höhe links und rechts vom Flur abgingen. Er hätte die Rumänen nicht so unter Druck setzen sollen. Vielleicht wäre es dann nicht soweit gekommen. Vom Bardo Hessinger hatte er sich bequatschen lassen. Weil der als ehemaliger Winzer groß einsteigen wollte ins Geschäft mit der Vermittlung von Arbeitskräften weit aus dem Osten. Billiger, stressfrei von ihm organisiert, alles ganz legal. Zweimal hatte er bei ihm Wein eingekauft und ihn damit umgestimmt. Ein Testlauf, weil der für seine neu gegründete Agentur ein paar Winzer und Obstbauern als Referenzen benötigte. Noch lief das nämlich alles nicht recht.

Mit dem nächsten Schlüssel an seinem Bund öffnete er die erste der beiden Zimmertüren. Den Klamotten nach, die ordentlich über einem der beiden schlichten Holzstühle hingen, musste Feodor hier wohnen. Wer das zweite Bett belegte, war auf den ersten Blick nicht ersichtlich. Alles war ordentlich und aufgeräumt, beide Betten gemacht und das vergitterte Fenster gekippt.

Auf den ersten Blick war ihm gestern draußen im Weinberg schon aufgefallen, dass der Moldawier keine sichtbaren Verletzungen hatte. Noch bevor sie die Polizei gerufen hatten, hatte er den Toten angehoben und das kontrolliert. Ein Toter ließ ihn nicht vor Ekel erstarren. Das gehörte zum Leben und in diesem Moment brauchte er die Sicherheit. Wie jetzt auch wieder. Vielleicht hatten sie ihm irgendetwas eingeflößt, ein Gift. Keine Ahnung was. Eine Antwort darauf glaubte er ja hier und jetzt zu finden. Und wenn nicht, dann noch besser. Dann brauchte er sich nämlich keine weiteren Gedanken darüber zu machen, ob er selbst eine Mitschuld trug an dem, was passiert war. Dann behielten nämlich diejenigen recht, die in dem Moldawier den Schuldigen sahen, der der jungen Frau an die Wäsche wollte und danach die tödliche Rache zu spüren bekommen hatte. Das war dann aber nicht mehr sein Problem, sondern das vom Bardo Hessinger. Der ging ihm ohnehin auf die Nerven mit seinem übertriebenen Getue als international agierender Geschäftsmann. In einem fetten, schwarz glänzenden Geländewagen rollte er auf seinen Hof. Die Rückseite seiner Visitenkarte war in mehreren Sprachen bedruckt gewesen, obwohl der Bardo gerade mal so die Volksschule geschafft hatte, in der man nicht einmal Englisch lernte. Und jetzt spielte er sich als ganz Schlauer auf! Lorenz schnaufte verächtlich. Er musste unbedingt seinen Anwalt anrufen, gleich nachher, wenn er sich hier in den Räumen seiner Rumänen Klarheit verschafft hatte. Der Hessinger hatte ihm nämlich heute Morgen am Telefon lautstark gedroht. Sein Arbeiter, den er ihm überlassen hatte. Er trüge daher auch die Verantwortung für alle sich daraus ergebenden Forderungen. Die Frau und zwei Kinder daheim in Moldawien, die jetzt ohne den Ernährer dastünden. Lorenz rieb sich über die Stirn, während seine Augen durch den Raum und über das schmale Regal direkt neben ihm huschten. Ohne den geringsten Schimmer, was er hier eigentlich suchte. Den großen Kanister mit der Aufschrift VORSICHT GIFT, aus dem gerade so viel fehlte, dass es ausgereicht hatte, um einen ausgewachsenen Mann ins Jenseits zu befördern. Alles Mist! Drüben in seinem Büro sollte er suchen, obwohl er genau wusste, dass das nichts bringen würde. Die schnelle Unterschrift auf dem fast weißen Zettel, als der Arcadie gestern in der Frühe gebracht wurde. *Die Quittung, dass ich ihn hier abgeliefert habe. Die bleibt bei mir.* Schnell war der Hessinger ja auch wieder weg gewesen, weil er die beiden anderen Arbeiter auf dem Rücksitz seines Geländewagens in Stadecken vorbeizubringen hatte. Wer hätte denn voraussehen können, dass so etwas passieren würde? Er hatte wirklich keinen blassen Schimmer, worunter er seinen Namen gesetzt hatte und ob ihm der Hessinger daraus einen Strick drehen konnte. Noch in Gedanken langte er nach einem braunen Glasbehältnis, das ihm in diesem Moment in den Blick geraten war. In der Größe eines Mehrwegjoghurtglases. Klappernd verrieten sich die Pillen dort drinnen. Theo Lorenz brauchte das Glas in der Hand nur ein Stück weit zu drehen, um die in leuchtendem Orange aufgedruckten Warnhinweise erkennen zu können.

Viel weiter kam er nicht mehr. Der Schmerz, der ihm vom Kopf bis in die Beine fuhr, ließ ihn zusammensacken. Das Glas landete sanft gebremst auf dem weichen Teppich und rollte noch einen halben Meter weiter unter das Bett.

Das merkte Theo Lorenz aber schon nicht mehr.

20.

Paul Kendzierski hob seinen linken Arm ein wenig an. Bloß keine unnötigen Bewegungen in dieser Hitze. Er hatte nicht geglaubt, dass es zu den gestrigen Bedingungen noch eine spürbare Steigerung gab. Gestern waren sie gefahren und zumindest das eine Seitenfenster der finnischen Trockensauna auf Rädern war dabei geöffnet gewesen. Das war es auch jetzt in diesem Moment und das Fenster auf seiner Seite des Feuerwehrautos auch. Durchzug, aber ohne Windbewegung. Die Sonne befand sich ziemlich genau senkrecht über ihnen und heizte den mit laufendem Motor auf dem Bürgersteig der Essenheimer Hauptstraße stehenden Wagen kontinuierlich weiter auf. Das fiel nicht mehr unter die Kategorie langsames, schonendes Garen bei niedriger Hitze, sondern eher schon in die Rubrik scharfes Anbraten, um die Poren des Sonntagsbratens zu schließen, damit er nicht gänzlich austrocknete. Er wartete sehnlichst auf das Ablöschen, das jedoch nicht in Sichtweite zu sein schien.

Halb zwei. Sie standen doch erst zwanzig Minuten hier. Und wenn die beiden gar nicht vorbeikamen? Bach konnte auch nicht hellsehen. Heute war aufgrund der gestrigen Ereignisse alles anders in diesem Dorf. Die beiden Söhne vom Gehacktes-Heine streunten sicherlich noch draußen in den Weinbergen herum, hingen an den Absperrungen um den Fundort der Leichen oder suchten sich an ihr Revier heranzupirschen, das jetzt als potentieller Tatort galt. Kein Wunder, dass sie noch nicht hier vorbeigekommen waren. Vielleicht dauerte es noch ein, zwei Stunden, dann wären er und Joachim beide gut durch. Nicht auszuhalten!

Einem Windhauch gleich, den er wahrscheinlich nur als solchen spürte, weil sein Gehirn bereits auf Notbetrieb umgeschaltet hatte, schoss ein Fahrrad an ihm vorbei, dem dicht dahinter ein zweites folgte. Der Fuchsschwanz hing waagerecht in der Luft.

Joachim ließ den Motor des Ford Transit aufheulen. Viel zu behäbig setzte sich das alte Feuerwehrauto in Bewegung. Bis an die Schmerzgrenze zog er jeden einzelnen der niedrigen Gänge. Die beiden Fahrräder waren längst außer Sichtweite, um die leichte Biegung der Straße herum.

„Schneller!“

„Du bist witzig. Glaubst du ich wäre noch nicht bis aufs Bodenblech unten? Der Wagen ist über vierzig, schwer und hat 62 PS. Vielleicht möchtest du schieben, damit wir auf Touren kommen.“ Joachim warf ihm einen schnellen Blick zu und schaltete eins weiter. „Wenn denen der Auslauf ausgeht, werden sie auch langsamer. Und spätestens am Ende der Hauptstraße geht es wieder bergauf. Da spielen wir unsere ganze Überlegenheit aus. Masse mal Beschleunigung. Der Gehacktes-Heine wohnt in der Elsheimer Straße. Ich hole da ab und an meine Dosenwurst. Der beste Presskopf im Umkreis. Zur Not greifen wir die zwei dort ab.“

Kendzierski glaubte auf Joachims Gesicht ein triumphierendes Lächeln zu erahnen. Als sie die leichte Biegung an der Gastwirtschaft erreichten, konnte Kendzierski den Fuchsschwanz in der Elsheimer Straße verschwinden sehen. Mit ihrem Restschwung kamen die beiden Halbstarken bis zur Hälfte. Ein ernsthaftes Fluchtrisiko schien damit ausgeschlossen, zumal sie sich selbst beharrlich der Höchstgeschwindigkeit annäherten. Unaufhaltsam schossen sie in Richtung Rathaus. Aus weit aufgerissenen Augen, die blankes Entsetzen offenbarten, starrten zwei ältere Damen, die überstürzt Schutz hinter einem der ausladenden Betonblumenkübel gesucht hatten, aus dem dürre Geranien herabhingen, das Feuerwehrauto an. Der Mund der einen öffnete sich. Sie schien ihn jetzt erkannt zu haben und suchte wohl das bisher gehörte und die gerade gesehene Jagd in eine treffende Erklärung zu zwängen. *Der Verdelsbutze ist hinter den armen Kindern vom Heine hergewesen. Gott stehe ihnen bei. Sie waren doch noch so jung und unschuldig.* Donnernd schossen sie in die enge Straße. Der großzügig verbaute Bruchstein warf den ohrenbetäubenden Lärm, den der alte Ford produzierte, zurück. Eine das Trommelfell bis in den Grenzbereich strapazierende Geräuschkulisse. Keine hundert Meter vor ihnen mühten sich die beiden Jungs ab. Der große war höchstens fünfzehn. Er hing auf dem Bonanzarad etwas zurück. Der Fuchsschwanz baumelte schlapp herab. Angstverzerrt wirkte sein Gesicht, als er sich kurz umdrehte, um die Ursache für den Krach hinter ihnen in den Blick zu nehmen.

„Da vorne gleich links wohnen sie."

Kendzierski kam die Stelle verdammt bekannt vor. Ein ungutes Gefühl überkam ihn. Dunkelheit, Kühle und muffige Nässe. Trotz der Hitze hier drinnen, die der Fahrtwind nur langsam linderte, nahm die Erinnerung keine angenehmen Züge an. Der Keller vom Graben-Herrmann. Ein halbes Fass brackiges Wasser hatte sich hier über ihn ergossen. Das leer stehende Haus am ehemaligen Dorfgraben. Das in Panik weg geschleuderte Bonanzarad holte ihn aus seinen Erinnerungen.

„Der verpisst sich!"

Joachim trat wuchtig auf die Bremse, um das Fahrrad, dem sie sich in rasender Fahrt gefährlich näherten, nicht in handliche Kleinstteile zu zermalmen. Während der Kleinere auf dem Sattel blieb und links in einer geöffneten Toreinfahrt Schutz suchte, rannte der Größere die Straße weiter hinauf. Einen knappen halben Meter vor dem Fahrrad brachten sie ihr Ungetüm quietschend zum Stehen.

„Du kümmerst dich um den Kleinen. Ich hole mir den anderen." Kendzierski rannte los. Schon nach wenigen Metern rang er heiser nach Luft. Den Berg hinauf in der stehenden Hitze. Der Junge nahm die Kurve nach rechts ganz eng. Hinein in den schmalen Schotterweg, der einmal als engerer Graben um das Dorf fungiert hatte. Kendzierskis Lunge meldete Stiche und schickte ein rasselndes Geräusch dazu. Lange würde er diese Verfolgung nicht durchhalten. Die drahtig dünnen Beine vor sich, die den schnellen Rhythmus der Schrittfolge beibehielten. Aussichtslos.

„Hände hoch!" Der Schrei mit letzter Luft, den er immer dann vermisste, wenn im „Tatort" ein dicker Kommissar mit dem Revolver im Anschlag einem athletischen Verbrecher erfolglos nachsetzte. Kendzierski hatte keine Waffe in der Hand. Seine gebrüllten Worte zeigten aber die ersehnte Wirkung. Steif stand der Junge mit starr in die Höhe gereckten Armen da. Er hatte sich nicht einmal getraut, den Kopf herumzuwerfen. Jetzt war Kendzierski bei ihm. Laut schnaufend um Luft ringend, machte er sich hinten an seinem Gürtel zu schaffen. Umständlich und gut sichtbar für den Jungen, der sich vorsichtig umdrehte. Der sollte ruhig glauben, dass ein schwer bewaffneter Bulle vor ihm stand. Der zu dem pickeligen, glühenden Gesicht gehörende dürre Körper zitterte. Die weiterhin in die Höhe gereckten Arme zuckten.

„Warum bist du weggerannt?“ Der Satz war reichlich abgehackt aus ihm herausgekommen. Notdürftig zwischen die stoßweisen Atemzüge gezwängt, nach denen seine Lunge gierte. „Vor einem Feuerwehrauto?“

„Du bist nicht von der Feuerwehr.“ Der Junge schickte einen schnellen Blick nach links. Scheinbar lotete er noch immer einen brauchbaren Fluchtweg aus. Vertrocknete Halme ragten starr und tot in die Höhe. Dann ein abgekippter Haufen ausrangierter Pflastersteine, reichlich schwarzer Splitt dazwischen. Kendzierski tat sicherheitshalber einen weiteren Schritt auf ihn zu.

„Kevin oder Ronny?“

„Kevin.“

„Warum rennst du weg?“

„Ich will keinen Ärger.“

„Warum Ärger?“

„Weil es dann Prügel gibt, vom Vater, wenn die Polizei wieder kommen muss. Und er nimmt uns die Räder weg.“

„Dann könnt ihr nicht mehr in euer Versteck, in die Hecken am Schuttabladeplatz?“

„Da lassen sie uns sowieso nicht mehr rein.“ Er setzte einen trotzigen Gesichtsausdruck auf. „Wir waren eher dort!“ Er ließ die Arme ein Stück weit sinken. Zwang sie dann aber sofort wieder in die Höhe. Die Kraft dafür schien ihn langsam zu verlassen.

„Kannst sie runternehmen, wenn du nicht wieder versuchst abzuhauen." Langsam beruhigte sich Kendzierskis Atmung. Der Schweiß hingegen rann ihm in Bächen über die Wangen und den Nacken hinunter. Klatschnass von einem Spurt über knappe zweihundert Meter. Aber die Hitze! Ein schwacher Versuch, seine mangelnde Fitness zu entschuldigen.

„Habt ihr die Frau dort gesehen?"

Kevin schüttelte den Kopf, seine wirr in alle Richtung stehenden, dichten blonden Locken bewegten sich mit.

„Ihn." Er flüsterte kaum hörbar.

„Wen?"

Kevin zuckte mit den Schultern. „Der, mit dem sie sich da immer getroffen hat."

„Wann hast du ihn gesehen?" Kendzierski spürte, wie sich sein Puls erhöhte.

Der Junge nuschelte mit gesenktem Kopf irgendetwas vor sich hin. Das war endgültig nicht mehr zu verstehen.

„Es tut dir keiner was und für uns ist es wichtig, was du beobachtet hast."

„Nur einmal habe ich ihn wirklich gesehen. Aber nur seinen Rücken. Sonst haben wir sie nur gehört." Kevin grinste breit. „War ja auch nicht zu überhören. Wir konnten nie bleiben, bis sie fertig waren. Zu spät. Die anderen dürfen immer viel länger draußen bleiben im Sommer. Ich bin doch kein Baby. Sieben Uhr und wehe es wird ein paar Minuten später. Die Mama schimpft und der Papa nimmt mir das Rad weg. Obwohl er es mir geschenkt hat. Geschenkt ist geschenkt, wieder holen ist gestohlen!" Genervt leierte er den Spruch herunter.

„Wann war das?"

„Vor zwei Wochen vielleicht. Keine Ahnung. Wir haben uns versteckt und sind dann schnell weg. Der hätte es bestimmt nicht gut gefunden, wenn er gemerkt hätte, dass wir ihn beobachten und in seiner Hütte waren."

„Seine Hütte?" Kendzierski rieb sich einmal schnell übers Gesicht. Ein Reflex, der keinen Sinn machte, weil sofort alles wieder triefnass war.

„Daran haben wir ja gemerkt, dass jemand da war." Die Stimme des Jungen klang genervt. *Mann, war der schwer von Begriff und der will bei der Polizei sein.* „Erst lagen nur die Bretter da. Die lagen auch davor schon da. Aber verstreut und nicht auf einem Haufen. Ein paar Tage später standen die Wände, dann lag das Dach drauf." Kevin wiegte den Kopf. Auf seinem Gesicht war nicht ein einziger Tropfen Schweiß auszumachen. „Keine saubere Arbeit." Das klang reichlich altklug. „Die Bretter standen über an den Seiten und die Tür hing schief. Dafür hat er eine Matratze reingelegt." Jetzt verzog er sein Gesicht zu einem verschmitzten Grinsen. „Ich dachte erst, das ist ein Penner, der nachts hierherkommt zum Schlafen. Wir haben überlegt, wie wir ihn fangen können." Er nickte beflissen. „Aber abends müssen wir ja immer so früh nach Hause." Er schüttelte wieder den Kopf und signalisierte sein Unverständnis für die Erziehungsmethoden seiner Eltern. „Aber dünne Fäden haben wir gespannt, die nicht zu sehen sind, und trockene Zweige in die Zugänge gelegt. Dann wussten wir immer, wann er da war. Meistens dienstags, manchmal auch noch mal. Ronny hat gesagt, dass das die Wildschweine waren, aber die laufen nicht immer genau den Weg. Vielleicht waren sie es auch. Aber er ist da sicher lang."

„Und warum meinst du, ist das kein Obdachloser gewesen?"

„Der baut doch nicht eine Hütte und kommt dann nur alle paar Tage mal. Und immer nur dann, wenn das Wetter gut ist." Kevin schüttelte wieder ungläubig den Kopf und signalisierte ihm, dass er am Verstand seines Gegenübers langsam ernsthafte Zweifel hegte: so blöde Fragen. „Gerade wenn es schüttet, braucht der doch die Hütte. Wobei es trotzdem reingeregnet hat.“ Schnell warf er wieder einen Blick rechts neben sich. Kendzierski machte sich bereit, sofort zuzugreifen, wenn der versuchte abzuhauen. Sie standen so nahe beieinander, dass er ihn jederzeit packen konnte, wenn er selbst nur schnell genug reagierte.

„Und außerdem ist mal was liegen geblieben.“ Kevin schickte seine Augen jetzt vor sich im Schotter auf die Suche. Sein braunes Gesicht hatte sich rot verfärbt. Unsicher bewegte er sich vom einen auf den anderen Fuß. Kendzierski wollte schon nachhaken, aber der Junge schien sein detektivisches Wissen jetzt gerne loswerden zu wollen. „Ein Brusthalter.“ Er grinste ihn breit an.

„Gib ihm das Handy, das wir gestern Nachmittag gefunden haben!“

Kendzierski riss den Kopf herum. In der Bewegung langte er nach dem Arm des Jungen und griff fest zu. Sicher war sicher. „Aua! Spinnst du?“

Joachim kam den Schotterweg hinauf zu ihnen. Entschlossen zog er den kleinen Bruder am Arm neben sich her. Ronny versuchte mit einer unauffälligen Bewegung vor dem eigenen Bauch anzudeuten, dass das eigentliche Problem für sie erst noch kommen würde. Hinter ihnen stampfte mit hochrotem Kopf der Vater der beiden um die Ecke. Er war nur wenig größer als Kevin, sein Ältester. Mächtige Hände an dicken, kurzen Unterarmen standen vom Körper ab. Das Michelin-Reifenmännchen schien in Essenheim zu leben und auf den Spitznamen Gehacktes-Heine zu hören. Diesmal wusste Kendzierski aber sofort, woher er das Gesicht kannte. Der dicke Metzger hinter dem

Kessel beim Schlachtfest. Die rosige, gekochte Schweineschnauze auf dem Teller vor ihm. Das breite Grinsen dazu, als sein erschrockener Blick signalisiert hatte, dass er nicht wusste, was er damit anzufangen hatte. Eine Delikatesse neben gekochten Leber- und Blutwürstchen, schwartigem Bauchfleisch mit einem Rest starr abstehender Borsten. Er schüttelte sich, konnte aber einen erneuten Schweißausbruch bei dem Gedanken an Schlachtplatte mit Sauerkraut und Kartoffelbrei in diesem Moment nicht erfolgreich verhindern.

„Welches Handy?"

Eine unnütze Frage, weil Kendzierski in diesem Moment bereits wusste, was los war. Der Haufen Pflastersteine links. Der Junge hatte gar keinen Fluchtweg gesucht, sondern nur kontrolliert, ob das alles gut versteckt und für die Augen Unbefugter nicht zu entdecken war. „Hol es, dann helf' ich dir!" Nur für sie beide hörbar hatte er geflüstert und lockerte den Griff um Kevins Arm. Schnell legte der die wenigen Schritte zum Steinhaufen zurück und raffte ein paar Pflastersteine zur Seite. Ein Handy kam zum Vorschein. Mit der freien Hand griff er nach einem roten Stück Stoff. Beides hielt er Kendzierski entgegen, noch bevor Joachim und sein Bruder mit dem schnaubenden Vater im Schlepptau bei ihnen angekommen waren. Das eine war der BH, den Kendzierski in aller Eile suchte, verschwinden zu lassen. Wolf hätte ihn dafür einen Kopf kürzer gemacht, bei Erbes denunziert und den Polizeipräsidenten zum Rachefeldzug aufgeboten! Wie Breivogel reagieren würde, konnte er noch nicht abschätzen. Mit einer schnellen Bewegung steckte er sich das aufgrund der starren Körbchen überaus sperrige Kleidungsstück vorne unter den Gürtel und tarnte es erfolgreich mit seinem schweißnassen T-Shirt. Der zornige Metzger musste nicht unbedingt mitbekommen, was seine beiden halbstarken Jungs an den Nachmittagen sammelten.

„Sie können wirklich stolz auf die beiden sein. Ihnen verdanken wir einen großen Schritt nach vorne bei den Ermittlungen.“ Kendzierski reckte das Handy wie eine in hartem Wettkampf errungene Siegestrophäe über sich in die Luft.

Kevin stand stolz mit verschränkten Armen breitbeinig neben ihm. Er flüsterte: „Betrüger, du hast gar keine Pistole.“

21.

Schon kurz nachdem Klara die schwere Eingangstür des Modegeschäftes aufgedrückt hatte und sich damit abmühte, den Kinderwagen hinter sich her so hindurchzubugsieren, dass er nicht beim Zufallen der Tür zerquetscht wurde, spürte sie, dass sie eigentlich sofort wieder zurückwollte. Ihr Spaziergang hinunter ins Zentrum Nieder-Olms war ein spontaner Einfall. Ausgelöst durch die Vorfreude auf den heutigen Abend, den Umstand, dass sie kaum noch etwas Passendes zum Anziehen hatte, und die Tatsache, dass Laura nach einem ausgedehnten Mittagsschlaf ein wenig frische Luft gut gebrauchen konnte. Insgeheim hatte Klara gehofft, auf dem Weg durch das Neubaugebiet, in dem sie wohnten, und durch andere, die sie durchquerte, Paul zu begegnen, der auch heute wieder mit dem Feuerwehrwagen seine Runden drehte.

Ihm waren sie nicht über den Weg gelaufen. Dafür aber hatte sie jetzt Erbes‘ Stimme schon bei den ersten Silben zweifelsfrei erkannt. Scheppernd schlug die schwere Eingangstür des kleinen Modegeschäfts hinter dem Kinderwagen zu. Gefangen! Bis sie sich wieder umständlich gedreht und es hinausgeschafft hatte, wäre es ohnehin zu spät.

„Bitte, du musst ihn ja nur mal anprobieren. Mehr verlange ich doch gar nicht von dir. Probieren heißt nicht kaufen und die nächsten dreißig Jahre an ihn gekettet zu sein."

Die geflüsterte Erwiderung, die durch den dichten Vorhang der Umkleidekabine zusätzlich gedämpft wurde, konnte sie nicht verstehen. Sie klang jämmerlich.

„Hätte ich mich damals so angestellt wie du jetzt, dann wären wir heute nicht verheiratet."

„Pssst. Ist ja gut. Gib ihn schon rein."

„Wir können am Samstag auch nach Mainz fahren. Dann kommst du aber nicht mit einer schnellen halben Stunde zwischendurch davon."

Klara bog zügig und fast lautlos hinter einen der großen runden Kleiderständer ab. Zur Not konnte sie dort in die Knie gehen und abtauchen. Eine trügerische Sicherheit, die ihr doch nur solange Aufschub gewährte, bis Erbes aus der Kabine kam. Den von seiner Frau angereichten sandfarbenen Sommeranzug hatte er sich bereits in die Kabine geholt. Der Tonfall des unverständlichen Gemurmels, das aus der Kabine nach draußen drang, deutete an, mit welcher Freude ihr Chef bei der Sache war. Laura befühlte in der Zwischenzeit eingehend die verschiedenen bunten Blusen, an denen sie auf der Flucht ihrer Mutter vorbeikamen.

„Die Verkäuferin bringt dir aus dem Lager auch noch einen in Hellblau. Die haben heute ganz neue Ware bekommen. Die packt sie extra für dich aus, Lulu. Hellblau ist die Trendfarbe in diesem Sommer."

Klara zuckte zusammen. Tief atmete sie die vom Duft neuer Kleidung gesättigte Luft ein, die sich mit dem Geruch des im gleichen Gebäudes untergebrachten Chinarestaurants zu einer originellen, aber doch stark gewöhnungsbedürftigen

Mischung verband. Bloß nicht loslachen. Lulu. Paul würde sich nicht mehr einkriegen, wenn sie ihm das heute Abend brühwarm erzählte.

„Bitte, Purzelchen."

Flehendlich vorgetragen. Würde sie ihren prustenden Lacher Laura zuschreiben können? Jetzt tat ihr Erbes fast ein wenig leid.

„Du wirst nicht umhinkommen, danach auch noch das eine oder andere passende Hemd anzuprobieren. So wie gestern gehst du mir nicht mehr aus dem Haus! Willst du dich vollkommen lächerlich machen? Im Hawaiihemd unter dem Anzug, der schon vor unserer Verlobung aus der Mode war!"

Erbes' Frau Silvia hatte sich so in Rage geredet, dass sie auch jetzt keine Notiz von ihr nahm, obwohl Laura zwei bunte Blusen samt der dazugehörigen Kleiderbügel vom Ständer heruntergezerrt hatte. Klara suchte nach einem Fluchtweg. Vorsichtig steuerte sie den Kinderwagen rückwärts aus dem Gewirr eng stehender Kleiderständer heraus auf den Hauptpfad. Gerade noch rechtzeitig, als sich Erbes mit gesenktem Haupt wie ein von der Mutter zurechtgewiesener Viertklässler aus der Kabine drückte, hatte sie den Eingang erreicht. Sie mühte sich am erstaunten Blick des Neuankömmlings, der die Szenerie zunächst überblicken musste, um dann freudig zu winken, nachdem sich ihre Blicke gekreuzt hatten. Erbes lächelte reichlich gequält, steuerte aber trotzdem umgehend auf sie zu, obwohl er nur auf Socken unterwegs war.

„Frau Degreif. Was für eine Freude, Sie mal wiederzusehen. Und die kleine Laura." Erbes ging vor dem Kinderwagen in die Knie und gab ein paar gurgelnde Laute von sich. Laura schien ihre Freude an Mamas Chef zu haben. Sie streckte beide Arme in die Höhe und gab ebenfalls ein paar Töne von sich – die beiden kommunizierten in derselben Sprache. Silvia Erbes nutzte die Zeit, um der mit einem babyblauen Anzug herbeigeeilten Verkäuferin neue Anweisungen zu erteilen. Wenn sie die Handzeichen richtig deutete, dann warteten auf Erbes bei seiner Rückkehr eine Auswahl von vier farblich auf den Anzug abgestimmten Hemden. Rosa, Mint, Flieder, Aubergine?

„Neun Monate?" Erbes hatte sich sich wieder in die Höhe geschoben.

„Richtig."

Er straffte sich. Ein Anflug von Stolz. „Dafür habe ich seit den eigenen Kindern einen Blick. Ein bildhübsches Töchterlein. Ganz die Mama." Der Chef wippte auf und nieder, unsicher, weil er vielleicht doch ein wenig dick aufgetragen hatte. Es schien sich die Erleichterung Bahn zu brechen, der Enge der Umkleidekabine und den damit verbunden Qualen für den Moment entkommen zu sein. Da die Verkäuferin gerade davoneilte, würde dieser Zustand recht bald sein jähes Ende finden.

„Ludwig-Otto." Ihr Befehl zerschnitt die angestaute Luft. „Zeig dich doch auch mal von vorne." Erbes machte prompt und schwungvoll kehrt und schritt seiner Frau entgegen.

„Silvia, das ist unser Rathauskind. Die Tochter von unserer bezaubernden Frau Degreif aus der Bauabteilung und dem Kendziäke, unserem Bezirkspolizisten."

Die Frau des Chefs konnte sogar lächeln. Sie überragte ihren Mann, der sie mittlerweile erreicht hatte, um einen knappen Kopf. Auch körperlich wirkte sie so, als ob sie es im Ernstfall mit ihm aufnehmen könnte. Mit strengem Blick folgte sie seinem unbeholfenen Marsch über den Laufsteg.

„Der fällt ungünstig und ist um die Beine herum viel zu

weit. Der hellblaue hier wird dir besser passen. Elastan. Der ist oben herum etwas elastischer, dann braucht es an den Beinen nicht diese Weite."

„Und Sie suchen etwas für die kleine Laura?" Erbes war auf dem Laufsteg wieder zurück zu ihr geeilt und erneut in die Knie gegangen. Er schien die gebotene Fluchtmöglichkeit gerne weiter zu nutzen.

„Nein, für mich. Endlich passen mir normale Sachen wieder. Aber was da seit zwei Jahren im Kleiderschrank hängt, wirkt ganz schön in die Jahre gekommen. Paul und ich wollen heute Abend zum ersten Mal, seit die Kleine da ist, wieder alleine weggehen. Da brauche ich einfach etwas Neues."

„Davon versuche ich meinen Mann auch gerade zu überzeugen. Er denkt nur in ganz anderen Zeiträumen." Silvia Erbes schritt ein, um ihren geflüchteten Lulu wieder einzufangen. Die Hemden warteten bereits. Frisch ausgepackt und entnadelt. Weinrot, Erdbeere, Kommunalorange. Zumindest das passte.

„Na, hier werden Sie sicher etwas finden." Erbes schob sich wieder in die Höhe. Ganz hatte er den Kampf anscheinend noch nicht aufgegeben. Obwohl sich seine Frau schon auf dem Rückweg zur Kabine befand, suchte er nach einem naheliegenden Gesprächsthema. „Ich versuche Ihren Mann zu schonen, wo es nur geht." Er wippte und blieb dann abrupt in maximaler Höhe stehen. Das mussten die Zehenspitzen sein. Marmor unter den Füßen, ohne Schuhe. Schon der Anblick bereitete Klara Schmerzen. „Insbesondere bei den Abendterminen! Ich weiß, wie das ist." Er kontrollierte mit einem schnellen Blick, dass ihn seine Frau nicht hören konnte. „Wir waren ja auch mal jung." Erbes grinste verschwörerisch. „Und froh, wenn wir die Abende zusammen verbringen konnten. Ich habe immer versucht, meine Frau ein wenig zu entlasten. Wobei das mit den modernen Vätern nicht zu vergleichen ist." Er wippte wieder, entspannte, sachte Bewegungen jetzt. „Die können alles. Die Frauen in meiner Generation hatten Angst, dass wir die Kinder fallen ließen. Es sind nicht immer nur die Männer gewesen, die sich um die Haus- und Kinderarbeit drückten. Oft haben sie uns das auch gar nicht zugetraut!" Erbes nickte seinen Worten zustimmend nach. Weitere Ausführungen versagte er sich, weil seine Frau mittlerweile mit dem ersten Hemd anrückte und sich wieder in Hörweite befand.

Klara hatte längst beschlossen, dass die Auswahl daheim im Kleiderschrank für heute Abend völlig ausreichend war.

22.

Die Dunkelheit um Theo Lorenz war echt. Und die Schmerzen auch. Er stöhnte laut und versuchte die Bruchstücke zusammenzubringen. Mühsam drehte er sich auf die Seite, um mit der freien Rechten die Wunde zu ertasten. Warum war es denn bloß so dunkel hier drinnen? Er gab einen weiteren unkontrollierten Schmerzenslaut von sich und ärgerte sich prompt darüber. Regen konnte er sich, die Arme bewegen, die Beine auch. Es würde also schon nicht so schlimm sein. Ein Hieb auf den Hinterkopf, der ihn hier in der Wohnung seiner Rumänen niedergestreckt hatte. Der Zorn verdrängte den Schmerz fast restlos. Der Wahrheit nachzugehen, ihnen hinterherzuschnüffeln war das eine, sich dabei aber erwischen zu lassen, war zum Kotzen. Mit der flachen Hand hieb er auf den Teppich, auf dem er lag. Wie lange schon? Es war zu dunkel für seine Armbanduhr. Hektisch fingerte er nach seinem Handy in der Hosentasche. Feucht war es drum herum. Die Hitze, hoffentlich nur die. Mit ein paar schnellen Bewegungen versuchte er, sich Sicherheit zu verschaffen. Restlos wollte das aber nicht gelingen. Letztlich spielte es sowieso keine Rolle. Er würde sich wie ein Dieb über den eigenen Hof stehlen müssen, um nicht alles haarklein erklären zu müssen. Eine dumme Begründung würde ihm schon einfallen. Die schmale Öffnung im Edelstahlfass. Zu unkonzentriert hatte er dort herausgewollt, schnell, schnell, und sich dabei den Hinterkopf heftig am harten Rahmen angeschlagen. Für seine Frau reichte das aus, den Doktor ging es einen feuchten Scheiß an, falls er doch zum Klammern dorthin musste.

Das Handy hatte er jetzt heraus. Kein Empfang. Halb fünf. Wann war er hier rein? Er suchte in der Leere seines malträtierten Schädels nach einer Antwort. Schnell drehte er das Display von sich weg. Fahles Licht fiel unter das Bett. Gehässig grinste ihn aus dem Halbdunkel das bunte Aspirinschildchen auf dem braunen Glasbehälter an. Stöhnend drückte er die Augen für einen Moment wieder zu. Es half alles nichts. So besorgt, wie seine Frau oft genug war, ließ sie unter Umständen noch nach ihm suchen. Das war mit das Letzte, was er jetzt noch gebrauchen konnte. Die Platzwunde am Hinterkopf und die Peinlichkeit, wenn er ihnen nachher unter die Augen treten musste. Der Zorn gesellte sich nun erneut dazu. Sie hatten sich also schon wieder nicht an seine Anweisungen gehalten. Die beiden Rieslinge und der Weiße Burgunder in der Blume. Wenn sie die ordentlich machen wollten, die Triebe gerade stellten und die verdorrten Blätter aus der Laubwand herausklaubten, damit die nicht anfingen zu faulen, dann hatten die vier mehr als genug zu tun für den heutigen Tag.

Schwerfällig schaffte er seinen geschundenen Körper in die Höhe und tastete nach dem Türrahmen, um Halt zu finden. Der Schmerz drückte ihn nieder. Vehement sträubte er sich dagegen und versuchte, auf den Beinen zu bleiben. Er brüllte ihn heraus, so lange bis nur noch ein heiseres Röcheln zu hören war. Der, der ihn niedergeschlagen hatte, musste auch den Rollladen herabgelassen haben. Wollten sie, dass er möglichst lange hier schlummerte, damit er ihnen nicht in die Quere kam? Sein linkes Augenlid zuckte unkontrolliert. Zu viel auf einmal, ein Chaos, das kaum zu ordnen war, und schon gar nicht in seinem Zustand. Den Lichtschalter hatte er schnell gefunden. Unsicher torkelte er hinaus in den ebenfalls dunklen Flur. Der fahle, flackernde Schimmer der Stromsparbirne aus dem Zimmer reichte aus. Theo Lorenz nahm Maß und rannte los. Die schwere Stahltür, die er im Laufen hatte aufdrücken wollen, bremste seine Flucht mit einem dumpfen Schlag. Ihm war in diesem Moment schon klar, dass er nach seinem Schlüsselbund gar nicht erst suchen musste.

23.

Auf dem ausgefahrenen Feldweg schaukelten sie in Richtung der flatternden Polizeiabsperrung.

„Ich gehe fest davon aus, dass du mir nicht nur bei der Innen-, sondern auch bei der Außenreinigung des Wagens vor dem Wochenende ein wenig zur Hand gehst.“ Joachim hielt den Blick starr geradeaus gerichtet, um mit hektischen Bewegungen den tiefsten Kratern auf der Piste zwischen den Reben auszuweichen. Das Schwanken ihres Schiffs in heftigem Seegang deutete an, dass ihm das nur bedingt gelingen wollte. „Wer hat diesen Weg so in Grund und Boden gefahren? Es wirkt so, als ob sich hier im Frühjahr ein Dutzend Panzer durchgewühlt hätte.“

Die ersten Beamten, die hinter der Absperrung zugange waren, blickten amüsiert in die Richtung, aus der sie kamen. Immer mehr reckten jetzt die Köpfe. Kendzierski konnte sie auch über die Rebzeilen hinweg erkennen. Das Aufmunterungskommando der Verbandsgemeinde Nieder-Olm. *Sie rufen an und wir besuchen Sie mit dem Eis-Truck am Arbeitsplatz.* War so etwas nicht vorhin im Radio angekündigt worden?

Es war vorauszusehen gewesen, ohne größere geistige Anstrengung. Und viel Fantasie brauchte es nicht, um abzuschätzen, dass sie bei der Ankunft eine belustigte Menschenmenge erwartete, die mit blöden Kommentaren nicht geizen würde. *Der Verdelsbutze in seinem neuen Dienstwagen. Wie der Herr so sein Gescherr. Ein halber Tag zu spät. Bis sie kommen, ist die Leiche gefressen oder gut durchgegart.*

Er hatte es so gewollt. Kendzierski hielt noch immer das Handy in der Rechten, das ihm Kevin freundlicherweise herausgegeben hatte. Die Trophäe war auf dem Weg hierher geschrumpft. Das triumphale Gefühl hatte sich in Luft aufgelöst, weil es so gekommen war, wie er es geahnt, aber nicht hatte wahrhaben wollen. Keine Nachrichten, alle Ordner leer. Aus dem Papierkorb des Handys hatte er zwölf SMS wiederherstellen können. Ein zarter Anflug Hoffnung und Stolz, weil es das gleiche Modell wie sein eigenes war. Alle Nachrichten waren von derselben Nummer gekommen. Immer nur knapp, Befehle in zwei Worten, HALDE SOFORT,

DRINNEN SOFORT. Codeworte für die kurzfristig anberaumten Treffen, zu denen er sie einbestellt hatte. KLAUS. Ein Prepaid-Handy in seiner Hand, dessen Speicher nur eine einzige Nummer verzeichnete, bei der es Kendzierski nicht wundern würde, wenn sie ebenfalls zu einem Prepaid-Handy führte. Keine Chance zur Nachverfolgung. Unmöglich, weitere Informationen über beide Personen auf diesem Weg zu ermitteln. Nur kurz hatte er überlegt, die Nummer anzuklingeln, den Gedanken aber umgehend verworfen. Es reichte aus, dass sich seine Fingerabdrücke überall auf dem Gerät befanden. Er musste den potentiellen Täter KLAUS nicht noch davon in Kenntnis setzen, dass sie ihr Handy gefunden hatten. Sein Gerät hatte er bestimmt schon im Rhein versenkt oder wo auch immer.

„Willst du deine Kollegen vielleicht über das Mikrofon begrüßen und ans Trinken erinnern?“

Wenigstens einem schien diese Ausfahrt besondere Freude zu bereiten. Kendzierski schüttelte den Kopf und vermied es, in Joachims Richtung zu sehen. Mehr Aufmerksamkeit bedeutete mehr blöde Kommentare. Und die brauchte er nicht.

Nicht nur hinter der Absperrung herrschte reger Betrieb, auch in den Weinbergen drum herum erkannte Kendzierski über die Zeilen hinweg zahlreiche Köpfe, die sich abwechselnd in die Höhe schoben, um den dröhnenden Neuankömmling auszumachen. Wie die Erdmännchen, die ihren Kopf weit aus dem Schutz der Höhle reckten, um sich beim leisesten Geräusch erschrocken wieder in den sicheren Bau zu flüchten. Scheinbar hatten sich nach und nach alle Winzer des Dorfes um den Fundort der beiden Leichen in ihren Weinbergen versammelt. Ganz zufällig mit dringlichen Arbeiten beschäftigt, die keinen Aufschub duldeten. Einen solchen Betrieb hatte er hier selbst in der Weinlesezeit noch nicht beobachtet. Die Neugier trieb sie alle hierher, so wie ihn auch. Das Handy der Vorwand, um bei Breivogel nachzuhorchen, wieweit sie mittlerweile mit ihren Ermittlungen waren. Vielleicht hatte die Tote schon einen Namen.

Joachim stoppte den Feuerwehrwagen direkt am Absperrband. Kendzierski wartete, bis sein Sitzplatznachbar draußen war. Umständlich angelte er den zerdrückten roten BH unter seinem T-Shirt hervor. Wenn sich auf ihm bis vorhin noch letzte verwertbare Spuren befanden, dann hatten sein Gürtel und sein Schweiß diese sicherlich restlos getilgt. Er verließ kopfschüttelnd das Auto. Breivogel, der offenbar doch nicht zum Schlafen nach Hause gefahren war, kam ihnen schon entgegen. Es schien sich in Windeseile herumgesprochen zu haben, wer sich da dröhnend näherte. Der Kripobeamte litt sichtlich unter der Hitze. Sein Gesicht war krebsrot. Ein leuchtender Sonnenbrand, der sich über die hohe Stirn bis in die dünnen blonden Haare hineinzog. Ganz nahe am Hitzschlag.

„Schön, dass Sie uns einen Besuch abstatten." Er mühte sich an einem gezwungenen Lächeln ab. „Kommen Sie ruhig herein in die gute Stube. Kalte Erfrischungsgetränke kann ich Ihnen leider nicht mehr anbieten. Die sind uns selbst ausgegangen." Der Kripobeamte lupfte das Flatterband in die Höhe. Sein Blick blieb an den Gegenständen in Kendzierskis rechter Hand hängen. Das Gesehene hellte seine müden Züge ein wenig auf.

„Wir wollten Sie nicht lange aufhalten." Kendzierski bückte sich unter der Absperrung hindurch. Joachim folgte ihm. „Aber das hier haben uns zwei Jungs aus dem Dorf übergeben. Die beiden sind oft oben in der Wüstung um den ehemaligen Schuttabladeplatz unterwegs und haben dort gestern Nachmittag das Handy gefunden, das wahrscheinlich dem Opfer gehört hat. Von ihm stammt wohl auch das Kleidungsstück." Kendzierski hielt Breivogel beides hin. „Sie hat sich dort regelmäßig mit jemandem getroffen. Ein-, zweimal pro Woche in einem Bretterverschlag. Die Jungs wollen den Mann gesehen haben."

„Und?" Breivogel hob das Handy in die Höhe. Kendzierski zögerte. Bei Wolf hätte er gewusst, dass der Moment gekommen war, den völlig Ahnungslosen zu mimen. Schulterzuckend. *Keinen Schimmer, habe es nur mit spitzen Fingern angefasst. Das fällt nicht in meine Befugnisse.* Wolf hätte genickt und es ihm doch nicht abgenommen.

„Prepaid. Ein Kontakt. Die Anweisungen, wohin sie zu kommen hatte. Klaus, aber ob das sein wahrer Name ist?"

„Die Bretterbude haben wir gefunden. Dort ist sie mit hoher Wahrscheinlichkeit ermordet worden. Die Platzwunde an ihrer Stirn stammt von der niedrigen Türöffnung. Im Verschlag befindet sich eine Matratze. Reichlich Spuren darauf, die noch analysiert werden. Der vergessene BH passt zu dem, was wir auch vermutet haben. Der gut versteckte Treffpunkt für regelmäßige Schäferstündchen."

„Wissen Sie, wer sie ist?"

Breivogel schüttelte den Kopf. „Keine weiteren persönlichen Gegenstände und bisher keine Vermisstenmeldung, die auf die Frau zutreffen würde. Morgen, spätestens übermorgen."

Kendzierski blickte den Kommissar fragend an.

„Mein Erfahrungswert bei alleinstehenden Frauen. Eigene Wohnung, mäßige soziale Kontakte. Bekannte, Freunde merken erst ein paar Tage später, wenn jemand verschwindet. Eine junge Frau Mitte zwanzig, da denken alle erst einmal an eine Bekanntschaft, bei der sie übernachtet. Man hinterlässt eine Nachricht auf dem AB, wundert sich dann, warum sie sich nicht zurückmeldet, kommt ins Grübeln. Also zwei bis drei Tage, bis sich der Erste durchringt, bei der Polizei anzurufen. Wenn sich nichts tut, geben wir ihr Foto an die Presse. Das möchte ich aber noch ein wenig hinausschieben aus Rücksicht auf die Angehörigen. Ich will es keiner Mutter zumuten, dass sie ahnungslos am Frühstückstisch die Zeitung aufschlägt, und sieht in die Augen ihres toten Kindes." Breivogel schüttelte sich. Ein paar kleine Schweißtropfen flogen dabei in verschiedene Richtungen. Der Kripobeamte litt unter der brutalen Hitze.

„Der Täter hat sie mit Pfefferspray außer Gefecht gesetzt. Das haben wir zumindest schon herausbekommen. Den Rest des Nachmittags haben wir damit verbracht, Wege und Zeitfolgen hintereinanderzubringen. Alle möglichen Konstellationen. Hat der Moldawier sie umgebracht, bevor ihr Geliebter auftauchte, hat er den oder die Täter überrascht und ist deswegen ermordet worden? Finden sich Verdachtsmomente gegen die vier Rumänen? Anhaltspunkte in alle Richtungen. Mittlerweile wissen wir, dass der Moldawier ohne Gewaltanwendung gestorben ist. Keine Zeichen eines Kampfes, nichts. Die kleinen Wunden stammen vom Sturz, als er das Bewusstsein verlor."

Kendzierski sah ihn verwundert an.

„Das beendet zwar längst noch nicht alle Spekulationen. Es bringt aber ein wenig mehr Licht in die Sache. Einfacher wird sie dadurch aber auch nicht. Die Hitze hier im Berg, die Sonne brennt senkrecht auf einen herunter, die Anstrengung dazu, der Druck, schnell zu sein, hinauf und hinunter im Akkord, sein Körper hat sich noch nicht an die Strapazen gewöhnt, weil er vorgestern erst angekommen ist. Ein paar Kilo Übergewicht." Warum sah Breivogel jetzt an ihm hinunter? „Dann fehlt nicht mehr viel zum Kollaps. Der Schreck, die rasende Angst, weil er einen Mord beobachtet hat oder weil er selbst der Täter war? Die Antwort werden wir erst in einem Tag haben, wenn der DNA-Abgleich vorliegt. Die Rechtsmedizin arbeitet daran. Sie haben Spuren an der Leiche gefunden. Hautschuppen und Haare." Er schnaufte. „Erst dann wissen wir, ob es sich nicht doch um einen dummen Zufall handelt, der die beiden Todesopfer so nahe zusammengeführt hat, ohne dass sie irgendetwas miteinander zu tun hatten. Ein Hitzschlag im Weinberg, nicht weit vom abgelegten Opfer. Unfall und Mord zeitgleich in unmittelbarer Nachbarschaft."

Breivogel wog still nickend die Tathergänge gegeneinander ab.

„Und der unbekannte Liebhaber? Wenn der nicht der Täter ist, dann hätte er sich doch längst schon gemeldet. Sie ist nicht am verabredeten Treffpunkt. Er wartet, sucht nach ihr. So wie es auf dem Handy aussieht, hat er nicht mal versucht, sie anzurufen."

„Das kriegen wir raus und noch einiges mehr. Wo sich sein Handy eingewählt hat. Eventuell weitere Verbindungsdaten, Gespräche, die er über die Karte mit anderen geführt hat, bevor er die Anruflisten gelöscht hat. Ob das reicht, um eine Person zu ermitteln, bezweifle ich aber. Wer sich mit ein paar Prepaid-Handys ausstattet, möchte ja ganz bewusst nicht, dass man ihm auf die Schliche kommt. Und der seine Gattin im Gebüsch betrügende Ehemann ist der Letzte, der sich der Polizei offenbart, um seine verschollene Gespielin zu melden. Im besten Fall anonym. Aber das hat bisher keiner getan." Breivogel hielt einen Moment nachdenklich inne. Dann fuhr er fort. „Sein Schweigen macht ihn also nicht automatisch zum Täter. Außerdem ist der

Fundort der Leiche von dort oben nicht einzusehen. Sie lag zwischen den Rebzeilen. Wenn er nach ihr gesucht hat, und sie befand sich in diesem Moment schon hier, dann kann er sie von dort oben, wo es in das Dickicht hineingeht, nicht ausmachen." Der Kripobeamte drehte sich suchend um. „Kann mir das einer abnehmen? Horst!" Er schien jetzt den richtigen gefunden zu haben. „Das ist für dich. Ihr Handy. Fingerabdrücke wirst du wohl kaum noch verwerten können. Und gib in Mainz Bescheid, dass sich einer um die einschlägigen Chats im Internet kümmert. Klaus wird sicher nicht sein wirklicher Name sein, aber vielleicht findet er sich unter dem Pseudonym im Netz." Breivogel hatte sich schon bei den letzten Worten wieder ihnen zugewandt. „Meistens kommt dabei nicht viel heraus. Er wird wohl kaum mit der Aussicht auf stille Stunden im Bretterverschlag hausieren gegangen sein. Wollen Sie noch mit mir eine Runde durch die Weinberge spazieren? Wenn es Sie interessiert, zeige ich Ihnen Fund- und Tatort."

Kendzierski schüttelte den Kopf. Er hatte genug von der brennenden Sonne im Südhang. Stauhitzelage. Bach redete gerne davon, wenn er seinen Cabernet Sauvignon und den Shiraz anpries. Eine geschützte Ecke im Teufelspfad, die sich durch besonders hohe Temperaturen im Sommer auszeichnete. Perfekt für ganz kräftige Rotweine. Die aus dem Süden eingewanderten roten Rebsorten brauchten das, um die nötige Reife zu bekommen. Der Klimawandel begünstigte ihr Gedeihen. Er hatte zur Folge, dass die Reben sieben bis zehn Tage mehr Vegetationszeit besaßen und die Trauben damit mehr Reifezeit, die auch noch früher begann. Vor vierzig Jahren gab es diese Sorten noch nicht hier. Jetzt fanden sie ideale Bedingungen vor. Bei reduziertem Ertrag verschaffte ihnen die Hitze eine Intensität, mit der man sich nicht vor den Franzosen zu verstecken brauchte. Trotzdem trugen sie die ganz eigene Handschrift der Kalkmergelböden des Selztals. Er hatte bestens aufgepasst bei Bachs Ausführungen und wunderte sich selbst darüber, wie gut er sich das alles gemerkt hatte, obwohl ihm der Winzer zur plastischen Darstellung seines Kurzvortrags ein halbes Dutzend kräftigster Rotweine eingeschenkt hatte. Die Reben liebten diese Hitze. Er nicht. Außerdem mussten sie sich gehörig beeilen, um noch eine Runde durch alle Gemeinden hinzubekommen. Irgendeiner würde Erbes garantiert vermelden, dass es der Trinkerinnerungstrupp heute nicht bis nach Sörgenloch oder Zornheim geschafft hatte.

24.

Das Misstrauen schmeckte bitter. Klara wehrte sich gegen den aufsteigenden Schleier in ihren Augen. Das war früher nicht so gewesen. Mit der Schwangerschaft hatte es angefangen. Die Schwankungen und die schnellen Tränen. Nach der Geburt hatte sich noch die Traurigkeit dazugesellt, die sie an manchen Tagen so sehr lähmte, dass sie es kaum fertig brachte, aus dem Haus zu kommen.

Laura versuchte, nach dem Breilöffel zu greifen, den sie ihr vor den Mund hielt. In einer halben Stunde wollte ihre Mutter da sein, um sich noch letzte Instruktionen anzuhören und sich auf dem Sofa im Wohnzimmer häuslich einzurichten. Wenn es so gut lief wie gestern, dann würde Laura nach der großen Abendwäsche noch eine halbe Flasche schaffen, um mit den letzten Zügen einzuschlummern. So weit Theorie und Planung für ihre gemeinsame Unternehmung. Die große Überraschung für Paul, von der sie selbst in diesem Moment nicht mehr wusste, ob er sich freuen würde und sie überhaupt verdient hatte. Klara schüttelte den Kopf, Laura ahmte sie umgehend nach. Sie schniefte und musste lachen. Erbes hatte das nicht so gemeint. Sich umständlich ausgedrückt, wie es seine Art war. Sie hatte daraus die falschen Schlüsse gezogen, weil ihre Gedanken in den letzten Tagen ohnehin ständig darum kreisten. Wie viel Zeit blieb noch für sie beide im Trubel des Alltags? Wie viel Nähe brauchte sie, konnte sie ertragen und wie ging Paul damit um? Aus ihm war nie ein Ton herauszubekommen, wenn sie versuchte, das Gespräch in diese Richtung zu lenken. Immer alles in Ordnung. *Mach dir keine Gedanken um mich. Ich bin froh, wie es ist. Alles andere fügt sich, wenn Laura uns wieder mehr Freiraum lässt.* Schutzbehauptungen nur, um sich nicht mehr damit befassen zu müssen. Sie hatte es ja selbst lange Zeit nicht wahrhaben wollen. Schnell weiter geblättert, wenn in den Ratgebern von der nachgeburtlichen Depression die Rede war. Nicht ihr Problem, nur eine Laune, die morgen wieder verschwunden war. Sie wusste ja bis zum heutigen Tag nicht, ob es wirklich daran lag.

Klara rieb sich mit der Spitze des Zeigefingers die beiden Tränen aus den Augenwinkeln. Mehr war nicht dazugekommen. Kein Heulkrampf, weil es eine einfache Erklärung für das gab, was sie vorhin im Klamottenladen erlebt hatte. Den Wortlaut bekam sie trotz aller Bemühungen gar nicht mehr vollständig zusammen. *Ich entlaste Ihren Paul, wann immer es möglich ist, vor allem bei den Abendterminen.* Nur wer selbst das Problem darstellte, konnte sich da so hineinsteigern. Erbes drückte sich stets umständlich aus. Seine Frau hatte ihm im Nacken gesessen, mit einem babyblauen Zweiteiler, der verdammt nach Schlafanzug aussah. Der Chef hatte darauf losgeredet, um ihr zu entkommen. Lulu und sein Purzelchen. Worte, über deren Wirkung er sicher keinen Gedanken verschwendet hatte. Und Erbes gute Absichten, seinen Bezirkspolizisten vor allzu vielen Abendterminen zu verschonen, bedeutete nicht, dass es ihm alle anderen im Rathaus gleich taten. Vieles von dem, was Paul erledigte, lief nicht über den Schreibtisch des Chefs. Einiges davon sogar ganz bewusst nicht, weil es die Angelegenheiten nur unnötig verkomplizierte.

Klara schluckte in der Hoffnung, damit auch alle unangenehmen Gedanken zu unterdrücken. Trotz aller Bemühungen wollte der bittere Geschmack nicht verschwinden.

25.

Schon als Lorenz den Schlüssel im Schloss hörte, wusste er, was auf ihn zukommen würde. Es gab nur zwei Varianten und beide waren annähernd in gleichem Maße unangenehm für ihn. Ausreichend Zeit, um sie gegeneinander abzuwägen, hatte er ja bis zu diesem Moment gehabt. In der gesamten Wohnung gab es keinen Empfang, auch nicht bei geöffneten Rollläden, Fenstern und mit weit herausgestrecktem Arm. Das wunderte ihn nicht sonderlich, weil sein Handy auch vorne im Haus nur knackend funktionierte und sich die Qualität mit jedem Meter verschlechterte, den er im Hof und in der Halle unterwegs war. Da sich der Anbau für seine Saisonarbeiter hinter der Halle befand, war er schnell mit sich übereingekommen, dass weitere Bemühungen nicht lohnten. Die massive Stahltür und die Gitter vor den Fenstern hatten eine Flucht aus eigener Kraft zu verhindern gewusst. Theo Lorenz hatte sich daher an den Küchentisch gesetzt und die dort aufgetürmten bunten Werbeprospekte der Super- und Baumärkte in und um Mainz durchgeblättert. Den dabei keimenden Hoffnungsschimmer, über die Dachluke, die ihm bei seinem Lesevergnügen Licht spendete, die Freiheit zu erlangen, verwarf er umgehend. Selbst wenn er es dort ohne Leiter mit Hilfe einer halsbrecherischen Konstruktion aus Tisch und Stühlen hinausgeschafft hätte, würde er vom Dach doch nicht hinunterkommen, ohne sich die Knochen zu brechen. Um Hilfe rufend auf dem Anbau im Schatten der großen Halle. Nur ein zufällig auf dem Feldweg vorbeifahrender Kollege konnte ihn da entdecken. Eine an Peinlichkeit kaum zu überbietende Vorstellung, die reich und farbig ausgeschmückt schnell die Runde im Dorf machen würde.

„Theo? Bist du hier?"

Seufzend drückte er sich in die Höhe. Den Baumarktprospekt, der eine beachtliche Auswahl preisgünstiger Motorsägen in allen erdenklichen Größen anpries, faltete er behutsam zweimal und schob ihn in die rechte hintere Hosentasche. Der Klang in ihrer Stimme verriet, dass sie schon eine ganze Weile nach ihm gesucht haben musste. Die Steigerung erwartete ihn, wenn sie die Platzwunde an seinem Hinterkopf entdeckte. Notdürftig hatte er die Stelle im Bad gereinigt und mit einem der herumliegenden Handtücher die Haare, soweit es auszuhalten war, trockengetupft. Sie würde es trotzdem sehen und aufschreien. Die Aussicht darauf ließ den eigentlich längst abgeklungenen Schmerz in seinem Schädel wieder aufkeimen. In diesem Moment war er sich nicht sicher, ob es vielleicht doch besser gewesen wäre, wenn die Rumänen ihn freigelassen hätten. In dieser Variante hätte er poltern können, mit der Polizei gedroht und ihnen klargemacht, dass ihm als Chef verdammt nochmal das Recht zukam, in einem solchen Fall ihre Habe zu durchsuchen.

„Mir geht es gut. Ich bin hier hinten."

„Was machst du?" Sie schien sich schneller gefangen zu haben, als von ihm erwartet. In ihrer Stimme klang die freudige Erleichterung kaum noch durch. „Ich habe mir Sorgen gemacht, überall nach dir gesucht und du schließt dich hier drinnen ein, während die Welt untergeht." Stampfend waren die schnellen Schritte ihrer kurzen in den letzten Jahren dicker gewordenen Beine auf den harten Fliesen des Flurs zu hören. Ihr Gang hatte sich dem eines Mannes angenähert. Der wankende breite Oberkörper und die Arme, die leicht abstehend herabhingen. Er tat ihr ein paar Schritte durch die Küche entgegen. Sonst kam sie am Ende noch auf den Gedanken, er hätte sich aus purer Freude den Nachmittag mit den farbigen Prospekten vertrieben.

„Die haben mich eingeschlossen."

Jetzt erst erschien sie in der Küchentür, schüttelte heftig den Kopf und rieb sich die rechte Wange. Ihre glatten, schwarzen Haare, die sie seit jeher kinnlang trug, standen wild in alle Richtungen. Das meinte sie also mit Chaos. Ein Grinsen wollte ihm aber trotzdem nicht gelingen.

„Die haben mir hinter der Halle aufgelauert und mich dann hier eingesperrt."

„Mir ist das gleich komisch vorgekommen." Sie schüttelte schon wieder den Kopf. Ihr Blick huschte umher und über die hinter ihm an der Wand befestigten Küchenhängeschränke. Wahrscheinlich nutzte sie den Moment, um den Zustand ihrer alten Kücheneinrichtung, die sie nach hier hinten in die Rumänenwohnung verfrachtet hatten, zu begutachten. „Mir haben sie gesagt, das sei alles mit dem Chef besprochen. Ich kann ja nicht ahnen, dass sie dich eingesperrt haben. Ihren Lohn wollten sie für die ganze Woche, weil sie in Mainz ein Auto für den Misu abzuholen hätten. Hätte ich nur meinem unguten Gefühl getraut. Alle vier in Feodors altem Opel Rekord. Auf meine Fragen haben sie so getan, als ob sie mich nicht verstünden. Wild durcheinander gebrüllt auf Rumänisch. Im Rausfahren haben sie mir deinen Schlüsselbund durchs Fenster entgegengeworfen." Sie schluchzte laut auf.

„Und du hast ihnen, ohne bei mir nachzufragen, den ganzen Lohn gegeben? Es ist doch heute erst Donnerstag." Er hatte sie angebrüllt, außer sich über so viel Dummheit.

„Aber das hast du doch auch schon gemacht. Wenn sie Geld heimschicken wollten."

„Im Unterschied zu dir, weiß ich was ich tue. Wenn du deinen halben Verstand auch nur zu einem Viertel bemüht hättest, dann wüsstest du, dass da etwas nicht stimmen kann. Die Morde im Teufelspfad, die Rumänen wollen ihr Geld und machen sich zu viert aus dem Staub. So bescheuert kann man doch gar nicht sein!" Die in ihm aufsteigende Hitze der Erregung ließ die Wunde an seinem Hinterkopf pochen. Angriff war die beste Verteidigung. Sie schluchzte. Das geschah ihr recht so. Sollte sie sich ruhig grämen. Wenn es sein sollte, auch noch den Rest des Abends und die ganze Nacht. Sie war im Moment die einzige Person, an der er seinen aufgestauten Zorn loswerden konnte. Die Rumänen hatten ihn verarscht, obwohl er geglaubt hatte, den Jungs meilenweit voraus zu sein. Aber die würden sich noch wundern. Wenn er schnell genug war, entgingen sie ihrer gerechten Strafe nicht. Mit einem entschlossenen Stoß drückte er seine Frau zur Seite und stürzte durch den Flur hinaus.

„Wo willst du hin, Theo? Dein Kopf blutet. Oh, mein Gott!“

„Halt‘s Maul! Ich bügele das aus, was du verbockt hast!“

26.

Er wollte nicht noch einmal vor die Tür gehen. Es war zu viel Aufregung um ihn herum und in Essenheim. Der Trubel schien bis zu ihnen herüber nach Nieder-Olm zu schwappen. Die Hitze tat das Ihrige dazu.

„Willst du nicht mal deine neue Freundin mit nach Hause bringen?“

Er zuckte zusammen, weil er sie hier nicht erwartet hatte. Hinten in der guten Stube lief der Fernseher in der für sie üblichen Lautstärke. Normalerweise konnte er das Haus dann immer unbemerkt verlassen. Er meldete sich schon lange nicht mehr bei ihr ab, wenn er ging. Hörte sie ihn aber zufällig, entkam er nie ohne bohrende Nachfragen.

„Mutter!“ Er starrte sie entgeistert an. Mit einer Tasse in der Hand war sie aus der Küche in den Flur getreten.

„Ich fühle mich schwach und matt. Die Hitze über den Tag.“ Sie gab ihren Worten einen leidenden Tonfall mit auf den Weg. „Ich habe mir einen Eierwein gemacht. Der bringt die Lebensgeister wieder zurück. Du solltest dich morgen mit der Sonnencreme einschmieren, Junge. Sonst verbrennst du dich noch mehr.“ Gebeugter als sonst schlurfte sie über den rissigen Terrazzo weiter. Sie spielte die Rolle gut, verinnerlicht über die Jahre. Er kannte die Vorliebe seiner Mutter für Eierwein. In einen gut gefüllten Becher Rotwein schlug sie sich zwei rohe Eier, gab drei gehäufte

Teelöffel Zucker hinzu und rührte alles ausgiebig mit der Gabel so lange durch, bis sich ein schaumiger Kranz oben drauf bildete. Alleine der Gedanke daran ließ in ihm einen sanften Brechreiz aufkommen. Eierwein galt in ihrem Haus seit jeher als probates Allheilmittel bei allen Formen körperlicher Entkraftung vor, während oder nach ernsthaften Erkrankungen. Seine Mutter zwang sich daher stets zu einem reichlich leidenden Gesichtsausdruck, um den Einsatz ihres Lieblingsgetränks vor ihm zu rechtfertigen.

„Willst du nochmal weg?"

„Mutter, es ist erst halb acht." Er hatte es nur mit einem reichlich genervten Unterton herausgebracht. „Ich will nochmal draußen in den Zweijährigen nachsehen. Die wirkten vorgestern arg mitgenommen von der langen Hitze." Hoffentlich reichte ihr das aus. Die Sirene aus dem Wohnzimmer klang vielversprechend: Eine ihrer Arztserien, bei denen sie sonst fast reglos vor der Kiste ausharrte.

„Ich kann mich nicht erinnern, dass es mal so lange so heiß war." Sie behielt ihn weiter prüfend im Blick und machte keinerlei Anstalten, mit der Tasse in Richtung Wohnzimmer weiterzuziehen. „Eine Plage für Mensch, Land und Vieh."

„Wir haben kein Vieh, schon lange nicht mehr!"

„Das weiß ich auch, mein Junge. Setz dich doch noch zu mir. In die Weinberge kannst du später auch noch. Oder hast du es eilig?" Ihre Worte klangen scheinheilig. Sie wusste genau, dass er in der sauberen hellen Leinenhose und mit den geputzten dunklen Schuhen nicht in die Jungfelder vom Vorjahr fuhr. „Am Sonntag backe ich einen Frankfurter Kranz und dann stellst du sie mir beim Kaffee vor."

„Es ist zu heiß für Buttercreme." Er spürte, dass sich sein Gesicht schlagartig leuchtend rot verfärbt hatte.

„Woher stammt sie denn?"

„Mutter, bitte lass mich!" Er schnaufte, kam aber nicht vom Fleck. Ihre Anwesenheit, ihr Blick, sie ließ ihn nicht fort. Er würde es über sich ergehen lassen müssen. Auch die nächsten Fragen, die er zwar nicht in ihrer Abfolge, aber doch in ihrem Sinngehalt ohne Probleme selber zusammenbekam. *Wie heißt sie mit Nachnamen?* Kein Name von hier, keiner zu dem sie einen Bezug herstellen konnte. *Was machen die Eltern? Sie ist doch evangelisch? Ich freue mich ja so für dich. Hoffentlich eine, die es ernst mit dir meint und nicht schon wieder nur hinter unserem Besitz her ist.*

„Du riechst nach ihr. Und dein Zimmer auch. Also verkauf deine alte Mutter bitte nicht für dumm."

„Wühlst du in meinen Klamotten?"

Sie atmete scharf ein und rümpfte die Nase. „Ich habe lediglich deine Schmutzwäsche zusammengerafft. Das kannst du in Zukunft gerne selber machen. Ich schlage mich nicht darum, dir hinterherzuräumen. Ich wühle weder in deinem Zimmer noch in den Kleidungsstücken, die in deinem Auto liegen. Die kannst du übrigens später noch mit hereinbringen und direkt unten vor die Waschmaschine legen."

Er biss sich auf die Unterlippe. Es machte keinen Sinn, weiter Widerworte zu geben. Sie würde dann erst recht nicht lockerlassen. Die aus der Stube herüberklingende schnelle Streicherpassage, die Spannung signalisierte, rang ihr keine erkennbare Reaktion ab. Wenn sich das hier noch weiter in die Länge zog, kam er erneut zu spät zu ihr. Noch war es hell, vielleicht saß sie wieder auf dem Balkon, wie vor ein paar Tagen. Zwischen den Kirschbäumen hindurch hatte er sie beobachten können, sogar ohne das kleine Taschenfernglas. Das alles setzte er aufs Spiel für diese sinnlose Wortklauberei, an deren Ende doch sie die Oberhand behielt.

„Mutter, ich verspreche dir, dass du sie kennenlernen

wirst. Nicht am kommenden Sonntag, aber bald." Versöhnlich hatte es geklungen, genährt von der Ungeduld endlich loszukommen.

„Lass dir damit nicht zu viel Zeit. Auch die jungen Damen möchten wissen, aus welchem Hause der zukünftige Verlobte stammt. Das solltest du nicht unterschätzen. Unser Name hat noch immer einen guten Klang in der Umgebung."

„Da hast du recht." Er nickte ihr freundlich lächelnd zu und griff vorsorglich schon einmal nach der Klinke der Haustür.

„Bis nachher, Mutter."

„Ich bin sehr gespannt, wen du mir diesmal präsentierst."

Als er sich im Gehen noch einmal schnell umdrehte, tat sie ihm leid, wie sie da in der Tür stand, mit dem Eierwein in der Hand. Kaum hörbar flüsterte er ihren Namen. Ausreichend laut, dass seine Mutter ihn verstehen konnte. Ihre weit aufgerissenen Augen signalisierten ihm, dass alles angekommen war.

Er musste später unbedingt die Klamotten aus dem Auto verschwinden lassen. Er brachte damit alles in Gefahr.

27.

Der Scheppe-Hannes hatte recht gehabt, obwohl Lorenz ihm unter normalen Umständen keinen Glauben geschenkt hätte. Der Mangel an echten Alternativen hatte ihn dazu gezwungen. Am frühen Abend musste man froh sein für jeden, den man noch auf der Straße antraf. Auch wenn derjenige windschief auf dem Trottoir entlangschlich und man sich nie ganz sicher war, woher seine stabile Seitenlage rührte. Die Last des fortgeschrittenen Alters oder der bis in die Abendstunden ausgedehnte Frühschoppen mit dem Riesling-Franz im Gasthaus.

Theo Lorenz atmete einmal tief ein, straffte seinen Oberkörper und überprüfte mit einem schnellen Griff an seinen Hinterkopf, dass die Wunde nicht von den klebrigen Haaren drum herum verdeckt wurde. Auf den Gesamteindruck kam es an, niedergeschlagen zwar, aber von aufrichtiger Tapferkeit beseelt. So machte er sich auf den Weg zur Haustür der Grabstein-Hilde. Warum die Polizei ausgerechnet hier oben bei ihr war, wollte ihm nicht in den Sinn. Was sollte sie schon mitbekommen haben, dass es lohnte, ihr einen Streifenwagen zu schicken? Wahrscheinlich klapperten die Beamten nach und nach jeden im Ort ab. Mit zwei Mann dauerte das bei der Redseligkeit der alleinstehenden älteren Damen, wie die Grabstein-Hilde eine war, bis weit nach Weihnachten. Bis sie bei diesem Prozedere auf seinem Aussiedlerhof, auf der dem Tatort entgegengesetzten Seite des Dorfes, anlangten, konnte er nicht warten. Wenn die bedauernswerten Polizisten dabei noch dem Wunsch der Damen nachgaben, nur ein winziges Gläschen Likör mit ihnen zu trinken, verfielen sie darüber hinaus bei ihren Ermittlungen dem Suff.

Er schüttelte sich, um die wirren Gedanken loszuwerden. Es brauchte einen ruhigen, klaren Kopf bei dem, was jetzt anstand. Er konnte die Stimmen hören. Besser hätte er den Zeitpunkt nicht abpassen können. Es klang nach Verabschiedung in der geöffneten Haustür. *Wenn Ihnen noch etwas einfällt, melden Sie sich bei uns.* Theo Lorenz räusperte sich leise und schluckte das letzte Restchen Scheu hinunter.

„Polizei!" Er tat noch zwei schnelle Schritte, um zu sehen, ob sie ihn wirklich schon gut hören konnten. „Polizei!" Er brüllte.

Die beiden jungen Beamten kamen ihm entgegen. Hildes Augen standen weit offen. Sie würde in den nächsten Stunden und am morgigen Vormittag unten auf der Hauptstraße für die rasche Verbreitung der frischen Neuigkeit sorgen und nicht mit farbigen Ausschmückungen sparen, die sein tapferes Verhalten unterstrichen. „Sie haben mich niedergeschlagen und sind geflüchtet. Ich habe bei ihnen sonderbare Flaschen und Döschen gefunden. Meine Frau hat mich eben erst befreien können. Ich habe stundenlang gefangen um mein Leben gefürchtet. Sie müssen sie suchen lassen. Wenn sie sich beeilen, ist es noch nicht zu spät. Der alte Opel Rekord fährt nicht so schnell. Bis zur Grenze brauchen sie bestimmt fünf Stunden."

Die Polizisten hatten ihn erreicht. Stöhnend verzog er sein Gesicht. Die Wirkung hatte er vorhin daheim im Spiegel kontrolliert und für gut befunden. „Wer hat Sie niedergeschlagen?"

„Meine Rumänen, die Sie heute Morgen verhört haben. Meine Frau haben sie bedroht. Sie musste ihnen Geld geben. Dann sind sie abgehauen."

Die beiden Polizisten wechselten Blicke, aus denen er nicht eindeutig herauszulesen vermochte, wie die Geschichte auf sie wirkte. Vorsichtig drehte er seinen Kopf und präsentierte die Platzwunde.

„Wir geben das umgehend an die Mainzer Kripo weiter. Die leiten die Fahndung ein. Wenn sie noch nicht außer Landes sind, haben wir eine realistische Chance."

Viel zu behäbig setzte sich der eine der beiden Beamten in Bewegung. Der zweite machte keinerlei Anstalten, auch in Fahrt zu kommen. Mit diesen Typen waren die Morde sicher nicht aufzuklären. Hoffentlich herrschte bei den Mainzer Ermittlern etwas mehr Einsatz. Die vier Rumänen sollten zu spüren bekommen, dass sie sich mit dem Falschen angelegt hatten.

28.

„Ach, Paul." Klara, die sich bei ihm eingehängt hatte, drückte sich fest an ihn. „Ich kann mich nicht erinnern, wann wir das letzte Mal ganz alleine unterwegs waren."

Kendzierski schüttelte den Kopf. Seine Gedanken waren noch nicht im Feierabend angekommen. Abgehetzt war er. Nachdem Joachim ihn vorhin zu Hause abgeliefert hatte, hatte er geduscht und sich in frische Klamotten gezwängt. Klara war zu diesem Zeitpunkt schon fix und fertig, im knielangen blumigen Sommerrock und im roten, einfarbigen Oberteil mit dünnen Trägern. Freundlicherweise hatte sie ihm die erwünschte Abendgarderobe schon bereitgelegt. Der helle Sommeranzug aus feinem Leinen. Seinen unauffällig beiläufigen Griff nach der neuen dunkelblauen Jeans, hatte sie im Ansatz abgewehrt. *Das passt für den heutigen Anlass nicht.* Da die Zeit drängte, hatte er auf eine Diskussion verzichtet und klein beigegeben. Sie verlangte nach dem feierlichen Rahmen für ihre erste gemeinsame Unternehmung ohne Kind seit einer gefühlten Ewigkeit und er war gerne bereit, ihr diesen Wunsch zu erfüllen. Ihre Mutter war schon mit Laura im Kinderzimmer verschwunden. Absolute Ruhe, kein Laut war von ihrer Tochter zu hören.

Es würde über den Abend schon schwer genug werden, die Erlebnisse des heutigen Tages auszublenden. Kein Gespräch über die Toten im Teufelspfad. Klara musste er nicht auch noch damit belasten. Es war schlimm genug, dass ihn das nicht losließ. Diese verwirrende Vielfalt der möglichen Tathergänge. Nur die Frau war zweifelsfrei das Opfer eines Gewaltverbrechens. Auf dem Weg zum gewohnten Liebestreff. Außer Gefecht gesetzt mit einer Ladung Pfefferspray. Das sprach doch gegen diesen ominösen Klaus als Täter? Nein, das tat es nicht! Kendzierski schüttelte wieder den Kopf. Das Liebesspiel war eskaliert. Sie hatte versucht sich zu wehren und er die Kontrolle über sich verloren. Kendzierski musste schlucken. Fremde neue Bilder flimmerten vor seinen Augen auf. Der Ort für die Bretterbude gezielt gewählt. Im Schutz des undurchdringlichen Dickichts. Ein paar Treffen vorher und diese womöglich schon mit der Absicht, sie später zu töten. Dann hatte er das vielleicht davor schon mal getan und würde weiter morden, wenn sie ihn nicht rechtzeitig fanden. Aber warum riskierte er dann, entdeckt zu werden, und schleifte die Leiche aus ihrem Versteck fast hundert Meter in den Weinberg? Eine Handlung, für die er keine plausible Erklärung fand und die sein ganzes Konstrukt ins Wanken geraten ließ. Zum Fundort der Frau wollte nur die Version mit dem Moldawier und den Rumänen passen. Spätestens morgen gab es darüber Klarheit. Die Entwirrung der vielen Fäden gelang nur über den DNA-Abgleich der Spuren, die sie an ihr gefunden hatten. Er würde sich morgen schwerlich zurückhalten können, Breivogel nicht sofort um acht anzurufen. Irgendeinen fadenscheinigen Grund musste er sich im Laufe des Abends noch ausdenken. Es sollte auf keinen Fall so aussehen, als ob ihn die Neugier antrieb.

„Freust du dich, Paul?"

Kendzierski nickte heftig. Er hatte Klara neben sich fast vergessen, obwohl sie sich noch immer eng an ihn schmiegte, während sie weiter hinunter in das Nieder-Olmer Zentrum schlenderten.

„Ich bin so gespannt." Klara entfuhr ein leises Juchzen.

Das Rumoren in Kendzierskis Magen deutete an, dass er bereits glaubte, eine Ahnung von dem zu haben, was sie sich für den heutigen Abend ausgedacht hatte. Weder die Pizzeria in der Oppenheimer- noch der Türke in der Bahnhofstraße hätten den sommerlichen Leinenanzug nötig gemacht. Der Grass auch nicht. Ein Geheimtipp? Eine Neueröffnung? Sein Magen knurrte jetzt hörbar. Heute Nachmittag hatten sie an einer Bratwurstbude im Klein-Winternheimer Gewerbegebiet Rast gemacht. Das lag lange zurück. Die Aussicht auf ein gepflegtes Drei-Gänge-Menü schuf eine heimelige Vorfreude im Bereich der Magengegend. Klaras spontane Ausflugsideen waren selten ein Reinfall gewesen. Da spielte die kurze nachgeburtliche Auszeit keine Rolle. Und als Eingeborene kannte sie sich stets gut aus, wenn es um gastronomische Neuentdeckungen und ausgefallene Alternativen ging, über die ihre Freundinnen sie informierten. *Dort müsst ihr unbedingt mal hingehen. Der beste Chinese Rheinhessens.* Das brauchte er heute nicht unbedingt. Ente süß-sauer neben einem grinsenden dicken Buddha. Als Klara ihn sanft, aber entschlossen an der katholischen Kirche St. Georg vorbei in die Alte Landstraße lenkte, war er sich nicht mehr so sicher, ob er sich nicht doch würde damit arrangieren müssen. Das schmale gepflasterte Gässchen, das von der breiten Pariser Straße abzweigte, führte nach einem leichten Schwenk fast direkt auf das größere der beiden asiatischen Restaurants der Stadt zu. Die Platte der sieben Grausamkeiten. So ähnlich hatte sich das genannt, was er bei ihrem ersten und einzigen Besuch dort gegessen hatte. Vor einiger Zeit hatte der Besitzer gewechselt. Klara schien bereit, dem Neuen eine Chance geben zu wollen. Oder führte sie ihn doch zum Grass? Von hier war es nicht mehr weit bis zu seinem Innenhof, in dem man unter den großen Oleandern Platz fand. Kendzierski konnte sich schmatzen hören.

„Ach, Paul." Das war schon wieder geflüstert von Klara gekommen. „Es ist sonderbar, ohne Laura aus dem Haus zu gehen. Ich habe ständig das Gefühl, etwas vergessen zu haben. Es fehlt etwas. Der Kinderwagen vor einem. Den ständigen Zwang, nach ihr sehen zu müssen. Ist der Schnuller herausgefallen? Hat sie gespuckt, schläft sie schon, liegt sie noch im Schatten? Ich wusste gar nicht mehr, wie die Freiheit schmeckt. Langsam legt sich auch die Anspannung. Meine Mutter müsste sie längst im Bett haben. Wenn es dabei ernsthafte Probleme gegeben hätte, wären wir schon wieder auf dem Heimweg. Wie bei unserem letzten kläglich gescheiterten Versuch. Da hat es keine zehn Minuten gedauert, bis sie angerufen hat." Klara lachte ausgelassen. „Laura hat es ihr aber auch nicht leicht gemacht damals. Vorhin hat sie meine Mutter sogar angelacht und sich von ihr waschen lassen, ohne zu murren. Wenn das heute klappt, macht sie bestimmt gerne häufiger mal den Babysitter für uns. Ich kann mir einen festen Abend in der Woche gut vorstellen. Ein Ankerpunkt für uns beide im Trubel des Alltags. Ich hätte nie gedacht, dass mir das so wichtig erscheinen könnte." Klara blickte ihn erwartungsvoll an. Der Gedanke daran, in den nächsten Wochen und Monaten nicht nur die im letzten Jahr in Nieder-Olm neu eröffneten gastronomischen Angebote einem eingehenden Test zu unterziehen, sondern dann auch mal wieder eine der vielen Straußwirtschaften der umliegenden Dörfer anzusteuern, ließ auch Kendzierski freudig lächeln.

„Eine schöne Idee."

Klara nickte eifrig, als sie ihn mit sanfter Entschlossenheit vom eingeschlagenen Weg und auf die Sparkasse zu lenkte.

Kendzierski versuchte, sich von ihr zu lösen, weil sie sicher gleich beide Hände brauchte, um das Portemonnaie mit der Karte aus ihrer Handtasche herauszuholen. Die Tatsache, dass sie noch Bargeld holen wollte, sprach eher für den Grass als für den Chinesen. Dort konnte man sicher auch mit Plastik bezahlen. Klara wollte ihn nicht loslassen. Sie hielt seinen rechten Arm in einer festen Umklammerung und ihn damit nahe bei sich.

„Paul, das wird dir auch gefallen. Ich möchte mich in deinen Armen führen lassen."

Kendzierski schüttelte irritiert den Kopf, ohne zu wissen, was hier vor sich ging. *Das sich sträubende Kleinkind auf dem Weg zum ersten Kindergartentag.* Ein hektisch in wechselnden Farben blinkendes Hinweisschild hatte soeben Kendzierskis Blick eingefangen. Er spürte, wie sich ihm augenblicklich die Kehle zuschnürte. *Das quiekende Hausschwein, das beim Anblick des Schlachthofes von dem Gefühl beschlichen wurde, dass irgendetwas ganz gehörig schiefgelaufen war.* Das Geräusch, das er von sich gab, klang nach heiserem, erfolglosem Würgen. Sein Magen fiel mit einem beleidigten Knurren ein. Er war schließlich der eigentliche Leidtragende der Situation und tat das lautstark und pikiert kund. Tanzatelier Wiegeschritt.

„Ich habe uns einen Schnuppermonat für den heute beginnenden Erwachsenenkurs gebucht." Klara warf ihm einen prüfend aufmunternden Augenaufschlag zu. Er hatte das Gefühl, dass seine Angst jetzt auch deutlich zu riechen war. Feucht fühlte sie sich an und heiß. „Du wolltest das doch auch schon immer mal ausprobieren."

Kendzierski mühte sich redlich, seine Gesichtszüge nicht vollkommen entgleisen zu lassen. Wenn er sich an eines in seinem Leben ganz sicher erinnerte, dann daran, dass er niemals den Wunsch geäußert hatte, einen Tanzkurs aufzusuchen. Weder im Traum, noch im Vollrausch! Der Eingang unter dem jetzt im Kreis um das Schild herumjagenden LED-Lichtwurm war schmal. Seine beide Arme signalisierten, dass sie sich seinem Widerstand im Rahmen ihrer Möglichkeiten gerne anschließen wollten: Weit ausgefahren nach rechts und links passte er durch diese Öffnung unmöglich hindurch. Sein Kopf schuf farbige Bilder dazu. *Der kleine Paul, der sich unter Aufbietung aller Kräfte dagegen zur Wehr setzte, in die Tanzbärengruppe eingegliedert zu werden.*

Aber Klaras Entschlossenheit, mit der sie ihn weiter eingehängt mitzog, erstickte sein zartes Aufbegehren im Keim. Also doch dumpfes Schlachtvieh, das fröhlich grunzend sehenden Auges ins Verderben rannte.

„Klara." Es klang arg jämmerlich, was da endlich den Weg über seine Lippen gefunden hatte. „Bei dieser Hitze und ich habe noch gar nicht zu Abend gegessen."

„Paul, bitte! Du bist doch kein Kleinkind. Die Stunde wirst du sicher durchhalten."

Klara lockerte ihren Griff auch die gefliesten Treppen hinauf nicht. Offensichtlich schien auch sie sich nicht ganz sicher zu sein, ob er eine gebotene Möglichkeit zur überstürzten Flucht nicht doch nutzen würde. Der schmale Aufstieg, an dem mehrmals eine Kette bunter Lichtpunkte an ihnen vorbeiraste, mündete in einen kleinen Empfangsbereich, hinter dessen gläsernem Tresen sie ein sportlicher, stark gebräunter Mittdreißiger mit schwarzen zurückgegelten Haaren bereits zu erwarten schien. Der Vorraum zur Hölle. So sah er also aus. Und der Italo-Typ, an dessen leuchtend rotem Hemd anscheinend die oberen fünf Knöpfe verloren gegangen waren, regelte den Einlass. Unterschiedlich hohe

Spiegelelemente um sie herum, die ihren Abschluss in den gleichen LED-Lichtbändern fanden, die sie am Eingang und auf dem Weg hinauf schon blinkend begrüßt hatten. Der Besitzer schien im früheren Leben Elektriker gewesen zu sein. Was musste der verbrochen haben, um als Tanzlehrer wiedergeboren worden zu sein! Eine Erinnerung aus seiner Jugend Kendzierski ihm in den Kopf. Vorabendprogramm für Kinder im Ersten. Wie hieß denn diese Sendung noch? Die wilden Achtziger. Jawohl! Spaß am Dienstag. Werner und Zini, das Wuslon. Der Moderator und sein computeranimierter Leuchtwurm. Film ab!

„Ihr müsst Klara und Paul sein."

„Jaha!"

Das Trällern war von Klara gekommen, die es auch jetzt noch nicht wagte, ihn loszulassen.

„Ich bin Mario. Herzlich willkommen zu eurem Schnuppermonat. Ihr werdet sehen, in vier Wochen wollt ihr gar nicht mehr aufhören mit dem Tanzen." Mario presste die Augenlider zusammen und verzog sein Gesicht zu einem reichlich gezwungenen Grinsen. Jedes warme, gehauchte Wort hatte er einzeln betont und behutsam geformt, als ob sie darauf angewiesen wären, die Bedeutung von seinen Lippen abzulesen. „Vorsicht!" Mario riss jetzt die Augen weit auf. „Es kann zur Sucht werden, wie bei mir und einigen der anderen Paare, die ihr gleich noch kennenlernen werdet." Er kramte nach irgendetwas hinter der Theke. „Hier, noch eine Unterschrift. Einer reicht." Klara kontrollierte mit einem schnellen Blick, ob sein Widerstand endgültig gebrochen war und sie ihn ohne Gefahr loslassen konnte.

„Das ist das große Plus unseres Kurssystems." Marios gereckte Daumen schossen in die Höhe. „Die Neuen lernen mit und von den Erfahrenen. Tanzatelier Wiegeschritt, ungezwungener Spaß, Bewegung, Fitness in freundlicher Umgebung mit netten Menschen.“ Der Werbeblock schien beendet zu sein. Kendzierski kam sich vor wie bei einer Verkaufsveranstaltung. *Darf's noch etwas mehr sein? Dann legen wir noch die Blutwurst drauf, die Mettenden, ein Pfund Gehacktes, die Salami, und das alles für nur Neunundzwanzigneunundneunzig. Das hat es so noch nie gegeben. Da komm selbst ich ins Schwitzen. Da zahlen wir am Ende des Tages drauf!*

Nein! Er kam ins Schwitzen. Nass lief es Kendzierski den Nacken hinunter. Die pure Angst vor dem, was ihn in den nächsten quälend langen sechzig Minuten dort drinnen erwartete und dann vielleicht jeden Donnerstag, auf unbestimmte Zeit.

„Ich schließe kurz noch unten ab, dann fangen wir an. Die anderen sind schon beim Warmtanzen.“

Kendzierski meinte deutlich eine Spur Entspannung auf Klaras Gesicht ablesen zu können. Gefangen in der Spiegelhölle, zusammen mit Italo-Mario und seinen rasenden LED-Leuchtwürmern.

„Komm lass uns reingehen. Ich bin so schrecklich gespannt.“ Überbordende Vorfreude, die sich partout nicht auf ihn übertragen wollte. Immerhin wirkte der kalte Schauer, der seinen Rücken jetzt hinunterkroch, wohltuend. Gar nicht auszudenken, wenn ihn dort drinnen irgendjemand erkannte. Die Stadt war ein Dorf, die Neuigkeit schneller im Rathaus als er morgen früh. *Der Verdelsbutze ist bei mir im Tanzkurs. Wo der mit seinen großen Füßen hintritt, wächst kein Gras mehr. Höchstens blaue Fußnägel.*

Mit hängenden Schultern schlich er hinter Klara her in Richtung Hölle. Kendzierski glaubte, das lodernde Feuer schon erkennen zu können, auch wenn das bloß weitere Lichtbänder waren, die an den Kanten von Spiegeln in Skylineform entlangrasten, die auch die Wände des Tanzraums zierten. Der große Saal bot im vorderen Bereich reichlich Platz, bevor er hinten etwas zulief und in einer Bar mündete. Hinter der unbeleuchteten Theke erkannte Kendzierski eine weitere Person, die im Halbdunkel wie der jüngere Bruder von Mario aussah. Sechs, acht Paare drehten sich im Raum zur Musik, einige schwungvoll, andere reichlich unbeholfen, den Blick starr auf den Boden vor den eigenen Füßen gerichtet.

Ein zweimaliges schallendes Klatschen markierte das Startsignal. Klara neben ihm tastete nach seiner Hand. Ihre Wangen waren erwartungsvoll gerötet.

„Husch, husch, ins Körbchen!" Mario stolzierte wie ein Gockel auf dem Mist quer durch den Raum. Den Kopf im Nacken, die Brust geschwellt, den Rücken durchgedrückt und den Hintern weit herausgeschoben. Der steckte inklusive der Beine in einer engen schwarzen Hose mit Schlag. Die schwarzen, auf Hochglanz polierten Spitzen seiner Lackschuhe lugten darunter hervor. Mit seinem Hüftschwung gelang es ihm sicher ohne größere Probleme, eine ganze Horde sechzehnjähriger Model-Kandidatinnen in kreischende Ekstase zu versetzen. An Klara und Kendzierski vorbei wirbelten Paare in drehender Bewegung in die Mitte des Saales.

Klara steuerte, Italo-Mario folgend und Kendzierski hinter sich herziehend, auf den Sammelpunkt zu. Aus den Augenwinkeln konnte er erkennen, dass ein weiteres Paar an ihnen vorbeischoss. Überhöhtes Tempo von wahnwitzigen Drehungen begleitet. Sie und er verschmolzen in der Bewegung. Ein himmelblauer Brummkreisel bis zum Anschlag aufgezogen. Kendzierski wäre jede Wette eingegangen, dass dieses Tempo locker ausreichte, um sämtliche im Husch-

Husch-Körbchen versammelten Paare nach einem Aufprall in alle Himmelsrichtungen durch den Raum schießen zu lassen. Wie Billardkugeln, in die der Eröffnungsstoß fuhr. Genau zwischen den anderen kam das Paar unfallfrei in einer letzten Drehung zum Stehen, die Arme mit gespreizten Fingern weit von sich gestreckt.

Kendzierski zuckte zusammen. Klara entwich ein Schrei, den er ihrer grenzenlosen Bewunderung zuschrieb.

„Ludwig, du wippst zu sehr. Das ist kein Walzer."

Aus einem erhitzt leuchtenden Gesicht strahlte ihn Erbes im himmelblauen Anzug und orangenen Hemd an.

29.

Es war ganz anders verlaufen, als er es sich vorgestellt hatte. Weil seine Mutter ihn so lange im kühlen Hausflur auf dem rissigen Terrazzo hatte aufhalten müssen. Diese sinnlosen Gespräche, die sich doch immer nur um dieselbe Sache drehten. *Stell sie mir doch am Sonntag zum Kaffee vor. Ich mache uns auch einen schönen Frankfurter Kranz mit reichlich Buttercreme, so wie du ihn am liebsten hast. Das wird sie lernen müssen, damit sie meinen Sohn zufriedenstellen kann, dich gut versorgt. Ich nehme sie gerne in die Lehre. Deine Lieblingsgerichte. Schwarzwälder Kirschtorte, Königsberger Klopse, Dampfnudeln.*

Einen Teufel würde er tun, statt sie mit heimzubringen. Eine halbe Stunde reichte aus, wenn nicht weniger, um jede vernünftige Frau das Weite suchen zu lassen. Das war auch der Grund, warum sie ihn damals verlassen hatte. Nicht er, sondern seine Mutter, die Angst davor hatte, das Einzige, was ihr nach dem frühen Tod des Ehemanns geblieben war, auch noch zu verlieren. Dann saß sie nämlich ganz alleine im großen Haus, in dessen vielen Zimmern man sich auch zu zweit schon verlief. Sie hatte sie alle vergrault. Alles andere diente nur diesem einen Zweck.

Wegen ihrer bohrenden Litanei war er zu spät gekommen. sie saß längst nicht mehr auf dem Balkon, wenn sie es denn überhaupt getan hatte. Der Hund hatte ihn aufgescheucht. Zweimal derselbe miese Köter. Eine kleine Ratte, die plötzlich kläffend vor ihm gestanden hatte. Das Fernglas konnte er gerade noch schnell in dem kleinen Rucksack verschwinden lassen. Beim zweiten Mal hatte er sich aus dem Staub gemacht. Besonnenheit war wichtiger als Gier. Wenn ihn der Mann, zu dem die Töle gehörte, ein weiteres Mal sah, konnte das unangenehme Folgen haben. Er gefährdete es, gerade jetzt nach allem, was passiert war.

Stattdessen war er hierhergefahren, um an diesem Abend, in dieser Nacht nicht vollkommen leer auszugehen. Er schnaufte leise; seine Augen erfassten die ersten Bewegungen. Die Stelle war ihm bekannt. Donnerstags am späten Abend oder freitags schon am Nachmittag. Die Wahrscheinlichkeit lag also bei fünfzig Prozent. Heute hatte er richtig gelegen. Ihr wippendes Auf und Ab erkannte er im fahlen Licht der Dämmerung. Sie saß auf ihm, den Oberkörper entblößt. Er war im Autositz nicht zu sehen. Nur seine Hände, die nach ihren Brüsten griffen. Wenn sie noch ein wenig durchhielten, war es dunkel genug und er konnte sich vorsichtig näher heranschleichen. Mehr sehen würde er trotzdem nicht, aber er konnte sie dann hören. Seine dunkle Stimme, die verriet, dass er viel älter war als sie. Dafür hasste er ihn. Zitternd atmete er aus. Und sie hasste er noch viel mehr.

30.

Eins, zwo, täpp?" Mario, *der mit dem Wuslon tanzt*, blickte fragend im Kreis. „Nur die Neuen. Die alten Häsinnen und Hasen wissen natürlich, was ich meine." Er setzte mit ausladendem Hüftschwung die nächsten drei Schritte. „Eins, zwo, täpp" und sah dann Kendzierski an. „Na, Paul, was meinst du?"

„Tanzen?"

Allgemeines Gelächter um ihn herum. Klaras Ellbogen traf ihn zwischen der dritten und vierten Rippe.

„Ich bitte Sie, meine Damen. Es gibt keine falschen Antworten, wie es auch keine falschen Drehungen gibt beim Discofox. Solange der Takt stimmt." Er lachte stoßweise in sich hinein. Seine Körperspannung mit demonstrativ präsentiertem Gesäß hielt er dabei eisern bei. „Discofox ist unsere Allzweckwaffe im täglichen Tanzgeschäft. Wir stellen uns in einer Reihe auf. Die Herren neben mir. Die Damen reihen sich bitte neben Silvia ein. Die Herren beginnen links, die Damen mit dem anderen Fuß. Beginnen sie beide mit links, komme ich nicht für die Folgen auf." Wieder stotterte er ein Lachen heraus. „Auf geht's! Links die Herren! Vor, zwo, täpp, zurück, zwo, täpp. ALLE!"

Kendzierski setzte unbeholfen die ersten Schritte.

„Eleganz, Körperspannung, die Augen nach vorne, eins, zwo, täpp, eins, zwo, täpp." Kendzierski spürte den Blick des Tanzlehrers auf sich. Er hätte es nie für möglich gehalten, dass es einmal so weit mit ihm kommen würde. Durch die Phalanx der Frauen hindurch bekam er seine ungelenken Bewegungen in einem der Spiegelwolkenkratzer ins Blickfeld. Kein schöner Anblick. Kein Mario dieser Welt, auch nicht der, der mit den Leuchtwürmern tanzt, würde ihn dazu bringen, einen solch affektierten Hüftschwung zu vollführen. Von der drohenden Verletzungsgefahr ganz abgesehen. Das konnte doch nicht gesund sein. Ein Fall für die Krankenkasse. Die sollten mal untersuchen, ob der zunehmende Bedarf an künstlichen Hüftgelenken nicht daher rührte. Der Blick auf Erbes, den er im Spiegel auch erkennen konnte, zwang ihn zum Kopfschütteln. Obwohl sein himmelblaues Sakko vieles verdeckte, zeigte er doch engagierte Verrenkungen und brachte es sogar fertig, das Täpp mit einem kleinen Zwischenwippen zu krönen, das seinem Tanzstil eine ganz persönliche Note verlieh. *Der Erbes-Grundschritt.* Als solcher würde er wahrscheinlich Eingang in die Annalen des Tanzateliers Wiegeschritt finden.

„Die Herren orientieren sich bitte zu ihrer Partnerin. Wir nehmen eine angenehm legere Tanzhaltung ein und bleiben flüssig im Grundschritt. Vor, zwo, täpp. Zurück, zwo, täpp. Führung, liebe Herren, Führung! Er gibt den Impuls durch seine Vorwärtsbewegung. Er wünscht sich dabei von ganzem Herzen, dass sie sich auf sein Zeichen hin rückwärtsbewegt. Hans, Musik bitte! Der Takt hilft uns." Aus den Boxen erklangen die ersten dumpfen Bassschläge. Klara blickte ihn abwartend an.

„Paul, du musst ein Zeichen geben." Sie hatte geflüstert. Kendzierski starrte fragend in ihre amüsierten Augen. Noch bevor er richtig reagieren konnte, hatte ihn ihr sanfter Ruck in Bewegung gesetzt. Erschrocken senkte er seinen Kopf und mühte sich, die Kontrolle über seine Füße zu behalten. *Vor, zwo, täpp. Zurück, zwo, täpp.* Hin und her. Kurz schaute er auf und in Klaras Gesicht, um seinen Blick sofort wieder nach unten auf den Ort des eigentlichen Geschehens zu richten. Das musste alles reichlich bescheuert aussehen. Aus den Augenwinkeln versuchte er zu kontrollieren, ob Italo-Mario ihn beobachtete.

„Es wäre schön, wenn die lieben Herren sich trauten, mit dem Grundschritt ein wenig zu spielen. Ich übertreibe mal ganz bewusst.“ Er lachte gackernd dazwischen. Zumindest ihr Tanzlehrer schien an dem Gestampfe im Takt seine Freude zu haben. „Sie können die Damen, wenn sie den Grundschritt nur vorwärts tanzen in den hintersten dunklen Winkel eines jeden Tanzlokals führen. Das sollte doch Ansporn genug sein.“

Mario, der anscheinend heute Morgen den Witzfrosch gefrühstückt hatte, grinste und offenbarte den Anflug eines anzüglichen Lächelns. Um ihn herum war außer Klara keiner unter vierzig. Also kaum die Zielgruppe, die sich anschickte, die Tanzpartnerin ins Halbdunkel zu lotsen, um dort in aller Ruhe knutschen zu können.

Kendzierski überlegte kurz, ob diese Variante des Grundschritts eine Fluchtmöglichkeit für ihn darstellte. Mit Klara im Arm, *vor, zwo, täpp* in Richtung Ausgang, aus der spiegelnden Hölle, in der die rasenden, bunten LED-Leuchtwürmer die Wände erklommen, hinaus in den Vorraum, *vor, zwo, täpp* die Treppe hinunter, um dort vor der verschlossenen Tür jammernd die Sinnlosigkeit der eigenen Bemühungen zu akzeptieren. Deswegen hatte Italo-Mario aus weiser Voraussicht die Tür verschlossen.

„Alles ist beim Discofox erlaubt. Je mehr ihr variiert, desto mehr Spaß habt ihr dabei. Versucht, locker zu bleiben.“ Kendzierski hielt den Kopf gesenkt. Ihn erinnerte das Ganze eher an eine Fronleichnamsprozession, der die Orientierung abhanden gekommen war. Jetzt fiel ihm auch wieder ein, woher ihm die Stimme des Tanzlehrers bekannt vorkam. Die wie in Gebärdensprache mundgeformten Worte. Bernhard Grzimek bei den Kaiserpinguinen, die sich zu Tausenden im Wind wiegten. Bewegungen ohne wirklich voranzukommen. *Vor, zwei, täpp. Zurück, zwei, täpp.* Klara drehte ihn sachte im Kreis. Er hielt den Blick gesenkt, um ihr dabei nicht auf die Füße zu treten.

„Toll, Paul, nicht wahr?"

Er nickte gebeugt vor sich hin. Diese unnatürliche Haltung ermöglichte es ihm zumindest, seine entgleisenden Gesichtszüge vor ihr erfolgreich zu verbergen. Vielleicht lag die Lösung nur in der konsequenten Bearbeitung von Klaras großen Fußzehen mit einem nicht unerheblichen Teil seines Körpergewichtes. Die Wahrheit konnte manchmal sehr wehtun. Ob dieser Sinnspruch jetzt auf seine Situation passte, wollte sich ihm in diesem Moment nicht erschließen. Weiter kam er sowieso nicht. Mario klatschte hektisch in die Hände

„Husch, husch, Damenwahl."

Kendzierski erstarrte zur Salzsäule. Die Angst der weißen Maus vor der Schlange. Wer sich nicht bewegte, konnte nicht entdeckt werden. Ein stets tödlicher Trugschluss, der sich ihm in seiner vollen Tragweite in diesem Moment noch nicht erschloss. Eingespielte Rituale, bewährte Tanzpaare. Bevor er sich anschickte, die Situation einer eingehenden Analyse zu unterziehen, standen außer ihm nur noch zwei Damen partnerlos im Raum. Kendzierski atmete erleichtert durch. Alles noch mal gut gegangen. Kein Grund zur Panik. Klara. Er wollte gerade wieder nach ihrer Hand greifen, als sich Mario dazwischen schob.

„Claudias Partner ist krank. Ich übernehme für ihn."

Noch bevor Kendzierski stotternd ein Veto einlegen konnte, hatte Mario Klara schon fortgeschoben. Ein paar schnelle Bewegungen und sie war unerreichbar. *Bitte, Klara.*

Viel weiter kam er nicht. Silvia Erbes hatte ihn bereits gepackt und schob ihn resolut vor sich her. Einen halben Kopf größer und unerbittlich. Wenn er sich total bescheuert anstellte, würde sie ihn wahrscheinlich sachte vom Boden anheben und mit sich durch den Raum tragen. *Eins, zwo, täpp.* Kendzierski lächelte ihr kurz gequält entgegen und senkte dann schnell den Kopf, um der Frau seines Chefs nicht auf die Füße zu treten. Konzentriert setzte er Schritt für Schritt, während ihm der Angstschweiß kitzelnd über die Wangen rann. Qualvolle Folter. *Wo war Amnesty, als ich in den Tanzkurs musste?* Keine Hand frei, um dem Juckreiz nachzugeben. Bloß nicht ablenken lassen. Erst jetzt fiel ihm auf, dass es für alle Beteiligten dieses Geschiebes so aussehen musste, als ob er Erbes' Frau genüsslich ins weit geöffnete, üppige Dekolleté starren würde. Kendzierski spürte, wie ihm die Hitze ins Gesicht schoss. Erschrocken riss er den Kopf in die Höhe und blickte hektisch um sich. Er hatte den Eindruck, dass ihn mehrere Augenpaare hämisch angrinsten. *Eins, zwo, täpp.* Der harte Widerstand unter seinem linken Fuß war ihre Zehenspitze gewesen. Den Schmerz ließ sie sich nicht anmerken. Kendzierski stotterte etwas, was entfernt an eine Entschuldigung erinnerte.

„Die erfahreneren Partner übernehmen ausnahmsweise einmal die Führung. Meine Damen trauen Sie sich. Die Neuen sollen sehen, was an einfachen Variationen möglich ist. Meine Herren, fügen Sie sich. Ich verspreche Ihnen, es wird ein Einzelfall bleiben."

Klara schoss glücklich lächelnd in Marios Armen an ihm vorbei. Kendzierski wünschte ihm eine Hüftzerrung und zwei künstliche Kniegelenke, ohne noch überblicken zu können, in welche Richtung des Saals er seinen Fluch hätte schicken müssen.

Silvia Erbes drückte ihn entschlossen herum. Bereit, die Anweisungen ihres Meisters auszuführen. Schwungvoll stieß sie ihn von sich und drehte sich um die eigene Achse. Nur für einen winzigen Moment, einen halben Atemzug fühlte sich Kendzierski befreit. *Eins, zwo, täpp.* Seine linke Hand ließ sie dabei nicht los und zog ihn ruckartig wieder an sich heran. Der Schwung, dem er sich nicht zu widersetzen traute, brachte ihn ins Taumeln. Bloß nicht hier der Länge nach aufs Parkett aufschlagen. Gerade noch im letzten Moment unter Mobilisierung aller Körperkräfte und im Grenzbereich der menschlichen Koordinationsfähigkeit gelang es ihm, die aufrechte Haltung zu wahren. Gerettet hatten ihn zwei schnelle weitgreifende Ausfallschritte nach vorne, die ihn zwar vor dem freien Fall bewahrten, ihn aber in Silvia Erbes‘ weit geöffnetes Dekolleté abtauchen ließen. Weich und warm gefangen, rang er nach Luft.

„Na, Herr Kendzierski, Sie sind mir einer. Die Flirtfigur können Sie ja schon flüssiger als den Grundschritt."

Mit hochrotem Kopf ließ Kendzierski sich willenlos weiter von ihr übers Parkett schieben.

„Wir kommen schon seit drei Jahren hierher. Er liebt die Musik. Damit habe ich ihn geködert. Sonst geht er mir dreimal die Woche zu seinen Sangesbrüdern und dort singen sie viel zu wenig zwischen den vielen Gläsern Wein."

Kendzierski signalisierte gequält seine Zustimmung.

31.

Sie hievte sich stöhnend von ihm herunter. Eine Weile saßen sie schweigend nebeneinander auf den beiden vorderen Fahrersitzen seines Firmenwagens. Er hatte die Augen geschlossen. Sie suchte die Bäume, Hecken und Weinberge drum herum ab. Die Dunkelheit reduzierte die Sicht auf ein paar wenige Meter.

„Ich mag das nicht mehr. Wenn du mich wirklich liebst, so wie du immer sagst, dann müssen wir uns doch nicht hier in der Wildnis treffen."

Er atmete genervt aus und ließ sich mit einer Antwort lange Zeit.

„Es ist nicht so einfach mit meiner Frau, wie du dir das immer vorstellst. Ich kann das nicht überstürzt machen, wegen der Kinder. Die sind in einem schwierigen Alter. Gib uns noch ein wenig Zeit. Wir haben so viel davon." Er ließ seinen Kopf zur Seite fallen und sah sie an. Seine Haare zeigten an den Schläfen einen zarten Grauschimmer. Der war ihr so noch nie aufgefallen. Vielleicht lag es an der fortgeschrittenen Dämmerung. Auch draußen hatte sich alles dunkelgrau verfärbt. Der Grasweg, in den er seinen Wagen weit hineinsteuerte und der von den ihn säumenden Hecken immer mehr verengt wurde. Die Dunkelheit hatte sich über alles gelegt.

„Das sagst du seit Wochen." Sie meinte Monate.

„Ich weiß. Du hast recht. Wir finden eine Lösung." Er strich ihr über den weißen Hals, berührte eine Strähne ihrer feuerroten Haare, die er so sehr liebte, und lenkte seine Finger auf ihre weiche Brust.

„Lass mich!"

Ihr Schmollmund spornte ihn an. Seine Finger tasteten weiter.

„Du hast es doch auch so gewollt. Hier draußen." Er schob sich ein Stück näher an sie heran. Schaltung und Handbremse hielten ihn noch auf Abstand.

„Nein, ich will nicht, jetzt nicht mehr!" Sie stieß seine Hand von sich. Und tastete zwischen den Beinen im Fußraum nach ihren verstreut liegenden Kleidungsstücken. Er strich ihr über den makellos weißen Rücken, über jeden einzelnen Wirbel vom Haaransatz bis hinunter. Auf ihrer Haut zeichnete sich das Muster des Sitzbezuges ab.

„Geh zurück zu deiner Frau, vielleicht bekommst du sie ja auch dazu, dich im Auto zu ficken!"

Sie schleuderte ihm einen seiner Schuhe entgegen, den sie zu greifen bekommen hatte, und drückte die Autotür auf. Seine Finger krallten sich in ihre Seite.

„Du bleibst hier!"

Sie schrie, während er versuchte, unter Zuhilfenahme seiner zweiten Hand zu verhindern, dass sie aus dem Wagen hinausgelangte. Ein Kreischen, das ihm in die Ohren fuhr und im Kopf wehtat. Ihre Bewegungen und hektischen unkontrollierten Schläge in alle Richtungen erregten ihn noch mehr. Er konnte sie nicht hinauslassen, auch wenn er ihr dadurch Schmerzen zufügte. Schmerzen waren schließlich fester Bestandteile ihres kleinen Spielchens, an dem sie beide so viel Gefallen fanden. Schmerzen und der leichte Schauer, dass sie jemand dabei beobachten konnte.

32.

Die Polizei hatte nichts getan! Gar nichts. Ein Haufen Sesselfurzer, die sich den Arsch im Büro breit saßen, während sich die vier über alle Berge aus dem Staub gemacht hatten. Sein Gefühl gestern Abend hatte Theo Lorenz nicht getrogen. Bei der Grabstein-Hilde vor der Haustür war es schon da gewesen. Die Blicke, die sich die beiden jungen Polizisten zugeworfen hatten. Heute beim Aufstehen hatte er sie sofort wieder vor Augen gehabt. Gleich nach dem Wachwerden noch im Bett. Blicke verrieten manchmal mehr als Worte. Vor allem waren sie ehrlicher. Falsche Worte fielen leicht. Die brachte man schnell heraus. Damit hatte er seine leidvollen Erfahrungen gemacht. Und die vier Rumänen waren nicht die ersten, die ihn hintergangen hatten. Er schlug mit der Faust auf den Küchentisch. Der Kaffee, den ihm Gabriele nachgegossen hatte, bevor sie zum Wässern in ihren Garten verschwunden war, schwappte über. Eine kleine Pfütze, die sich auf dem Lokalteil der Mainzer Zeitung ausbreitete. Es stand ohnehin nichts Neues drin. Ein Bild vom Fundort der Leichen. Vertrocknetes Gras und grüne Rebzeilen neben dem verreckenden Jungfeld vom Minimalschnitt-Willy. Selbst der Gedanke daran vermochte ihn heute Morgen nicht mehr aufzuheitern.

Die hatten ihn im Vorzimmer abspeisen wollen. *Ich kann Ihnen über laufende Ermittlungen keine Auskünfte geben. Nein, die Kollegen sind nicht im Haus. In einer Besprechung, auf dem Klo, im Urlaub.* Erst nach langem Gezeter, und nachdem er der Beamtin mit einer Dienstaufsichtsbeschwerde gedroht hatte, war er an den ermittelnden Kommissar weitergeleitet worden. Er schlug noch einmal zu und ärgerte sich, dass er in der Bewegung abbremste. Der Kaffee blieb dafür aber in der Tasse. Breivogel hieß der, der ihm endlich weiterhelfen konnte. Der hatte auch das Verhör seiner Rumänen geleitet. Ein dicker unsympathischer Kerl, von dem er sich im Übrigen auch nicht vorstellen konnte, dass der einen Täter zur Strecke brachte. Wie wollte der ihn denn bitte einfangen bei den Körpermaßen? Ganz freundlich hatte er ihn gefragt, wann er denn mit der Rückkehr seiner Rumänen würde rechnen können. Wenn sich der nicht unbegründete Verdacht gegen sie als falsch herausstellte, ließe er sich nämlich erweichen und gäbe den Jungs eine zweite Chance. *Da kann ich Ihnen nicht weiterhelfen.* Theo Lorenz schnaubte ärgerlich vor sich hin, weil ihm die Sätze immer wieder in den Sinn kamen. *Der DNA-Abgleich hat ergeben, dass die Spuren an der weiblichen Leiche weder von dem Toten noch von Ihren vier rumänischen Saisonarbeitern stammen, denen wir gestern Proben entnommen haben. Wenn Sie also privat noch Dinge mit ihnen zu klären haben, dann müssen Sie sich selbst darum kümmern.*

Sie hatten sie gar nicht gesucht. Einfach so laufen gelassen, obwohl es gestern Abend noch nicht zu spät gewesen war. Weil der Moldawier einfach an einem Kreislaufversagen in Folge der Hitze gestorben war. Kein Mord. Man konnte also in diesem Land mittlerweile Menschen niederschlagen und berauben, ohne dafür belangt zu werden. Er rieb sich vorsichtig über die verkrustete Stelle an seinem Hinterkopf. Das war alles nicht so schlimm. Dass sie ihn um zwei Tage Lohn beschissen hatten, schmerzte ihn viel mehr. Und die Tatsache, dass es sich reichlich schwierig gestaltete, an Ersatz zu kommen. Wenn es, wie gestern Abend in den Nachrichten angekündigt, Ende der nächsten Woche endlich zum ersehnten Wetterumschwung mit Regen und Abkühlung auf normale Sommertemperaturen kommen sollte, dann schossen die Reben in die Höhe. Den Wachstumsstau holten sie innerhalb weniger milder nasser Tage nach und er stand für seine fünfzehn Hektar ohne einen Arbeiter da. So weit hatte er nämlich in seinem blinden Zorn nicht gedacht.

Und der Bardo Hessinger war eine Null. Viel heiße Luft, wie schon immer. Er habe keine Kapazitäten frei, die er ihm kurzfristig überlassen könne. Bemühen werde er sich darum, aber mit wenig Aussicht auf Erfolg. Es sei aus verständlichen Gründen sehr schwer seine übrigen Moldawier davon zu überzeugen, bei ihm zu arbeiten, nach allem was passiert sei. Theo Lorenz nahm einen Schluck vom schwarzen Kaffee und verbrannte sich die Zungenspitze. Auch wenn er sich innerlich dagegen noch vehement sträubte, würde er ihn doch nachher anrufen müssen. Gabriele hatte ihm Feodors Telefonnummer schon aufgeschrieben und auf den Küchentisch gelegt. *Zeig dich zerknirscht, Theo! Sie dachten, dass sich wieder ein Einbrecher an ihren Sachen zu schaffen machte, und waren zutiefst erschrocken, als du vor ihnen lagst. Feodor hat eine E-Mail geschickt und alles erklärt.* Vielleicht ließen sie sich doch umstimmen und waren bereit zurückzukommen. Wenn es gar nicht anders ging, musste er sie eben damit locken, dass er ihnen auch noch die doppelten Fahrtkosten zahlte. Das Geld für die zwei Tage Ausfall hatten sie ja schon bekommen.

33.

Paul Kendzierski vermaß die körperlichen Folgeschäden ihrer gestrigen Unternehmung. In beiden Waden zog es. Sicherlich gesellte sich im Laufe des Vormittags auch noch ein ordentlicher Muskelkater in den Oberschenkeln dazu. Wie auf rohen Eiern konnte er dann durchs Rathaus schleichen. Sein neues Hobby hatte bis dahin bestimmt schon die Runde gemacht. Der Weg der brandaktuellen Neuigkeit war berechenbar: Erbes' Sekretärin würde sie streuen. Über ihre Freundin in der Poststelle und die ältere Dame an der Pforte, mit der sie zweimal vormittags bei einer Tasse Kaffee und einer Zigarette im Hinterhof die aktuellen Entwicklungen austauschte. Jetzt flackerte auch der Schmerz im großen rechten Fußzeh wieder auf. Den hätte er fast vergessen. Der Abschlusstanz, den er wieder mit Silvia Erbes bestreiten musste, weil ihm Italo-Mario gestenreich Klara ausgespannt hatte. Einer ihrer Wiegeschritte war auf seinem großen Zeh gelandet. Das volle Körpergewicht sanft abgerollt über seine Schuhspitze, unter der sich leider keine Stahlkappen befanden. Der Nagel hatte sich zum Glück noch nicht blau verfärbt. Reichte dieses Schadensbild aus, um unter Tränen und mit schmerzverzerrtem Gesicht bei Klara um eine vorzeitige Auflösung des Schnuppervertrages zu betteln? Er schüttelte den Kopf, weil es keine große Fantasie brauchte, um diesen aufkeimenden Hoffnungsschimmer sterben zu sehen. Zertreten unter einem Wiegeschritt von Frau Erbes, die Gefallen daran gefunden zu haben schien, ihn mit mütterlicher Fürsorge an ihre Brust gedrückt durch den Saal zu schieben. Kendzierski hörte sich schlucken. Realistisch betrachtet konnte er froh sein, wenn es Klara bei den vier Wochen Schnupperkurs bewenden ließ. Die aufopferungsvolle Art, wie sich Italo-Mario um sie kümmerte, ließ ihn nichts Gutes ahnen. *Er meinte, ich sei talentiert.* Klara hatte gelächelt. Den ganzen weiteren Abend, den sie beim Grass mit einem Glas Silvaner hatten ausklingen lassen, um dann nicht zu spät Klaras Mutter als zufriedenen Babysitter abzulösen.

Sein Handy holte ihn aus seiner frühmorgendlichen Traumabewältigung. Es brummte in seiner Hosentasche, weil es noch von gestern Abend im lautlosen Betrieb lief. Breivogel mit den nächsten Ermittlungsergebnissen. Seine Nummer leuchtete auf dem Display auf. Kendzierskis Puls beschleunigte sich sachte. Vielleicht hatten sie ja schon eine Spur in Sachen Klaus? Für ihn drängte sich der unbekannte Liebhaber, der im Dickicht eine Bretterbude errichtete, immer mehr als potentieller Täter auf, ohne dass er dafür triftige Gründe hätte anführen können. Ein Gefühl bloß, mehr nicht, das aber stetig wuchs.

„Kendzierski?" Die gehetzte Stimme des Kripobeamten, von knackendem Rauschen verschluckt, vielleicht im Auto unterwegs?

„Ja?"

„Breivogel hier. Ich verstehe Sie kaum."

Kendzierski glaubte, durch das Lärmen hindurch eine Sirene erkennen zu können. „Ich höre Sie gut." Er hatte versucht, laut und deutlich die Worte zu artikulieren.

„Wir haben eine dritte Leiche in den Weinbergen." Alles Weitere verschluckte die erneut aufgebrandete Geräuschkulisse. Ein Rattern, das die Verbindung unterbrochen zu haben schien.

„Wo?" Kendzierski wartete einen Moment schweigend ab. Seinen Herzschlag vernahm er jetzt pulsierend an der Stelle, wo er das Handy fester aufs Ohr presste. „Wo?" Er brüllte und erschrak selbst davon. Sein Bürofenster stand weit offen. Draußen auf dem Hinterhof des Rathauses konnte ihn wahrscheinlich jeder hören, der dort gerade sein Auto abstellte oder sich in die Raucherpause verabschiedet hatte. Das Tuten in der Leitung bedeutete ihm, dass die Verbindung endgültig unterbrochen war. Er drückte das Gespräch weg und suchte in der Anruferliste hektisch nach Breivogels Nummer. Besetzt. Mist! Jetzt brummte es wieder in seiner Hand. Der hatte wahrscheinlich im gleichen Moment wie er selbst versucht, ihn erneut anzurufen.

„Wo?"

„Wieder in Essenheim." Jetzt war er gut zu verstehen. Völlig störungsfrei. Die Sirene blieb im Hintergrund zu hören.

„Da lang! Verdammt, diese Hornochsen!“ Wieder wirkte die Leitung tot. „Kendzierski, sind Sie noch dran?“

„Ja!“

„Wir kommen hier kaum weiter. Berufsverkehr und zwei Unfälle, alles dicht und nur Idioten unterwegs, die stur stehen bleiben, trotz Blaulicht. Können Sie hochfahren und den Fundort sichern? Sie sind bestimmt eher da als wir.“

„Aber wo?“

„Es muss in der Nähe des Sportplatzes sein. Die Joggerin, die sie gefunden hat, bekam kaum ein Wort heraus. Ich befürchte, die ist längst weg. Wir sind in zwanzig Minuten da.“

Noch bevor Kendzierski irgendetwas antworten konnte, war das Gespräch schon wieder unterbrochen. Er atmete tief durch und drückte sich aus dem Stuhl in die Höhe. Der Muskelkater in den Oberschenkeln ließ noch auf sich warten, dafür schmerzte der Fußnagel stärker. Kein Grund, sich an einem Humpeln zu versuchen. Er stürmte den Flur entlang, in dem noch die Hitze vom Vortag stand. Unten im Foyer war es schon besser. Die großen automatischen Schiebetüren standen weit offen, sodass der Morgenwind ein wenig Abkühlung brachte.

„Ach, unser Herr Kensitzki! Sie sollen ja ein richtig talentierter Tänzer sein.“

Die ältere Dame hinter dem Empfang gab ihren Worten einen vielsagenden Augenaufschlag mit. Kendzierski konnte den aber schon nicht mehr sehen. Er hatte den Hinterausgang bereits erreicht und suchte hektisch nach einem der beiden Dienst-Opel. Rechts stand der dunkelblaue Meriva mit dem Wappen der Verbandsgemeinde auf der Fahrertür. *Damit wir immer wissen, wo wir einsteigen müssen.* Keine Ahnung, ob das von Erbes gekommen war, als er vor ein paar

Jahren die beiden neuen Fahrzeuge vorgestellt hatte. Er hatte auf Anhieb den richtigen Schlüssel an seinem Bund parat. Gute fünf Minuten würde er bis nach Essenheim brauchen. Der Sportplatz lag rechts der Landstraße noch vor dem Ortseingangsschild. Drum herum gab es Tennisplätze, eine Reithalle und die Altglascontainer des Dorfes. Die Feldwege, die dort vorbeiführten, nutzten Reiter wie Jogger gerne für ihre Runden durch die Weinberge. Wenn die Leiche dort gefunden worden war, musste es Zeugen geben, die irgendetwas beobachtet hatten. Zur Reithalle gehörte eine Kneipe, direkt am Kunstrasenplatz stand die Sporthalle, selbst bis in die Nacht hinein waren dort Menschen unterwegs. Ein einziger Zufallstreffer genügte: das davonfahrende Auto, die Marke, das Nummernschild, an das sich jemand erinnerte.

Kendzierski raste durch Nieder-Olm. Durch die heruntergefahrenen Seitenfenster blies kühler Wind über sein Gesicht. Hier waren die Straßen wie geräumt. Sommerbetrieb. Er ließ die Tachonadel am Friedhof vorbei auf der Stadtumgehung bis an die Hundert herankommen, bevor ihn der nahende Kreisel und die Kurve davor zum Bremsen zwangen. Langsam! Wenn aus einem der Feldwege ein Traktor auf die Landstraße einbog, wäre das das Ende seiner rasenden Ausfahrt. Mit Breivogel und der nächsten Leiche als Ausrede würde er Erbes nicht milde stimmen und folgenlos über den Verlust eines der beiden Verbandsgemeindewagen hinwegtrösten können. Durch das Gewerbegebiet steuerte er in Richtung Essenheim. Nach dem letzten Kreisel trat er das Gaspedal wieder durch. Heute würde Joachim die Trink-Erinnerungs-Ausfahrt mit dem Feuerwehrwagen alleine machen müssen. Das Grinsen bei dem Gedanken daran, dass er dann auch das Mikrofon übernehmen musste, wollte nicht recht zustandekommen. Die Anspannung verhinderte das.

Der Dienstwagen schoss über die schmale Selzbrücke und verlor an der Steigung nach Essenheim schnell an Fahrt. Für rasende Jagden zum Tatort war er nicht angeschafft worden. Die Reithalle konnte er jetzt schon sehen, die Büsche daneben, die die Tennisplätze versteckten. Auf der gegenüberliegenden Seite der Landstraße, die er hinaufkroch, stand eine Frau wild winkend in eng anliegenden Laufklamotten. Also doch wieder in den Weinbergen? Er bog links in den betonierten Feldweg ein und hielt bei ihr an.

„Ich habe es nicht mehr ausgehalten dort." Sie drückte sich die rechte Hand vor ihr Gesicht. „Sie liegt dort oben, ein Stück nach rechts zwischen den Hecken am Feldweg." Sie schluchzte. „Ich wäre fast an ihr vorbeigelaufen, hätte sie gar nicht gesehen. Zuerst habe ich gerufen, dann bin ich näher heran. Ich habe nichts angefasst." Sie streckte ihm ihre weißen Handinnenflächen entgegen und warf den Kopf hin und her. Ihre dünnen dunkelblonden Locken, die nur zum Teil von einem Haarband hinten zusammengehalten wurden, flogen mit. Hagere Gesichtszüge, um die vierzig, hohe Wangenknochen und fast farblose Lippen. Um den rechten Oberarm wand sich ein schmales dunkles Band, unter dem ihr Smartphone steckte. Die dünnen Kabel führten zu kleinen Ohrhörern. Sie schien vollkommen fertig zu sein, so blass, dass er fürchtete, sie könnte hier vor seinem Wagen jeden Moment umfallen.

„Schaffen Sie es, mir die Stelle zu zeigen? Sie müssen ja nicht bis ganz heran."

Kendzierski sah den Betonweg entlang, der leicht anstieg und an einer stark bewachsenen Böschung endete. Eingezäunt standen Kirschbäume rechts und Weinreben links des Wegs. Keine Ahnung, welche Stelle sie meinte. Er war hier noch nie gewesen, trotz seiner häufigen Besuche in Essenheim und bei Karl Bach. Vielleicht war sie vor Schreck und unter dem Einfluss des Schocks noch ein Stück weit gelaufen und hatte erst dann die Polizei gerufen. Sie schüttelte wieder heftig den Kopf.

„Auf keinen Fall, ich gehe da nicht wieder hin. Nie wieder!" Sie atmete hektisch.

„Sie können auch einsteigen und bleiben im Auto. Nachher, wenn die Kripo da ist, kann ich Sie gerne nach Hause bringen."

„Mein Auto steht am Sportplatz. Ich fahre immer hier runter und stelle es dort ab. Dann muss ich nicht am Ende den Berg wieder hoch. Schon gar nicht bei der Hitze. Das zieht sich." Sie deutete mit einer Kopfbewegung die Richtung an und tat einen Schritt vom Auto weg. Sie schien klar und deutlich signalisieren zu wollen, dass sie sich keinesfalls auch nur einen Meter dem grausigen Fundort anzunähern gedachte. „Da hinter. Bis zur Böschung. Rechts geht der Feldweg ab, den ich meine. Zwanzig, vielleicht dreißig Meter weiter liegt sie schon. Links kommt zuerst eine Brombeerhecke, gleich danach zwischen den Brennnesseln."

„Können Sie hier noch einen Moment stehen bleiben?" Kendzierski wartete ihr Nicken ab. „Die Kripo kommt in ein paar Minuten. Die finden es sonst nicht. Und sicher brauchen die Ihre Adresse, damit sie Sie dann in Ruhe befragen können, wenn es Ihnen wieder etwas besser geht."

Mit dieser Variante schien sie einverstanden zu sein. Kendzierski fuhr vorsichtig an. Er spürte, dass sein rechter Fuß leicht zitterte bis er Halt am Gaspedal fand. Schnell klopfte das Herz in seiner Brust. Es war etwas anderes, der Erste an einem Tatort zu sein oder hinzuzukommen, wenn bereits koordinierte Geschäftigkeit regierte. Dann gab es stets einen, der vorwarnte, den schlimmen Bildern einen Teil ihrer

Gewalt nahm. Jetzt wusste er nicht, was ihn erwartete.

Er atmete schnaufend aus und brachte seinen Wagen kurz vor der Böschung dicht am Zaun des Kirschackers zum Stehen. In den Feldweg musste er zu Fuß hinein. Falls es auf dem harten ausgetrockneten Boden überhaupt Spuren gab, wollte er sie zumindest nicht mit seinem Dienstauto zerstören. Er glaubte schon beim Aussteigen den Verwesungsgeruch in der Nase zu haben. Ganz fein nur, aber doch riechbar. Konzentriert sog er noch einmal Luft ein, während er die ersten Schritte entlang der Böschung setzte. Jetzt war der Geruch weg. Eine Einbildung nur, die ihm sein glühender Schädel unterjubelte. Passend dazu schuf er die Querverbindung. Vielleicht lag sie schon seit vorgestern hier oder länger. Der Täter aus dem Teufelspfad, der auch hier in der gleichen Nacht zugeschlagen hatte. Der Gedanke wollte ihn nicht loslassen. Die Brombeerhecke erkannte er jetzt. Dahinter musste es sein. Weiße Blüten an den Brombeeren, dazwischen hingen schon die ersten grünen Früchte, recht klein noch. Die ersten Brennnesseln wogten lang und dürr in den Weg. Kendzierski schnaufte. Die Sirene war schon zu hören. Die Chance, sich den Anblick zu ersparen. Wer weiß, was ihn da erwartete. Bilder, die er nie wieder loswerden würde. Obwohl sich ein Teil von ihm sträubte, setzte er doch vorsichtig Schritt für Schritt auf dem trockenen Gras des Weges weiter voran. Es zog ihn magisch an, ohne dass er sich dagegen hätte wehren können. Die Neugier, der eiskalte Schauer, der langsam auf seinem Rücken hinunterkroch. Kalt war auch der Schweiß auf seiner Stirn und unter den Armen. Ein kitzelndes Rinnsal. Die verdorrten, toten Halme unter seinen Füßen knisterten. Der Rest der Natur um ihn herum schien die Luft mit ihm anzuhalten. Kein Laut drang aus den Hecken. Ein Bussardpärchen kreiste still in großer Höhe über ihm. Die Sirene heulte kurz auf und erstarb abrupt wieder. Sie mussten die Joggerin längst erreicht haben, so nahe hatte das geklungen.

In ihrem Bett aus Brennnesseln war die Tote fast gänzlich versunken. Auf dem Rücken, den Blick in den weiten Himmel gerichtet, ruhte sie mit offenen Augen. Ein weißes Gesicht, so hell wie aus Porzellan, umrankt von rot leuchtenden Haaren. Künstlich fast der Kontrast dazu. Schimmernd schwarz, die einen Spalt weit geöffneten Lippen, die unzählige Fliegen formten. Das zackige Muster eines dicken Wollpullovers verdeckte ihren Oberkörper unter dem Kinn beginnend fast vollständig. Über dem Bauch war er ein wenig verrutscht und gab ihre weiße Haut frei. Ein Fleckchen nur von ihr, bevor sich eine verknitterte helle Cordhose anschloss, die über den Knien schon reichlich abgerieben wirkte. Ihr linkes Schienbein lag frei und verschwand wie ihre Füße zwischen dem Meer der Stängel. Sie musste nackt dort drinnen liegen. Notdürftig zugedeckt, als ob sie jemand fürsorglich vor dem Frieren hatte bewahren wollen. Die eigenen Kleidungsstücke dafür gegeben, dass es ihr nicht kalt wurde in der Nacht. Viel zu groß für sie. Der dicke Pullover und die abgewetzte Hose. Das Muster, das die Maschen formten. Kendzierski spürte, wie das Bild vor ihm zu flimmern begann. Etwas hielt ihn davon ab, sie aus ihrem Schlummer zu wecken. *Steh auf! Komm heraus. Das ist kein Platz zum Schlafen.* Sie setzte sich in Bewegung, Leben schien doch noch in ihr zu sein. Alles drehte sich, immer schneller. Die Brennnesseln rotierten um sie herum, rasend, um sich zu einer einzigen grünen Fläche zu verbinden, aus der sie weiß und unverletzt leuchtend herausstach.

Kendzierski merkte, dass er wankte. Der Boden unter seinen Füßen gab gehässig nach. Kreischend lachten sie dazu.

Heiser krächzende Stimmen um ihn herum. Ein Wiehern aus unzähligen Kehlen.

Die feste Hand auf seiner Schulter verjagte sie alle. Fast die gleiche absolute Stille, wie eben gerade noch auf seinem Weg hierher. Jetzt war alles anders. Das Davor gab es nicht mehr.

„Schon wieder so ein junges Mädchen." Breivogel hatte ihn losgelassen und stand jetzt neben ihm.

Das konnte nicht sein. Nein! Ein Zufall bloß, nicht mehr. Der Kloß in seinem Hals verhinderte den Schrei, der unbedingt herauswollte. Nein! Kendzierski spürte, dass es aus seinem Magen nach oben drückte. Er rannte los.

34.

Sie war gerade eben an ihm vorbeigelaufen. Die Sonnenkappe hatte er sich so tief ins Gesicht gezogen, dass sie ihn unmöglich hätte erkennen können. Wahrscheinlich hätte er sich das sogar sparen können. Es lag für sie doch alles so lange zurück, ein Wunder, wenn sie sich daran noch erinnerte. Und außerdem war sie in diesem Moment viel zu beschäftigt gewesen, um ihn wirklich wahrzunehmen. Ein wenig zitterten seine Hände noch nach. Das konnte die Aufregung sein von gestern Abend. Sie lastete weiter auf ihm. Die Ereignisse, die sich überschlagen hatten, in den letzten Tagen. Es war eine Fügung des Schicksals gewesen, die er nicht ungenutzt hatte lassen können. Der plötzliche Lärm, der ihn flach auf den Boden gezwungen hatte. Die aufgerissene Tür auf der Fahrerseite, aus der die Rote herauswollte. Sie hatte geschrien, so lange, bis er sie doch frei gab. Geschlagen hatte sie nach ihm und die Schuhe geworfen. Kurz war ihre Stimme sogar von seiner Hand erstickt worden. Eine Sekunde nur, in der er glaubte, der andere würde es zu Ende bringen. Dann hatte er sie doch laufenlassen und den Wagen gestartet. In diesem Moment, der alles erleuchtet hatte, war er selbst schon im Schutz der Nacht abgetaucht gewesen. Unsichtbar für ihn, der davonraste, nachdem er alles von ihr aus dem Wagen geschleudert hatte. Unsichtbar für sie, die er dabei beobachtete, wie sie ihre verstreut liegenden Klamotten langsam zusammenraffte. Ihre roten Haare und der weiße Körper, der im Mondlicht zu leuchten schien. Er hatte ihr Schluchzen hören können. Ein leises Wimmer, das er jetzt wieder in den Ohren hatte. Erinnerungen, die er festhielt, um sie nie mehr zu verlieren.

Ihre gerechte Strafe, die sie danach erfahren hatte. Der überraschte Blick, der immer noch auf ihrem Gesicht stand, als er sie in die hoch stehenden Brennnesseln legte und mit dem Pullover und der Cordhose zudeckte. Es war schlimm genug, dass sie sich mit dem älteren Mann eingelassen hatte, so wie die andere auch. Dafür hatten sie sterben müssen. Bestraft von ihm in dem Moment, in dem sie es am wenigsten erwartet hatten. Weil sie ihn an sein eigenes Schicksal erinnerten. Das Leid, das sein ständiger Begleiter gewesen war, über die Jahre. Sein Hass, den sie entfacht hatte damals und der so lange hatte wachsen müssen, bis er endlich wusste, wohin er ihn führte.

Auch damals war es ein heißer Sommertag gewesen, aber vor so vielen Jahren. Der Geruch, den sie ihm eben im Vorbeigehen geschenkt hatte. Es war noch derselbe wie damals auch. Die letzte sanfte Berührung ihrer Lippen auf seiner Wange, die doch ein Abschiedskuss war. Nur einen Tag später hatte er sie am Hals des anderen gesehen. Ihre Lippen auf dessen Wangen, auf seinem Mund, die geschlossenen

Augen. Der andere so viele Jahre älter und doch hatte er sie verloren an ihn. *Dann ist sie es auch nicht wert gewesen. Vergiss sie! Der Teufel soll sie holen, dass sie meinem armen Jungen so etwas angetan hat.*

Er seufzte. Seine Mutter hatte unrecht. Sie war es wert und bald schon würde sie wieder zu ihm gehören. Wie schon einmal! Dann aber für immer.

35.

„Klara!" Er brüllte schon im Hausflur, obwohl er wusste, dass sie ihn von hier unten gar nicht hören konnte. Über zwei Stockwerke, durch eine gut schallisolierte Wohnungstür hindurch. Keine Chance. Kendzierski nahm zwei Stufen auf einmal, sein Herz raste. Die Hitze in seinem Kopf trieb den Schweiß aus allen Poren seines Körpers. In seinem Schädel regierte das Chaos. Wirre Bilder und Gedanken, die aus dem Nichts hervorschossen und so schnell, wie sie ans Licht gekommen waren, auch wieder abtauchten. Ein irrlichternder Morast aus dunklen Vorahnungen gespeist, die alle keinen Sinn ergaben, bis er nicht endgültige Sicherheit besaß.

„Klara!" Röchelnd hatte er die Worte herausgepresst und dabei die letzten Stufen zur Wohnungstür genommen. Der harte Stein des Neubaus, in dem sie seit gut vier Jahren lebten, warf seinen Ruf als hellen kaum hörbaren Hall zurück. Ein Klappern fand den Weg in seine Ohren, in denen das Blut rauschte. Es war von gegenüber gekommen. Die alte Frau Petrasch, die er jetzt wahrscheinlich vom Fernseher aufgescheucht hatte. Schnell! Er riss an seinem Schlüsselbund.

Bis sie durch den Flur geschlurft war, musste er drinnen sein. *Was schreien Sie denn so? Ist was passiert? Ja, verdammt! Die dritte Leiche.* Das nächste Opfer, das alles schlagartig verändert hatte. Er drückte die Tür auf und brüllte in den langen Flur. „Klara! Wo bist du?"

Wenn Laura geschlafen hatte, dann war sie spätestens jetzt wach. Er sehnte in diesem winzigen Moment nichts mehr herbei als ihren erschrockenen Schrei, der dem Lärmen in seinem Schädel ein vorläufiges Ende bereitete. Ein Durchatmen doch nur für ein paar Minuten. Und die Aussicht auf eine einfache und alles lösende Erklärung, die er aus Klaras Mund erwartete. Ihre sanften Worte, die die Ruhe in ihn zurückbrächten.

Als die Tür hinter ihm schallend zuschlug, war er bereits im Wohnzimmer. Die Stille der verlassenen Räume. Schon aus dem Auto hatte er versucht, Klara über ihr Handy zu erreichen. Wenn die Kleine schlief, hatte sie es immer lautlos oder sogar ausgestellt. Vielleicht waren sie unterwegs in der Vormittagssonne. Der Morgenschlaf an der frischen Luft im Kinderwagen. Hektisch sah er sich um. Er konnte nicht warten, bis er sie erreichte. Sein Blick irrte weiter umher. Er rannte zurück in den Flur, bog ab. Im Schlafzimmer riss er die Schranktüren auf. Sein Bereich, die vielen Einlegeböden, Klaras Ordnungssystem. Er riss sie nacheinander alle heraus. Die Hosen, die Pullover, die T-Shirts. Und schleuderte sie hinter sich auf den Boden. Einige flogen bis aufs Bett. Die Schubladen mit den Socken und den Unterhosen wühlte er durch. Nichts, gar nichts. Hektisch huschte sein Blick über Klaras Klamotten. Auf dem Schrank, die beiden Koffer, die Kiste. Sie fiel herunter und öffnete sich dabei. Ein kurzer Regen aus kleinen Babyklamotten. Bodys, rosa Kleidchen, bekannte Muster, Sachen, aus denen Laura schon herausgewachsen war. Die leeren Koffer warf er auf das Bett. Schnaufend suchte er einen Moment nach Ruhe, rieb sich die Augen, bis sie tränten.

Was hatte das alles zu bedeuten? Er schüttelte den Kopf immer wieder, um die Gedanken zu sortieren, wenn sie sich schon nicht vertreiben ließen. Keine Aussicht auf Erfolg. Sein glühender Schädel jagte ihm die Bilder vor das geistige Auge. Die Rothaarige in ihrem Bett aus wogenden Brennnesseln. Die Blonde im Weinberg. Die Fotos, die ihm Breivogel auf seinem Tabletcomputer gezeigt hatte. Das verrutschte mintfarbene Top, die feinen blutigen Spuren auf ihrer Haut, zarte Kratzer und das viele Blut um das Messer, das in ihrem Rücken steckte. Mit einer brutalen Bewegung bis zum Schaft tief in sie hineingerammt. Das sichtbare Zeichen seiner Entschlossenheit, der Wille zu töten. Kein zaghaftes Versuchen. Riesengroß stand das Messer jetzt vor seinen Augen. Er war so blind gewesen in diesem Moment! Wo hatte sie ihn verstaut? Der Schrank in der Küche, die Garderobe oder hier zwischen ihren Kleidern? Dann hätte er ihn eben sehen müssen. Er hetzte in den Flur. Dort stand er neben den beiden großen Regenschirmen und erinnerte an einen Ausflug, der im Desaster geendet hatte: Überforderte Eltern in praller Sonne, ein schreiendes Kleinkind, das kaum noch die Luft zum Atmen fand, so außer sich war Laura gewesen. Ihr Versuch, mal an einem Sonntag zusammen rauszukommen.

Kendzierski langte zitternd nach dem Rucksack, den sie zur Geburt ihrer Tochter von Klaras Mutter geschenkt bekommen hatten. Fertig ausgerüstet mit Plastiktellern, Besteck, Bechern, Stoffservietten und einem kleinen Holzbrettchen. Die Ausflugsgrundausstattung immer griffbereit. Ein einziges Mal genutzt bisher. Der Ausflug vor zwei

Monaten an die Selz. Eine große Wiese nicht weit von der Elftausend-Mägde-Mühle entfernt am Wasser. Schnell zusammengerafft die verstreut liegenden Gegenstände aus dem satten Gras, das damals noch von der Feuchtigkeit des milden Winters gezehrt hatte. Klara war mit der Kleinen auf dem Arm und Tränen in den Augen voraus zum Auto geeilt.

Kendzierski zerrte alles auf den Flurläufer, auf dem er in diesem Moment kniete. Die kleinen runden Teller hingen in den elastischen Schlaufen fest. Er riss daran, drehte den Picknickrucksack auf den Kopf und schüttelte den Rest heraus. Trockene Grashalme schwebten zuletzt herab. Sie mussten von den Selzwiesen stammen. Mit der rechten Hand breitete er den Haufen aus Blech und Plastik auseinander. Die bunten Becher rollten zur Seite, die beiden durchsichtigen Plastiksektgläser folgten.

Ein stöhnender Seufzer entfuhr ihm, als die Gewissheit seinen aufgeheizten Schädel erreichte. Schwer wie Blei drückte sie, hielt ihn gebeugt und verhinderte, dass er weiter hektisch den Kopf hin und her warf. Kein Zufall mehr, schon nicht mehr, als er sie in den Brennnesseln erblickt hatte. Die Fliegen, die sich schwarz auf ihren Lippen tummelten. Weiß und tot. Zugedeckt mit seinem alten Norwegerpullover, den er von seiner Großmutter vor vielen Jahren zu Weihnachten bekommen hatte, und mit seiner abgewetzten alten Cordhose. Kendzierski spürte, wie ihm die Tränen über die heißen Wangen liefen.

Er hatte bis jetzt gebraucht, um zu realisieren, dass das Messer, mit dem die Blonde ermordet worden war, aus seinem Picknickrucksack stammte.

36.

Die Steinchen knisterten unter den Rädern des Kinderwagens. Klara summte kaum hörbar eine Melodie vor sich hin. Die Sonne hatte sie gleich nach dem Frühstück herausgetrieben. Warum war plötzlich alles anders? Sie schüttelte ungläubig den Kopf. Wie ausgetauscht, Laura und sie selbst auch. Das Huhn oder das Ei? Die sinnlose Frage nach der Reihenfolge. Was war zuerst passiert? Und war das andere eine Folge davon? Hatte erst sie aus der Depression herausgefunden und sich ihre veränderte Stimmungslage dann auf Laura übertragen? Oder war es umgekehrt gewesen?

Klara hauchte weiter die beschwingten Takte des gestrigen Discofox. Letztlich spielte es keine Rolle, weil das Ergebnis zählte. Ein neues Leben fast, die Freude, die zurückgekehrt war. Und Paul, dessen Umarmungen, dessen sanfte Hände sie jetzt wieder auf sich mochte. Das hatte so gut getan. Der gestrige Abend, die gemeinsame Unternehmung. Nur sie beide, ausgelassen zusammen.

Er hatte sich in sein Schicksal gefügt. Sie musste lachen und zwang sich, dies nicht zu laut zu tun. Nicht, dass Laura sich erschreckte. Seine angstgeweiteten Augen, als ihm klar geworden war, wohin es ging. *Klara, bitte, ich habe doch Hunger.* Wie ein kleines Kind in diesem Moment, die zaghafte Ausrede. Hilflos hatte sie geklungen. Sehr tapfer hatte er sich trotzdem geschlagen, auch in der Notsituation als Tanzpartner von Erbes‘ Frau. Klara hatte bei Mario schon zart vorgefühlt. Er zeigte vollstes Verständnis. Nach dem Schnuppermonat konnten sie in den Mittwochs- oder Freitagskurs wechseln. Paul schien auch Freude an ihrem neuen Hobby gefunden zu haben. Aber auf Dauer musste das nicht unbedingt zusammen mit dem Chef sein. Und schon gar nicht, wenn auch sie ihn demnächst wieder tagsüber im Rathaus sah. Das reichte aus. Er kam doch aus seiner Rolle als Bürgermeister nie heraus. Daher würde Erbes die Zeit beim Cha-Cha-Cha nutzen, um gerade anliegende Sachfragen zu klären. Darauf konnte sie gut verzichten.

Langsam steuerte sie auf dem Bürgersteig der Pariser Straße in Richtung Rathausplatz. Ob ihr Laura die Viertelstunde noch ließ? Sie schaute interessiert den Menschen nach, die an ihnen vorbeikamen. Klara überlegte kurz und entschied sich dann dagegen. Paul hatte sicher mehr als genug zu tun, wenn er nicht wieder mit dem Feuerwehrwagen über die Dörfer fuhr. Ein Eis auf die Hand musste ausreichen. Daheim wartete noch eine Waschmaschine mit aussortierten Babysachen, die nur geliehen waren. Die mussten zurück zu ihrer Freundin Sara. *Oder willst du sie gleich fürs nächste behalten?* Vor einer Woche hätte sie diese Frage klar und deutlich mit Nein beantwortet. Was ein paar Tage und Sonnenschein im Kopf zu verändern vermochten. Die Sorgen, die Schlaflosigkeit und die Traurigkeit der letzten Monate schienen in diesem Moment weit entfernt.

Sie musste jetzt wieder lachen. Bei dem Gedanken an Pauls verdattertes Gesicht, wenn sie ihm heute Abend bei einer Flasche Riesling auf dem Balkon mit dem Gedanken an ein zweites Kind kommen würde. Tanzkurs und Nummer zwei. Vielleicht war das ein wenig zu viel auf einmal.

„Eine Kugel Melone und zweimal Crème Caramel."

Sie liebte den Sommer und ihr Leben, so wie es war.

37.

Warum sind Sie so schnell abgehauen? Ihre erste Leiche war das nicht. Aber mir geht es auch immer schlecht dabei. Sie ist erwürgt worden, auf dem Bauch liegend. Scheinbar hat sich der Täter von hinten angeschlichen und sich auf sie gestürzt. Sie ist nach vorne umgeworfen worden. Mit dem Knie hat er sie unten gehalten, während er sie umgebracht hat. Keine Chance, sich zu wehren. Danach hat sie der Mörder fein drapiert." Breivogel seufzte ins Telefon. „Ich frage mich immer, was die Menschen zum Morden bewegt. Aber was bringt sie dazu, ihre Opfer wie eine Puppe herzurichten?"

Kendzierski hört den Worten gar nicht wirklich zu. Entfernt klangen sie, umschwirrten ihn, seinen Kopf und drangen kaum bis in ihn vor. Ein Rauschen in seinem Schädel, mehr nicht. Seine Augen hingen noch immer an den verstreut liegenden Einzelteilen des Picknickrucksacks fest. Jeden dunklen Winkel dort drinnen hatte er mittlerweile mehr als einmal ausgetastet. Die stille Hoffnung, das Opinel-Klappmesser mit der schmalen langen Klinge doch noch in einem Spalt zu finden. Hineingerutscht in eine der versteckt liegenden Innentaschen oder unter das Futter. Was änderte es? Nichts, gar nichts! Er hätte es gerne hinausgebrüllt, konnte das aber im letzten Moment verhindern. Die durch einen Schleier an seine Ohren dringenden Worte hielten ihn davon ab. Ein monotones Hintergrundgeräusch für seine irrenden Gedanken. Selbst wenn er das Messer hier doch noch finden würde oder es eine ganz einfache Erklärung für sein Verschwinden gab, dann blieb die Leiche am Sportplatz. Die junge rothaarige Frau. Hinterrücks ermordet, erwürgt. Im Brennnesseldickicht platziert und mit seinen Kleidungsstücken dekoriert. Wieviel Zeit blieb ihm? Und alle hatten es dann schon vorher gewusst, geahnt zumindest. Der Dorfpolizist, der sich seine Mordfälle selbst erschuf, um sie dann glorreich lösen zu können. Ein Irrtum, der sich schnell würde aufklären lassen. Ein paar Tage vielleicht, dann war er rehabilitiert. Das sichere Ende seiner Tätigkeit hier. Alles in Trümmern. Der angeschlagene Verdelsbutze, der kaum mehr zu halten war. *Kendziäke, bleiben Sie noch ein wenig im Urlaub. Wenn Gras über die Sache gewachsen ist, bewerben Sie sich weg. Die Ablehnung in der Bevölkerung ist zu groß. Gerade als Bezirkspolizist müssen Sie nahe dran sein.*

Erbes würde nervös dazu wippen, wenn er ihm den Wechsel versuchte, schmackhaft zu machen. Tötete der nur, um ihm zu schaden? Eine völlig abwegige Vorstellung. Grausame Morde, die nur dazu dienten, ihn für ein paar Tage wie einen Tatverdächtigen aussehen zu lassen. Aufgestaute Rachegelüste eines kranken Geistes, dem er mal in die Quere gekommen war. Davon gab es mehr als genug. Vollkommener Quatsch! An den Haaren herbeigezogen. Er brauchte Ruhe, klare Gedanken und musste das Restchen Zeit nutzen, das ihm unbehelligt noch vergönnt war. Von dem Moment an, wo sie herausfanden, dass sein Pullover und seine Hose das zweite Opfer bedeckt hatten und das erste mit seinem Messer erstochen worden war, blieb kaum noch Raum zum Reagieren. Jeder seiner Schritte erfolgte dann unter Aufsicht. Und Klara? Ihm wurde übel bei diesem Gedanken. Würde sie die Verdächtigungen gegen ihn ertragen? Der Bezirkspolizist mit der Vorliebe für junge Frauen, denen er auflauerte, um sie grausam zu ermorden.

Breivogels Worte drangen jetzt bis zu ihm vor. Hinweggeblasen der Schleier, der ihn wattig weich eingehüllt hatte.

„Ihre eigenen Kleidungsstücke lagen ein paar Meter weiter. Wir haben Kondome im Gebüsch gefunden, auch ältere. Das scheint ein beliebter Platz gewesen zu sein.“ Breivogel kicherte. „Es ist noch zu früh für konkrete Aussagen, aber es würde mich wundern, wenn die zwei Frauenleichen nicht auf das Konto desselben Täters gingen. Wobei ich das auch schon bei dem toten Moldawier dachte. Der scheint raus zu sein. Keine Spuren von ihm auf der Blonden und keine Spuren von ihr an ihm. Er ist im Weinberg kollabiert und an Multiorganversagen infolge der Hitze und daraus resultierender Überanstrengung gestorben. Unsere Rechtsmediziner gehen sogar davon aus, dass er sie nicht einmal gesehen haben muss. Seine Spuren im trockenen Gras haben wir ganz ordentlich verfolgen können. Er scheint gar nicht bis zu ihr gekommen zu sein. Zusammengebrochen im Weinberg am ersten Arbeitstag, weil sich sein Körper noch nicht an die Stauhitze im Südhang gewöhnt hatte. Es stehen noch ein paar Ergebnisse aus dem Labor aus, aber ich lehne mich nicht allzu weit aus dem Fenster mit der Behauptung, dass nur der Zufall die beiden im Teufelspfad so nah zueinander geführt hat. Zugegeben ein wirklich sehr kurioser Zufall, aber so ist das Leben manchmal.“ Breivogel schnaufte. „Sprachlos, Kendzierski?“

„Kurios.“ Gegen den fetten Kloß in seinem Hals hatte er das herausgepresst, um irgendetwas zu sagen.

„Vielleicht helfen uns die Klamotten weiter. Da wird uns die KTU mehr verraten können. Selbst gestrickt, ein Allerweltsmuster, trägt heute keiner mehr. Wir werden sehen, was sich an Informationen erheben lässt. Keine Kleidung ohne DNA, obwohl die auch nur dann weiterführt, wenn wir anderes Material haben, um sie damit zu vergleichen.

Und das ist Mangelware. Der Täter hat im Fall der Blonden Handschuhe getragen. Es war nichts auf ihr, keine Spur." Breivogel seufzte. Als donnerndes Rauschen kam das bei Kendzierski an. „Aber zumindest scheinen wir mit ihrer Identität weiterzukommen. Vorhin haben mir meine Kollegen durchgegeben, dass eine junge Frau vermisst gemeldet wurde. Die Beschreibung trifft auf unser erstes Opfer zu. Eine Kollegin hat sich gewundert, weil sie nicht zur Arbeit erschienen ist. Ich informiere Sie, wenn wir es überprüft haben und sich die Identität bestätigt." Breivogel schwieg für einen Moment. Kendzierski fühlte sich gelähmt. Er brachte keinen sinnvollen Satz in seinem Kopf zustande, geschweige denn über die Lippen. Dort kreiste alles noch immer um die eine Frage: Warum sie und warum er? Er hatte beide Frauen noch nie in seinem Leben gesehen. Wer wollte ihn in diese Sache hineinziehen? Er unterdrückte ein Stöhnen.

„Vielleicht möchten Sie nachher mitkommen?" Der Kripobeamte klang beschwingt. *Kleiner Ausflug gefällig?* „Nach Mainz in den Puff." Erwartungsvolles Schweigen. „Etwas mehr Begeisterung hätte ich jetzt schon von Ihnen erwartet. Oder sind Sie wieder mit dem feuerroten Spaßmobil unterwegs? Da kann ich natürlich mit meinem Vorschlag kaum mithalten." Donnernd lachte Breivogel in die Leitung. „Eine Frau hat sich auf den Bericht in der Zeitung hin gemeldet. Einer ihrer Freier sei ihr in den Sinn gekommen. Vor ein paar Wochen wohl schon habe der von seiner Hütte in der Wildnis erzählt und sei nach vollbrachter Dienstleistung handgreiflich geworden, als sie dankend abgelehnt hat, sich in Zukunft dort zu treffen. Er wollte ihr wohl an die Gurgel. Klingt sehr abwegig. Aber wählerisch können wir nicht sein. Wir müssen nehmen, was wir kriegen können."

„Wie heißt sie?"

„Was?“

„Wie sie heißt, die Frau?“

„Kennen Sie die Damen alle?“ Breivogel lachte laut auf. Er schien sich heute einer ausgezeichneten Laune zu erfreuen. Eine dritte Leiche. Die ersten Ergebnisse. Und ein verdatterter Bezirkspolizist. Er schien in Form zu kommen und sich wohlzufühlen als gefragter Nachfolger Wolfs. „Irgendetwas aus dem Osten. Warten sie, Daria. Dann heißt das, dass ich Sie später abholen soll?“

„Wann?“

„In einer guten Stunde. Gegen elf. Ich rufe nochmal aus dem Auto an, wenn ich losfahre.“

Die letzten Worte hörte er nicht mehr. Kendzierski hatte das Gespräch schon weggedrückt.

38.

Er trat das Gaspedal seines weißen Škodas bis aufs Bodenblech durch. Für das, was er gerade vorhatte, empfahl es sich nicht, den Dienstwagen zu nehmen. Gut sichtbar, selbst auf eine größere Entfernung, das Wappen der Verbandsgemeinde auf der Fahrertür. Das Verkehrschaos, das die Kripo auf ihrem Weg nach Essenheim ausgebremst hatte, war verschwunden. Die Saarstraße, die an der Universität vorbei ins Mainzer Zentrum führte, wirkte fast leergeräumt. Kurz nach zehn an einem Freitagvormittag, für den ein neuer Jahrhunderthitzerekord angekündigt worden war, mochte das nicht verwundern. Ohne anzuhalten kam er über die Kreuzung und ließ das Arbeitsamt rechts liegen. Mit gut achtzig in die scharfe Linkskurve, über den ausgefahrenen Asphalt und die kreuzenden Straßenbahnschienen. Die Hitze der letzten Wochen schien im Zusammenwirken mit Bussen und Lkw die schon vorhandenen Kuhlen im Straßenbelag noch weiter vertieft zu haben. Kendzierski riss das Steuer herum, um seinen Škoda, der drohte auszubrechen, notdürftig in der Spur zu halten. *Bezirkspolizist rast in Tankstelle. Ende einer Flucht.* Explosion, vorbei. Passende Schlagzeilen zu rauchenden Bildern. Entgeistert folgten ihm etliche Augenpaare. Ein Gehstock wurde drohend in die Höhe gereckt. Er bekam das alles kaum mit. Bilder aus dem Augenwinkel eingefangen, von denen er keine Notiz nahm. Alles in ihm raste mit, sein Puls, sein hämmerndes Herz. Es war der Strohhalm, an den er sich klammerte. Die Hoffnung, dass der Täter einen Fehler gemacht hatte und sich damit offenbarte. Heraus aus der feigen Deckung, damit er ihm ins Gesicht sehen konnte.

Mit reichlich Restschwung brachte Kendzierski seinen Škoda auf dem Bürgersteig zum Stehen. Das Hupen signalisierte ihm, dass er dem rückwärtigen Verkehr sein waghalsiges Einparkmanöver besser vorher angezeigt hätte. Was spielte das alles noch für eine Rolle? Das Heck seines Wagens ragte weit bis in die Fahrspur hinein. Er ließ den Warnblinker an. Wegen der paar Minuten. Er hatte nicht vor, den halben Vormittag dort drinnen zu verbringen. Wahrscheinlich war er schon nach wenigen Minuten wieder zurück. Die Uhrzeit passte so gar nicht zu dem Ort, den er ansteuerte. *Im Puff zum Frühstücksbuffet.* Die Hitze in seinem glühenden Schädel trieb ihn an. Er rannte quer über die Fahrbahn. Das nächste Hupen. Waren denn alle verrückt geworden? Er erwiderte den ausgestreckten Mittelfinger, der anscheinend ihm gegolten hatte, nicht. Konzentriert versuchte er, Ruhe in sich hineinzuatmen. *Denk nach, sammle dich, damit du überhaupt einen sinnvollen Satz herausbekommst.* Mit einem schnellen Rundumblick kontrollierte er die Straße und den Bürgersteig. Keiner schien Notiz von ihm genommen zu haben. Auch nicht auf der gegenüberliegenden Seite der Bahnhofstraße. Irgendwie fühlte sich die Hitze auf seinem Gesicht in diesem Moment noch unerträglicher an. Trocken und glühend, obwohl der Rest seines Körpers klatschnass zu sein schien. Schnell bog er in den rot erleuchteten Hauseingang und schob sich durch die Tür, die nur angelehnt war.

Schnaufend atmete er durch. Seine Augen brauchten einen Moment, bis sie sich an die relative Dunkelheit gewöhnt hatten. Draußen die grelle Sonne, hier drinnen rote Neonröhren über ihm, die mit Helligkeit geizten. Dafür war es kühler. Verbrauchte Luft, süßlich parfümiert, in die sich ein Hauch kalter Rauch mischte. Die Zigarette danach. Stumpfe, helle Marmorfliesen, die sich bis hinauf unter die Decke zogen. Kendzierski stockte in der Bewegung. Türen ohne Klinken zierten grobe Zeichnungen nackter Frauenkörper, mit nach hinten geworfenen Köpfen. Der Flur bog nach rechts ab. Aufgeklebte neongelbe und -rote Pfeile auf dem Boden wiesen den Weg. *Herzlich willkommen in der Roten Oase, ihr Laufhaus für Mainz und Umgebung.* Vorsichtig folgte Kendzierski der Beschilderung, die mittlerweile zwischen Pfeilen und der Aufschrift Girls wechselte. Wieder vollführte der Flur mit den roten Neonröhren einen Schwenk. Jetzt ging es hinauf. Die Fliesen auf Boden und Wand wurden kleiner. Aus Marmor schienen sie auch nicht mehr zu sein. Dafür glänzten sie jetzt neu in strahlend hellem Weiß. Oben angekommen mündete die Treppe in einen langen Flur. Der Begriff Laufhaus bekam hier eine ganz eigene Bedeutung. Dass er der Sache aber nähergekommen war, offenbarte die Beleuchtung. Die Neonröhren und ihre

Verkleidungen, die eher an ein zur Fassenacht umgestaltetes Großraumbüro erinnert hatten, waren einem alten Bekannten gewichen. Zini, das Wuslon, der rasende Leuchtwurm, schien auch hier zu Hause zu sein. An der Decke zogen sich über die gesamte Länge des Flurs zwei farbige Lichtleisten. Die ersten der links und rechts abzweigenden Türen waren verschlossen. Es roch nach Reinigungsmittel und blumigem Parfum. An seine Ohren drang ein gleichmäßiger Takt, ohne dass er zu sagen vermochte, ob es sich dabei nicht um das Blut handelte, das von seinem hämmernden Herzen schubweise durch seine Adern gepresst wurde. Langsam schlich er weiter. Bis auf die rot-gelben Lichtbänder machte dieser sauber geflieste Flur mit seinen Zimmern eher den Eindruck, zum Sozialbereich einer Großmetzgerei zu gehören, als zu einem Bordell. Die nächste Tür links stand offen. Als er sich ihr vorsichtig näherte, erschien eine Frau im Türrahmen. Nicht mehr ganz jung, dunkle, gewellte, lange Haare, rote Lippen, in der dem Ort entsprechenden spärlichen Arbeitsbekleidung.

„Na, Süßer, trau dich." Eine tiefe Stimme mit osteuropäisch gerolltem ‚R'. Kendzierski schluckte, um den Hals freizubekommen.

„Daria?"

„Nein, hinten links, letzte Tür, Zimmer 19." Sie hatte schon kehrt gemacht und verschwand mit auf den Fliesen klappernden Absätzen in ihrem Zimmer. Kendzierski beschleunigte, das Ziel vor Augen, seinen Schritt. Schnell vorbei an weiteren offen stehenden Türen. Der unsichere Freier, getrieben und doch mit der Furcht im Nacken, es könnte ihn jemand hier drinnen erkennen. Freitagvormittag halb elf. Was machte er, wenn Breivogel gleich anrief? *Bin schon hier, Sie können gerne nachkommen. Es sind noch*

Zimmer und Damen frei. Einem entspannten Vormittag steht nichts im Wege. Kendzierski atmete aus. Ein Zittern hatte er deutlich heraushören können. Was tat er als nächstes, wenn sich diese Spur, wie es zu erwarten war, als Reinfall entpuppte? Die große Offensive? Die Beichte vor Breivogel, dass es seine Klamotten waren, sein Messer. In der Hoffnung, der junge Kripobeamte schenke ihm Glauben.

„Komm rein." Kendzierski hatte das Ende des Flurs erreicht. „Zum ersten Mal hier?" Eine junge Frau von höchstens 25 sah ihn aus amüsierten Augen an. Sie war stark geschminkt. Ihre Augenlider zierte sogar eine mehrfarbige bunte Bemalung. Sie sprach deutsch ohne jeden Akzent.

„Ja, aber nicht so, wie Sie denken." Kendzierski spürte, wie sich der Kloß in seinem Hals ausweitete. Das fehlte jetzt gerade noch. Sprachlos im Türrahmen. *Kendziäke! Wo man Sie überall trifft!* Kendzierski fühlte sich dem Wahnsinn nahe. Wirre Stimmen in seinem Kopf. „Polizei." Er schluckte mehrmals.

„Sitte." Sie schnaubte. „Schon wieder. Ich habe den Eindruck, dass es euch bei uns besser gefällt als auf eurer Dienststelle. So oft, wie einer von euch in den letzten Wochen da war." Sie stemmte die Arme in die Hüften und blickte ihn herausfordernd an. Kendzierski zwang sich, ihr ins Gesicht zu schauen. „Ich mache das freiwillig. Für das Zimmer zahle ich Miete. Wenn ich keine Lust mehr habe, gehe ich einfach nach Hause. Keiner zwingt mich dazu. Auch wenn mein Künstlername das nahe legt, ich bin nicht aus Osteuropa verschleppt worden, sondern komme von der anderen Rheinseite, aus Kostheim." Ihr Blick wirkte jetzt gelangweilt. „Reicht das?"

„Ich bin wegen Ihres Anrufs hier. Der Mann, der Sie gewürgt hat. Die Bretterbude."

„So schnell hätte ich nicht mit einer Reaktion gerechnet." Sie drehte sich weg und steuerte auf ein kleines Tischchen zu, auf dem eine Kerze brannte. „Kommen Sie rein und machen Sie die Tür zu."

Kendzierski zögerte für einen Moment, dann folgte er ihren Anweisungen. Die Stille lärmte in seinen Ohren. Er tat ein paar Schritte in den Raum, über weiße neue Bodenfliesen, sterile Kälte, die durch einen roten Bettbezug und eine blumige Decke darüber notdürftig aufgelockert wurde. Auch um den kleinen Tisch war ein Lichtband gewickelt, das sich orange über einen Teil der Wand zog. Links neben dem Bett hing ein überdimensionales Holzkreuz an der Wand, das vom Boden bis an die Decke reichte. Ein christliches Haus. Kendzierski hätte gerne geschmunzelt.

„Wann war das?"

„Vor sieben, acht Wochen. Genau kann ich das nicht mehr sagen. Ich hätte nicht gedacht, dass das mal eine Rolle spielt. Ich war froh, als er draußen war, und danach hat er sich aus gutem Grund nicht mehr hier reingetraut. Ich hätte dem Mike sofort Bescheid gesagt. Der bekommt über die Kameras im Flur sowieso mit, wer das Haus betritt. Die Jungs mit Hausverbot, Betrunkene und die Halbstarken, die sich gegenüber ihren Kumpels vor der Tür beweisen müssen, fängt er ab, bevor sie bis hoch zu uns kommen. Idioten gibt es mehr als genug und auch solche, die glauben wir wären Freiwild." Sie deutete mit einer knappen Kopfbewegung in Richtung des Kreuzes, an dem sich mehrere Lederschlaufen befanden und grinste. „Ein bisschen mehr als daheim geht hier schon. Aber es gibt klare Grenzen. Würgen ist bei mir nicht. Es sei denn der Kunde möchte das. Dann kann er es haben, aber seine Hände bleiben weg von meinem Hals."

„Haben Sie seinen Namen?"

Daria sah ihn amüsiert an. „Kein Problem, Name, Anschrift, Sozialversicherungsnummer. Was brauchen Sie noch?"

Er musste reichlich bescheuert dreingeblickt haben. Sie lachte und schüttelte dabei den Kopf. „Selbst bei denen, die sich mit Namen vorstellen, können Sie sicher sein, dass es nicht ihre richtigen sind. Hier bleiben alle gerne anonym." Sie grinste vielsagend. Deutlich zeichneten sich unter der Schminke zwei Grübchen auf den beiden Wangen ab.

„Wie sah er aus? Irgendetwas, was Ihnen an ihm aufgefallen ist?" Fast flehentlich hatte das aus seinem Mund geklungen.

„Glauben Sie, dass der etwas mit Ihrem Mordfall zu tun hat?"

„Vielleicht. Wir müssen jedem Hinweis nachgehen."

„Ganz normal eigentlich. Der Typ Familienvater. Um die fünfzig, graue Schläfen, hohe Stirn, dünn und groß, aber mit deutlichem Bauch. Rahmenlose Brille. Nichts Auffälliges an ihm. Aber das sind meist die Schlimmsten."

„Wie ist das dann eskaliert?"

„Es war hinterher, als er sich schon wieder angezogen hatte. Von seiner Hütte hat er die ganze Zeit davor schon geredet. Irgendwo im Wald. Bezahlt wird vorneweg. Hinterher haben sie den vereinbarten Preis nämlich meistens vergessen. Der wollte an mein Geld." Sie tippte sich mit der Fingerspitze mehrmals an den Kopf. „Das kriegst du wieder, wenn du mich in der Hütte besuchst. So ein Idiot. Ich habe sofort gemerkt, dass die Situation nicht ohne ist und die Klingel gedrückt. Den Notknopf." Sie deutete mit einer kurzen Kopfbewegung in Richtung Bett. Am Kopfende konnte Kendzierski einen Lichtschalter erkennen. Keine Ahnung, ob sie den damit gemeint hatte. „Das hat er gemerkt und ist vollkommen ausgerastet. Geschrien hat er und ist auf mich los. Wenn ich dich erwische, dann kannst du was erleben. Bevor es ernst wurde und er wirklich zupacken konnte, war Mike schon da und hat ihn rausgeworfen." Sie zuckte mit den Schultern. „Tut mir leid, dass ich Ihnen nicht weiterhelfen kann. Kann ja keiner ahnen, dass das etwas mit einem Mordfall zu tun haben könnte. Ich bin nur froh, dass ich nicht auf seinen Wunsch nach Hausbesuch eingegangen bin."

„Melden Sie sich, falls Ihnen noch etwas einfällt." Kendzierski zog sein Portemonnaie aus der Hosentasche und suchte nach einer der Visitenkarten, die sich darin eigentlich befinden mussten. Endlich hatte er eine. Die letzte. Er musste dringend Nachschub ordern. Wer weiß, ob er die dann überhaupt noch brauchte. *Paul Kendzierski, Ihr Bezirkspolizist für die Verbandsgemeinde Nieder-Olm.* Er seufzte. „Nachher kommt noch ein Kollege von der Kripo. Ich war quasi nur die Vorhut." Er quälte sich ein Lächeln ab. „Lassen Sie sich von ihm Fotos der beiden Frauen zeigen. Vielleicht kennen Sie eine davon."

„Meinen Sie, der hat es auf Prostituierte abgesehen?"

Kendzierski hob die Schultern. „Wenn ich das bloß wüsste."

39.

Saras Hände zitterten ein wenig. Sie zwang sich dazu, nicht andauernd aus dem Backshop nach draußen zu schauen, sondern der Kundin vor ihr zumindest ab und an einen Blick zu schenken. Schnell kontrollierte sie noch einmal den rot erleuchteten Hauseingang auf der anderen Straßenseite bevor sie sich wieder der älteren Frau vor der Theke widmete. Die starrte sie aus großen Augen an. Lähmendes Schweigen.

„Worauf warten Sie noch? Ich will hier nicht ewig und drei Tage herumstehen!“ Ein scharfer Ton in der Stimme der Kundin und ein feindseliger Blick.

„Entschuldigung, ich habe Sie nicht richtig verstanden. Was war das?“

Ihre Kollegin Hanne blickte irritiert zu ihr herüber.

„Das habe ich gleich gemerkt. Sie haben mir gar nicht richtig zugehört. Zwei Kaiser- und ein Mohnbrötchen. Und extra noch ein Stück Kirschstreusel, aber nur, wenn der von heute ist. Vorgestern war er alt. Den alten Kram könnt ihr behalten!“

„Ja, gerne. Der Kirschstreusel ist immer frisch, jeden Tag.“

„Das sagen Sie so.“ Aus dem Blick der alten Frau, die sich auf den ausgefahrenen Griff ihres Handwagens stützte, sprach Misstrauen. „Ich kann es erst daheim probieren und dann ist es zu spät. Ich quäle mich doch nicht wegen einem alten Stück Kirschstreusel noch einmal aus dem vierten Stock herunter und bis hierher. Kein Fahrstuhl!“ Sie fuhr mit dem rechten Zeigefinger drohend in die Höhe.

„Probieren Sie ihn doch einfach, Frau Gerhardt.“ Hanne hatte sich eingeschaltet und lächelte freundlich, aber bestimmt. „Sara, schneid für die Frau Gerhardt ein kleines Stückchen ab und gib es ihr zum Probieren. Sie ist eine unserer ältesten Kundinnen und eine gute Freundin der Seniorchefin.“ Hanne wandte sich dann wieder ihrer eigenen Kundin zu.

Unsicher versuchte Sara, das Stück vom Blech zu heben. Es hing an der einen Seite fest. Ihre Augen hatten sich schon wieder auf den Weg durch das Schaufenster über die Bahnhofstraße zum Hauseingang gegenüber gemacht. Sie ermahnte sich zur Besonnenheit. Mist, jetzt war es durchgebrochen. Das kam davon. Die Alte vor dem Tresen schüttelte den Kopf.

„Was machen Sie denn? Das nehme ich nicht."

„Natürlich nicht. Ich schneide Ihnen nur ein Stück davon ab, damit Sie den Kuchen probieren können."

„Ich kann jetzt keinen Kuchen essen. Ich bin noch satt vom Frühstück." Sie schnaubte verächtlich. „Packen Sie mir einfach die Brötchen ein. Sonst steh' ich heute Nachmittag noch hier. Kuchen will ich keinen mehr."

Sara knallte das zerrissene Stück Kirschstreusel aufs Blech zurück. Die Alte mit ihrem bösartigen Grinsen konnte von Glück sagen, dass sich die ausladende Glastheke zwischen ihnen befand. Sie griff nach einer viel zu großen Brötchentüte und zählte drei Stück hinein.

„Eins sollte aber ein Mohnbrötchen sein! Ich habe das Gefühl, Sie wollen mich gar nicht richtig bedienen."

Die Alte hatte so laut gesprochen, dass jetzt alle Augen auf sie gerichtet waren. Aus den Augenwinkeln konnte Sara erkennen, dass sich gegenüber etwas tat. Gegen alle gebotene Vernunft drehte sie schnell den Kopf zur Seite. Sie musste wissen, ob sie das vorhin richtig gesehen hatte. Bingo! Er war es wirklich: Der Lebensgefährte ihrer Freundin Klara kam aus dem Puff gegenüber! Das durfte einfach nicht wahr sein!

„Was ist los mit dir?" Hanne zischte sie von der Seite an. „Willst du dir einen Anschiss gleich in der ersten Woche einfangen? Das dauert keine halbe Stunde und der Chef ist hier. Kann ich dir versprechen. Weil seine Mutter ihn angerufen hat. Da ist der innerhalb von Sekunden auf hundertachtzig." Sie zog ihr entschlossen die Brötchentüte aus der Hand und tauschte das eine helle gegen ein Mohnbrötchen aus.

„Frau Gerhardt, ich packe Ihnen noch einen Kirschstreusel ein. Der geht auf uns.“ Hanne lächelte bemüht freundlich. „Unsere Kollegin ist ganz neu hier. Sie kennt sich noch nicht so aus.“ Entschuldigend zuckte sie mit den Schultern dazu.

„Na, die muss noch viel lernen. Nicht jeder ist für so etwas geeignet.“

„Sie wird sich schon reinfinden. Sie werden sehen, in den nächsten Tagen klappt das schon viel besser. Ihnen noch einen schönen Tag.“

Sara merkte, wie ihr die Hitze ins Gesicht schoss. Hanne flüsterte.

„Mach mal ein paar Minuten Pause hinten. Ich komme hier auch alleine klar. Trink einen Kaffee und nimm dir das nicht zu sehr zu Herzen. Die Alte pickt sich immer die Neuen raus. Ganz gezielt.“

40.

Klara drückte die Wohnungstür auf und fuhr augenblicklich zusammen. Was war hier bloß passiert? Sie wollte zurückweichen, Laura auf dem Arm. Ein Einbrecher, der alles auf der Suche nach Geld oder Schmuck durchwühlt hatte? Der Inhalt des Picknickrucksacks war das, verstreut über den ganzen Flur. Langsam setzte sie den ersten Schritt in ihre Wohnung.

„Paul?“ Sie lauschte in die Stille. Keine Antwort, aber auch keine anderen Geräusche. Sie ließ die Türklinke los und stieg vorsichtig über die verstreut liegenden Plastikteller und das Besteck. Was hatte er hier gesucht? Und warum alles herausgeschleudert?

„Paul?“ Wieder keine Antwort. Laura gab freudig quietschende Geräusche von sich. Ganz leise schlich Klara weiter. Zaghaft warf sie einen Blick nach rechts in die Küche, dann ins Bad. Beide Türen standen offen. Alles ganz normal dort drinnen. Keine weiteren bösen Überraschungen. Ein Schrei entfuhr ihr, als sie den Kopf drehte und das Chaos in ihrem Schlafzimmer sah. Die Schranktüren offen, alles herausgerissen. Die Klamotten lagen verstreut bis aufs Bett. Dort standen auch die beiden Koffer. Sie konnte sich schluchzen hören. Ihr Blick irrte herum. Eine kurze Drehung mit dem Kopf. Im Wohnzimmer schien alles wie immer. Keine offenen Schubladen. Ihre Augen fanden zurück. Laura warf sich ungeduldig nach hinten. Klara musste sie mit der freien Hand stützen. Sie wollte runter auf den Boden. Der Bewegungsdrang nach der langen Zeit im Kinderwagen. Nur Pauls Sachen lagen verstreut. Sie nickte zur Bestätigung. Ihre Schranktüren standen offen. Aber herausgezerrt waren nur seine Hosen, Pullover, Hemden, Wäsche und Socken.

Mit der freien Linken suchte sie nach ihrem Handy in der Wickeltasche, die über ihrer Schulter hing. Er hatte versucht, sie anzurufen. Kurz nach zehn. Sie drückte seine Nummer. Unendlich lange dauerte es, bis das Klingeln ertönte. Einmal an dem Ohr, auf das sie das Telefon presste. Dann auch auf dem anderen Ohr, das ein Knurren einfing. Der Handyton, den sie ihm aus Spaß eingestellt und den er seither beibehalten hatte. Das Hundeknurren kam aus dem Flur hinter ihr. Sie drehte sich um und konnte sein Handy aufleuchten sehen. Zwischen den Tellern und Bechern lag es auf dem Boden. Sie drückte mehrmals mit dem Daumen auf die rote Fläche. Das Knurren erstarb, dafür klingelte jetzt ihr Telefon.

„Sara?“

„Hallo, Klara, bist du zu Hause?" Sie wartete keine Antwort ab. „Du musst jetzt sehr tapfer sein!"

Vor Klaras Augen verschwammen die Koffer, seine Klamotten. Auf einmal fügte sich alles zusammen. Die Abendtermine, Erbes, der gesagt hatte, dass er Paul entlastet hatte, und Sara, die ihn aus einem Mainzer Puff hatte kommen sehen.

Ihr gewohntes Leben – alles in Trümmern.

41.

Kendzierski spürte den Druck auf seinem Brustkorb. Wenn er doch bloß eine Antwort wüsste! Gesichter schossen ihm durch den Kopf, blitzten kurz vor seinem geistigen Auge auf, um sofort wieder zu erlöschen. Menschen, von denen er glaubte, dass er ihnen einmal in die Quere gekommen war. Erlebnisse der letzten acht Jahre. Die Hoffnung, dass sich eine Antwort an den Fassaden der Großen Bleiche ablesen ließe. Er war auf dem Heimweg nach Nieder-Olm und fuhr die Mainzer Geschäftsstraße in Gedanken versunken Richtung Rhein. Die Ampel am Neubrunnenplatz zwang ihn anzuhalten. Schnell schickte er einen Blick in alle Richtungen. Wer sein Messer stahl, seine Klamotten, der musste ihn verfolgen, ihm nachstellen, seine Wege kennen. Ständig um ihn herum sein, ohne dass er es bemerkt hatte. Sein Herz raste wieder. Im Rückspiegel fing er das Auto hinter sich ein, versuchte das Gesicht hinter dem Steuer zu identifizieren. War es jemand, den er schon mal gesehen hatte? Hatte er Züge, die ihm bekannt vorkamen? Markante Nase, die Augen, eine Narbe?

Der alte Golf zwei Autos hinter ihm. Der Fahrer, der sich die Schirmmütze bis tief in die Augen geschoben hatte, um nicht erkannt zu werden. Das Grinsen, das er in diesem Moment zeigte. Bekannte Gesichtszüge jetzt, die Kendzierski nur noch nicht zuzuordnen wusste. Dass er da nicht schon früher drauf gekommen war! So musste es sein. Er unter ständiger Beobachtung. Anders war das alles nicht zu erklären: Jeder seiner Schritte wurde verfolgt.

Kendzierski schleuderte die Tür auf. Der Schwung ließ sie zurückwippen. Der Schmerz ließ ihn aufheulen. Sein linkes Schienbein zwischen Fahrertür und Rahmen. Humpelnd hetzte er los, an zwei Fahrzeugen vorbei, deren Fahrer ihn entgeistert anstarrten. Der blaue Golf, die Delle am Radkasten. Den Blick hatte der Kerl dort drinnen ahnungslos abgewandt. Zur Tarnung mimte er den großen Unschuldigen. Kendzierski zog die Tür auf und packte ihn an seiner Kapuzenjacke. Er zerrte ihn vom Sitz und heraus auf die Fahrbahn. Die ersten Fußgänger blieben stehen. Irgendwo erklang eine Hupe. Kendzierski ließ den anderen los, fiel selbst nach vorne auf den Asphalt und stützte sich mit beiden Armen ab. Er riss ihm die Kappe vom Kopf und schleuderte sie hinter sich.

„Warum verfolgst du mich?“ Kendzierski schrie gegen das nächste Hupen direkt neben ihm an. „Ich kriege dich! Das verspreche ich dir!“

„Sind Sie wahnsinnig geworden? Hilfe!“

Der andere versuchte, sich aus der gebückten Haltung in die Höhe zu hieven. Weit aufgerissene Augen, verstörter Blick. Wirr standen ein paar dünne blonde Strähnen in alle Richtungen, ein flusiger Rest um eine schorfige Glatze.

„Bitte helfen Sie mir. Der bringt mich um!“

Aus den Augenwinkeln konnte Kendzierski erkennen, dass zwei Handys auf ihn gerichtet waren.

„Lassen Sie den Mann in Ruhe, sonst holen wir die Polizei!" Ein zaghafter Ruf aus der Ferne.

Kendzierskis Blick fing das Weiß ein. Leuchtend hell, am rechten Bein des Mannes. Der gesamte Unterschenkel war bis zum Knöchel hinunter dick umwickelt. Barfuß kniete er auf dem Straßenbelag, unfähig, in die Höhe zu kommen.

„Hilfe!"

Das Wimmern in seiner Stimme, das Kendzierski schließlich zurückholte. Er hatte das Gefühl, auch auf die Knie zu müssen, sich vor dem anderen auf den Boden werfen und um Verzeihung bitten zu müssen. Und sich am besten gleichzeitig aufzulösen. Verschluckt vom schwarzen, heißen Asphalt der Straße. Unsichtbar für alle anderen und gelöscht für immer aus ihrem Gedächtnis. Eine Erscheinung bloß, ein Flimmern, geboren aus der Hitze des späten Vormittags, das sie alle den Kopf schütteln und dann einfach weitergehen ließ. Die vielen, die sich mittlerweile gaffend stauten. Erschrocken und gelähmt von der Gewalt direkt vor ihnen. Eine unwirkliche Szene, die nicht unter den strahlend blauen Himmel von Mainz passen wollte. Eine Mutter zog ihren kreischenden Sohn entschlossen am Arm weiter.

„Entschuldigung." Kendzierski bückte sich hinunter. „Eine schreckliche Verwechslung. Bitte kommen Sie doch hoch."

Ein polyphones Hupkonzert brandete auf, um einen Wimpernschlag später schon wieder zu verklingen. „Es tut mir unendlich leid." Bettelnd klang das. Der hilflose Versuch, die Situation ungeschehen zu machen. Der andere zuckte zurück, als er ihm die Hände entgegenstreckte. „Eine Verwechslung." Er stotterte Unverständliches hinterher. „Bitte lassen Sie sich doch helfen."

Der andere wehrte sich nicht mehr. Er ergriff Kendzierskis

Hände und klammerte sich daran. Vorsichtig kam er in die Höhe. Die Angst sprach noch immer aus seinem Gesicht. Misstrauen. „Können Sie fahren?“ Keine Reaktion. „Sie zittern.“

„Soll ich lachen?“ Eine raue Stimme. Aus müden, rot unterlaufenen Augen sah er ihn an. „Lassen Sie mich los.“

Erst jetzt bemerkte Kendzierski, dass er ihn noch immer an den Händen hielt. Eine Stütze für den Menschen, den er brutal aus seinem Wagen gezerrt hatte. Geblendet von der gleißenden Helligkeit, die alle Gedanken in seinem Kopf zu lähmen schien.

„Sie sind ja irre!“ Der Mann riss seine Hände los und stieg schnell zurück in seinen Wagen. Die Tür schlug knallend zu. Kendzierski hörte das Surren der Zentralverriegelung. Durch das Seitenfenster, in dem sich die Sonne spiegelte, konnte er den gestreckten Mittelfinger sehen, der ihm galt. In der Ferne erklangen die Sirenen mehrerer Fahrzeuge wild durcheinander. In sie mischte sich ein neues vielstimmiges Hupkonzert. Erst nach mehreren Schritten bemerkte er, dass er in die falsche Richtung lief. Sein Škoda stand noch immer vor dem Zebrastreifen. Etliche Grünphasen hatte der Wagen in der Zwischenzeit reglos miterlebt. Einige der Fahrzeuge dahinter hatten sich mühsam an ihm vorbei gearbeitet. Die anderen Insassen sich hupend und wild gestikulierend in ihr Schicksal gefügt. Mehrere Handys waren noch immer auf ihn gerichtet. Ein pickeliger Junge mit schief sitzender neongelber Kappe bewegte dazu die Lippen. Er schien die Ereignisse, die seine Kamera einfing, parallel dazu zu kommentieren. Der nächste Klickrekord auf Youtube. Eine Million Follower, die sich amüsiert den rasenden Verdelsbutze betrachteten.

War das die Absicht seines unbekannten Gegners, ihn

wüten zu sehen? Mit quietschenden Reifen fuhr er an. Sein rechter Fuß gehorchte nur zitternd. Er schaukelte vorwärts auf der Großen Bleiche am Allianzhaus vorbei. Wie kam er nur aus diesem Wahnsinn heraus? Wie denn nur? *Aufwachen*!

Er versuchte, sein Handy in den Hosentaschen zu ertasten. Die Erkenntnis, dass es nicht da war, wo es hätte sein sollen, ließ ihn seufzen. Wenn er sich beeilte, konnte er Breivogel vielleicht noch am Tatort abfangen. Er sah nicht mehr klar. Er nahm sich selbst die Sicht. Nur wenn er sich dem Kripobeamten offenbarte, kam er weiter.

Kendzierski brauchte den fremden Blick, um selbst wieder sehen zu können.

42.

Er strich sich mit der Rechten durch die krausen dunklen Haare. Die Nervosität trieb ihm kleine runde Schweißtröpfchen auf die glatt rasierte Oberlippe. Der Blick in den Rückspiegel bestätigte ihm diesen Eindruck. Es gab niemand anderen, der auf diese Weise schwitzte. Zumindest kannte er keinen sonst. Selbst in den Zeiten, in denen er sich über der Oberlippe den Flaum hatte stehen lassen, waren diese kleinen Tröpfchen zu erahnen gewesen. Sie waren damals kaum zu erkennen, hingen dafür aber ausdauernd in ihrem Dickicht aus Barthaaren fest.

Zufrieden schnaufend wischte er sich die Nässe unter der Nase weg. Er hatte den ganzen Tag für sich und das, was er vorhatte. Ein knapper Anruf auf der Arbeit heute Morgen. Unwohlsein, Erbrechen und Mattheit aufgrund der sengenden Hitze des Vortags. Mit einem Hitzschlag war nicht zu spaßen. Für einen kurzen Moment schloss er die Augen und ließ die Vorfreude Raum greifen. Aus der Magengegend ergoss sie sich in alle Richtungen. Wohltuend stieg sie in ihm auf, erfasste den Brustraum und brachte einen sanft kühlenden erwartungsvollen Schauer mit sich, der an seinem Rücken zu spüren war. Hitziger schoss sie nach unten zwischen seine Beine, um sich dort hart und pochend in Erinnerung zu rufen. Eine Weile hielt er die Augenlider weiter geschlossen, obwohl er wusste, dass er hier mit seinem Wagen nicht stand, um ein Nickerchen in der Vormittagssonne zu halten. Gleichmäßig atmend glitt er hinab in seine Gedankenwelt, die in den vergangenen Tagen eine kaum zu bewältigende Fülle an Eindrücken hatte verarbeiten müssen. Noch Jahre würde er davon zehren, von den grellen Bildern dieses Sommers. Für alle anderen war es der Jahrhundertsommer – lähmende Hitze, Dürre, Tausende Tote in ganz Europa, Ernteverluste, die die Nahrungsmittelpreise in die Höhe schnellen ließen. Für ihn war es der Sommer seines Lebens, der ihn aus einer aussichtslosen Sackgasse herausgeholt hatte. Ein schmaler Pfad nur, der sich erst jetzt vor ihm aufgetan hatte. Das Reilchen, das nicht dem Brandschutz, sondern seinem Entrinnen diente. Bis er es entdeckt hatte, war es der aus der Einsamkeit gespeiste Hass gewesen, der stetig in ihm gewachsen war. Der Hass auf all die jungen Frauen, die sich mit älteren Männern einließen. Ihr Anblick erinnerte ihn an sein eigenes Schicksal, als sie ihn verließ vor so vielen Jahren für einen anderen, einen älteren Mann und er in die tiefe Dunkelheit des Alleinseins rutschte. Ein schwarzes Loch von unendlichen Ausmaßen, aus dem ihn nur der blanke Zufall herausgerissen hatte.

Das leuchtende Bild dazu würde ihm bis an sein Lebensende ein treuer Begleiter sein. Beobachtet hatte er sie schon öfter in ihrem Bretterverschlag. Auch aus nächster Nähe. Weil sie sich zwar an unterschiedlichen Wochentagen, aber fast immer zur gleichen Zeit trafen. Die Blonde und ihr Liebhaber, der immer etwas später am verabredeten Treffpunkt eintraf. Und am Mittwoch gar nicht. Er hätte sie daher ruhig liegen lassen können. Vielleicht hätten sie sie bis heute nicht gefunden. Wer traute sich schon in das undurchdringliche Dickicht, das wie ein Urwald vollständig Besitz vom alten Schuttabladeplatz genommen hatte. Alles war so planlos abgelaufen, ganz spontan und aus der Situation heraus, die sich so ergeben hatte. Hätte sie nicht urplötzlich vor ihm gelegen, mit blutverschmiertem Gesicht, er würde jetzt in diesem Moment nicht hier in seinem Wagen sitzen und warten. Der aus bloßer Unachtsamkeit zertretene Schmetterling, dessen Tod auf der anderen Seite der Weltkugel ein Erdbeben auslöste.

Erschrecken hatte er sie wollen. Ein kleiner Denkzettel und die Freude, ihre Angst zu erleben. Geschrien hatte sie und sich selbst mit dem Pfefferspray außer Gefecht gesetzt. Als er die Tür aufriss, rannte sie blind und mit rot verquollenen Augen mit voller Wucht gegen eine der Querlatten des Bretterverschlags. Aus der Platzwunde am Haaransatz über ihrer Stirn rann das Blut über ihr Gesicht. Sie musste fort, falls ihr verspäteter Liebhaber doch noch käme. Da er im Weinberg nie ohne die gummierten Handschuhe arbeitete, die seine Finger beim Ausbrechen der Triebe vor dem rauen Holz der alten fasrigen Rebstöcke schützten, traute er sich, sie anzufassen. Im Rückblick betrachtet hatte er mechanisch gehandelt. Jede Bewegung, die er vollführt hatte, passte zur vorherigen und zur nachfolgenden. Zuerst zog er sie von der Bretterbude weg, noch im Schutz der dichten Hecken. Als sie sich regte und die ersten dünnen Laute von sich gab, hatte er nach dem Messer getastet, das die beiden damals liegen gelassen hatten, unten an der Mühle nahe bei der Selz. Seither hatte er es immer bei sich getragen. Die Blonde hätte sicher geschrien und ihn verraten – es gab keinen anderen Ausweg. Kurz hatte sie sich auf dem Bauch liegend aufgebäumt. Ein ersticktes Röcheln, dann absolute Stille. So wie er schien auch die Natur drum herum für einen Moment die Luft angehalten zu haben.

Die Unruhe war aber schnell zurückgekehrt. Die Angst davor, dass ihr älterer Liebhaber doch nach ihr suchen könnte und rastlos durchs Unterholz strich, wenn er sie in der Hütte nicht vorfände. Daher hatte er zunächst ihre Handtasche geholt und die Tote dann tief in die Gasse des alten Weinbergs gezogen. Dort vermutete sie keiner. Ein wenig Zeit hoffte er, sich damit erkauft zu haben, um ihre Habseligkeiten auf dem Rückweg in der Selz verschwinden zu lassen. Der begradigte und schnell fließende Bach hatte alles bereitwillig mit sich genommen, verschluckt vom trüben Wasser schon nach einem kurzen Moment. Nur eine Packung Taschentücher war noch etwas länger obenauf geschwommen. Sein Blick war ihr gefolgt, bis sie sich im Nirgendwo der kleinen schwappenden Wellen verlor.

Die Blonde hatte ihm bewiesen, wie einfach es war: Das Töten fiel leicht und die Umsicht dabei auch. Bei der Roten, die sich mit ihrem grauhaarigen Liebhaber schon seit einem guten Jahr im Schutz zwischen der Böschung und dem Kirschacker im Auto traf, waren seine einzelnen Schritte überlegter gewesen. Verinnerlicht ein planvoll erscheinender Ablauf, der doch auch vom Zufall angestoßen worden war. Aber von dem Moment an, in dem sie sich aus dem Wagen herausgekämpft hatte, wusste er, was zu tun war.

Sie hatte alles um sich herum ausgeblendet. Sie war schluchzend mit dem Zusammenraffen ihrer herausgeschleuderten Kleidungsstücke beschäftigt. Auch das knisternde Brechen des verdorrten Grases unter seinen tastenden Schritten hatte sie nicht gehört. Sie fiel unter seinem Schwung, schlug ein paar Mal hinter sich, ohne ihn zu treffen. Der Schreck und sein fester Griff in den gummierten Handschuhen um ihren Hals nahmen ihr die Kraft zu schreien.

Die Zeit spielte in diesen Momenten für ihn keine Rolle. Der spürbare Moment, in dem das Leben entwich. Der Hauch, den er jedes Mal hatte fühlen können.

Der Einfall, sie mit dem Pullover und der Hose aus der Plastiktüte zuzudecken, hatte ganz plötzlich Eingang in sein überlegtes Tun gefunden. Ein Symbol der Situation, weil es ihm auf einmal ungerecht erschienen war, nur sie für sein Leid zu strafen.

Er schlug die Augen auf, weil ein Geräusch den Weg in seine Ohren gefunden hatte. Ihre Bewegungen, als sie die Stufen vor der Haustür herunterkam. Schnell war er aus seinem alten VW-Bus heraus und an der Gartentür. Sie hatte ihn noch nicht gesehen. Die dunkelbraunen Haare hingen herab, ihren Blick hielt sie nach vorne auf die Treppenstufen aus Beton gerichtet. Ihre farbigen Espadrilles auf dem harten Untergrund. Jetzt sah sie ihm direkt in die Augen. Für einen Moment, in dem er deutlich erkennen konnte, wie ihr Gedächtnis arbeitete. Ihr schwaches Lächeln verriet, dass sie jetzt klar sah. Ein Blick, der ebenso den Schranken und Einheiten der Zeit entrissen war, wie die Momente, in denen er den Tod hatte spüren können.

„Was machst du denn hier?“ Ihre großen Augen, erstaunt, aber nicht erschrocken.

„So ein Zufall. Ich habe im Haus Wein ausgeliefert und auf der Klingel deinen Namen entdeckt, Klara.“

„Das ist ja witzig. Wie lange haben wir uns nicht gesehen? Jahre ist das her." Sie blickte sich unsicher um und hob dann den Müllbeutel in die Höhe. „Der muss weg. Die Windeln der Kleinen." Sie verzog das Gesicht. „Willst du auf einen Kaffee mit hochkommen? Laura schläft gerade."

Heute sah sie sehr traurig aus. Ihre geröteten Augen wirkten, als ob sie geweint hatte.

43.

Kendzierski hoffte inständig, dass er Breivogel noch am Tatort in Essenheim erreichte. Auf der gesamten Wegstrecke aus Mainz heraus, am ZDF und dem Lerchenberg vorbei, hatte er den Gegenverkehr ständig im Blick behalten. Ein Polizeiwagen war ihm nicht entgegengekommen, wobei er die zivilen Fahrzeuge der Kripo längst nicht alle kannte. Was hatte er auch heute sein Handy liegen lassen müssen. *Ihr Kollege war doch gerade eben da. Und Sie wollen, dass ich jetzt alles noch einmal erzähle?* Breivogel würde sich arg wundern von Daria mit diesen Worten empfangen zu werden und nicht lange brauchen, um schlusszufolgern, dass er nicht mit offenen Karten gespielt hatte. Der zarte Vertrauensvorschuss, den ihm der Kripobeamte entgegengebracht hatte, wäre restlos aufgebraucht und er raus aus den Ermittlungen und dem Fall, in dem er doch bis zum Hals drinsteckte. Hinter dem Forsthaus trat er das Gaspedal durch und trieb auf der leicht gebogenen Geraden in Richtung Fernsehturm seinen Škoda zu ungeahnter Geschwindigkeit.

Auf der gesamten Strecke hierher war es ihm gelungen, die Ereignisse der letzten Tage vollständig auszublenden.

Die Kapitulation vor dem scheinbar Unerklärbaren. Der Alptraum, der kein Ende nehmen wollte. Er darin gefangen, im Sog, der ihn in immer engeren Kreisen in die Tiefe zog. Seit dem Abzweig nach Essenheim wollte die Verdrängung nicht mehr recht funktionieren. Kendzierski steuerte seinen Wagen durch das Neubaugebiet den Hang hinunter. Die Ansammlung verschiedener Fahrzeuge um das Gelände des Sportplatzes herum verriet, dass die Kripo noch immer beschäftigt war. Die wieder aufkeimende Hoffnung, dass sie den entscheidenden Hinweis gefunden hatten. Das Ende seiner Qualen. Die Pein, nicht zu erkennen, wer hinter den Morden steckte und warum der Täter ihn hineinziehen wollte. Der große Unbekannte, der in der Finsternis die Strippen zog. Durchdachtes Handeln, hinter dem die wahren Absichten bis jetzt nicht zu erahnen waren.

„Verdammte Scheiße!" Kendzierski hieb mit der Rechten gegen das Lenkrad. Irgendetwas musste er übersehen, nicht richtig wahrgenommen haben. Das machte ihn rasend und noch blinder vor Wut. Der, der versuchte ihn zu treffen, in den Wahnsinn zu treiben, Rache zu nehmen oder aus dem Weg zu räumen, musste ihn kennen. Nicht unwahrscheinlich, dass sie sich schon oft begegnet waren. Kalt spürte er den Schauer auf seinem Rücken, der sich langsam seinen Weg nach unten bahnte. Er kannte seine Wege, sein Zuhause, seinen Tagesablauf. Oder war er doch der Irre, der sich aus großer Distanz am Quälen weidete? Das erschien ihm mit jedem Stück, das er näher an den neuen Tatort herankam, immer unwahrscheinlicher. Wenn sich der Zorn des Mörders auf ihn richtete, dann waren die jungen Frauen Zufallsopfer, die der Täter nur nach dem Prinzip der geringsten Entdeckungsgefahr ausgewählt hatte. Junge Frauen, die ihre geheim gehaltenen

Liebhaber im Verborgenen trafen. Wenn der Täter genau wusste, wie er ihm Schaden zufügten konnte, dann musste er doch auch seine Opfer alle schon über längere Zeit beobachtet haben. Wie war es möglich, dass ihn dabei keiner gesehen hatte?

Kendzierski spürte die Tränen in seinen Augen und wenig später auch auf seinen Wangen. Sie hatten seinetwegen sterben müssen. Ohne dass er wirklich wusste warum und wie lange das noch weitergehen würde. Das Stochern im Dunkeln, das seinen Gegner mit Freude erfüllte und ihn anfeuerte, in seinem grausamen Tun nicht zu rasten. Es musste an die Zeitung gegeben werden. Sie sollten es alle wissen. Eine Warnung, die weitere Opfer verhinderte, den Täter nervös machte. Aber ganz sicher würden sie dann auch irgendwann auf ihn kommen. Ein bohrender Journalist, den die Herkunft der Kleidungsstücke auf der zweiten Frauenleiche nicht losließ.

Er bog am Sportplatz nach rechts ab und reihte seinen Wagen in die Schlange dort bereits parkender Fahrzeuge ein. Die bekannten Autos. Ein paar Streifenwagen, zwei silbergraue VW-Transporter, einige zivil anmutende Pkw. In den Gassen zwischen den grünen Rebzeilen konnte er die ersten Schaulustigen erkennen. Gut getarnt als schwer beschäftigte Weinbergsarbeiter schoben sie sich auf die Zehenspitzen und versuchten, über das hohe Reblaub hinweg einen verstohlenen Blick auf das rege Treiben unterhalb der Böschung zu werfen. Wahrscheinlich hatten sich alle Winzer, die hier auch nur ein schmales Stückchen Rebland besaßen, mittlerweile eingefunden, um sich dem Tatort langsam entgegenzuarbeiten. Viel zu sehen, würde es kaum geben. Die Kripo hatte den schmalen Grasweg oberhalb des eingezäunten Kirschackers bestimmt abgesperrt und einen Sichtschutz errichtet. Kendzierski rannte den Betonweg weiter hinauf. Kein Lüftchen war zu spüren. Absolute Windstille, die es der Sonne leicht machte, die Temperaturen in tropische Höhen zu treiben. Krächzend balgten sich zwei Krähen um eine der wenigen in den abgeernteten Bäumen vergessenen Früchte. Faulig alkoholischer Kirschduft fand den Weg in seine Nase. Ein riesiger, matschiger Haufen direkt am Zaun, von dem kleine schwarze Wolken winziger Fliegen aufstoben, um sich gleich darauf wieder auf ihrer Beute niederzulassen. Ein Flatterband war am Abzweig in den Feldweg quer gespannt. Zwei Beamte in Uniform sicherten den Zugang. Kurz vor dem Brombeerstrauch, hinter dem sie in den Brennnesseln gelegen hatte, versperrte eine mobile Stellwand den Blick. Davor waren etliche Beamte in weißen Schutzanzügen beschäftigt. Zwischen ihnen erkannte er Breivogel, der von ihm abgewandt mit dem Handy am Ohr wild gestikulierte. Kendzierski atmete durch. Ob es wirklich etwas änderte, wusste er nicht zu beurteilen, aber es erschien ihm eindeutig vielversprechender, wenn der Kripobeamte von ihm selbst erfuhr, was sein Problem war. Das Messer, seine Cordhose und der Norwegerpullover. Die beiden Beamten am Absperrband signalisierten ihm, dass ihre Weisung wenig Toleranz erlaubte.

„Ich möchte zu Breivogel. Kendzierski, ich bin der Bezirkspolizist hier."

„Bei Ihnen ist ja ordentlich was los." Der Jüngere nickte amüsiert. Noch machten beide keine Anstalten, das Band anzuheben. Er konnte ihre Blicke auf sich spüren. Sie wanderten von oben nach unten und wieder zurück. Anscheinend überlegten sie noch, ob ein spaßiger Kommentar ausreichte.

„Da haben Sie sich aber reichlich Zeit gelassen, Herr Kollege. Der weite Weg von Nieder-Olm hier hoch und dann auch noch die Hitze, kein Schatten." Der Ältere, dessen Oberlippe ein buschiger Schnurrbart zierte, lachte in sich hinein.

Eine muntere Truppe hatten sie da an die Absperrung gestellt. Ein Wunder, dass sich die in den umliegenden Weinbergen versammelten Winzer noch nicht zum netten Vormittagsplausch eingefunden hatten. Am liebsten wäre Kendzierski einfach weitergelaufen, hätte die beiden Grinsegesichter zur Seite geschoben, um endlich herauszukommen, was bleischwer auf ihm lastete. Die beiden Kollegen grinsten jetzt übers ganze Gesicht. Zwei amüsierte Honigkuchenpferde in bester Frühschoppenlaune. Und daneben er, der Verdelsbutze, bleich und von Übelkeit gezeichnet, für die Arbeit am unmittelbaren Fundort der Leiche ohnehin nicht geeignet. *Der kotzt uns noch direkt vor die Füße. Schickt ihn doch mal einen kalten Riesling holen, für einen Kaffee ist es einfach zu heiß.*

„Ich war heute Morgen der erste hier am Tatort." Kendzierski verzog noch einmal kurz das Gesicht. Was dabei zustande gekommen war, wusste er nicht mit letzter Sicherheit zu sagen. Irgendetwas zwischen genervt und mitleidig, vielleicht auch gewürzt mit einem Hauch Arroganz. Die beiden hatten es ja nicht anders gewollt. „Die Kripo hat unendlich lange hier raus aufs Dorf gebraucht." Schnell drückte er sich an ihnen vorbei, den kurzen Moment ihrer Sprachlosigkeit nutzend. Breivogel, der sein Gespräch beendet hatte, begrüßte ihn schon winkend.

„Ich bin noch nicht dazu gekommen." Er zuckte entschuldigend mit den Schultern. „Zu wenig Personal. Ich habe eben versucht, dem Chef noch ein paar Leute aus den Rippen zu leiern. Urlaub, Krankheit, Kur." Der Kripobeamte stöhnte. „Und im Präsidium sitzt der, mit dem sie sich in der Bretterbude regelmäßig getroffen hat. Meine große Hoffnung.“ Breivogel schüttelte seufzend den Kopf. „Ich dachte, wenn wir den haben, dann haben wir den Täter. Fall gelöst. Sie wollte die Geheimniskrämerei nicht mehr, hat ihn unter Druck gesetzt, erpresst vielleicht. Der Mord an ihr sein letzter Ausweg. Jetzt beichtet er bei den Kollegen im Präsidium. Sie halten mich regelmäßig auf dem Laufenden. Er hat sich freiwillig gemeldet vor einer Stunde, weil sie nicht an ihr Handy geht und er den Bericht in der Zeitung gelesen hat.“

Kendzierski spürte seinen rasenden Puls. Ein wild hämmerndes Herz in seiner Brust, dessen Schläge ihn erschüttern ließen. Er musste ihn sehen, sofort! Von Angesicht zu Angesicht. Der große böse Unbekannte, der die beiden Frauen auf dem Gewissen hatte, um ihn damit zu treffen.

„Aber passen will es nicht. Immerhin haben wir jetzt einen Namen. Manuela Lemmer, 26. Sie wohnte in Mainz-Laubenheim. Sie ist seine Geliebte gewesen. Über ein Kontaktforum im Internet haben sie sich vor einem halben Jahr kennengelernt und treffen sich seither hier in der Bretterbude. Bei schlechtem Wetter auch mal im Hotel in Sprendlingen. Möglichst weit von zu Hause weg, weil er fürchtete, dass ihn jemand sieht. Im schlimmsten Fall seine Frau. Daher hat er wohl bei der ersten Befragung das Wort Diskretion mehr als zwei Dutzend Mal benutzt. Die Angst scheint größer als die Trauer zu sein. Aber für die Tatzeit, den Mord oben im Teufelspfad, besitzt er ein belastbares Alibi. Ein kurzfristig anberaumter Geschäftstermin mit reichlich Zeugen, unter denen neben dem Mainzer Oberbürgermeister auch noch ein paar weitere große Namen waren. Wir prüfen das gerade. Auch die Möglichkeit, dass es eine Querverbindung zum zweiten Opfer, der Rothaarigen, gibt. Die einschlägigen Chats und

Foren im Internet. Es könnte ja sein, dass er der Liebhaber beider Frauen war. Aber mir scheint, dass wir da nicht wirklich weiterkommen." Breivogel schnaufte. „Wir konzentrieren uns daher zuerst einmal auf die Spuren, die wir haben. Die Kleidungsstücke, mit denen der Täter sein Opfer abgedeckt hat, und die Suche nach einer bestimmten Marke gummierter Stoffhandschuhe. Abriebspuren dieser Arbeitshandschuhe haben wir an der ersten Leiche gefunden. Der Täter trug sie, während er die Frau in den Weinberg schleifte. Sicher kein Einzelexemplar, das uns direkt zu ihm führen wird, aber zumindest ein Ansatz. Heute Nachmittag gehen wir an die Presse mit allem, was wir bis dahin haben. Wir brauchen mehr Zeugen. Jemand, der die Pärchen beobachtet hat. Das kommt mir alles nur sehr zäh in Gang."

Kendzierski hatte das Gefühl, klatschnass zu sein. Jetzt war der Moment gekommen. Heraus damit. *Meine Hose, mein Pullover, das Messer, das ich in den Selzwiesen vor Monaten verloren habe. Der Weg zum Täter führt einzig und alleine über mich.*

Sein Kopf gestaltete Worte, erklärende Sätze, die Breivogel dazu bringen mussten, ihm Glauben zu schenken. Und selbst wenn der ihm glaubte: Mit seinem Geständnis würde er zum Zeugen werden, befangen und damit raus aus den weiteren Ermittlungen. Schweigend standen sie sich gegenüber. Jeder in seinen ganz eigenen Gedanken gefangen. Und wenn Breivogel schon längst wusste, wem die Kleidungsstücke gehörten? Kendzierski hätte es nicht für möglich gehalten, dass es ihm noch heißer werden konnte.

„Lasst ihn durch!" Breivogels laute Stimme und sein Winken brachten Kendzierskis Gedanken zurück auf den Grasweg vor dem weißen Sichtschutz.

„Vielleicht kann der uns ja weiterhelfen. Die anderen

drum herum klappern wir nachher ab. Bis dahin werden sie wahrscheinlich vollzählig vor Ort sein.“ Breivogel lächelte reichlich gequält.

Kendzierski drehte sich langsam um. In Arbeitshose, schwarzem T-Shirt und mit einer roten Schirmmütze auf dem Kopf kam ihnen Bach entgegen. Das kurze Grinsen signalisierte Kendzierski, dass er ihn erst in diesem Moment erkannt hatte.

„Heute mal nicht mit dem Feuerwehrwagen unterwegs?“ Der Winzer blickte herausfordernd. Unsicher, ob er dazu wieder grinsen sollte. Der schnelle Blick auf die Szenerie hinter ihnen schien ihn daran zu hindern.

„Sie kennen sich?“ Breivogels Augen wechselten zwischen beiden hin und her.

„Seit vielen Jahren. Mir hat unser Bezirkspolizist zu verdanken, dass er mittlerweile nicht nur Rot- von Weißwein unterscheiden kann.“

„Vielen Dank, dass Sie so schnell hierhergekommen sind.“ Breivogels Stimme klang nach Befragung. Der Dienstton hatte den Privatton abgelöst.

„Ich hatte ohnehin in den Weinbergen in der Nähe zu tun. Und ich glaube jeder von uns hier ist froh, wenn das möglichst schnell aufgeklärt wird. Drei Tote in drei Tagen, heftig für ein Dorf von gut dreitausend Einwohnern. Man kann die Veränderung mit Händen greifen. Die Angst geht um. Sobald es dunkel wird, sind die Straßen ausgestorben. Mädchen und junge Frauen gehen nur noch in Begleitung der großen Brüder oder ihrer Väter vor die Tür. Der Tatorttourismus blüht.“ Bach verzog sein Gesicht. „Der Bus aus Mainz heraus ist stets gut gefüllt und auf der Parkfläche am Ortseingang, nicht weit vom alten Schuttplatz entfernt, haben sie gestern Nachmittag keinen Platz mehr gefunden.“

„Ich weiß." Breivogel nickte. „Wir haben zwei Beamte dort abgestellt. Die Leute streunen sogar durchs Unterholz, nur um die Bretterbude zu finden und ein Foto zu machen. Die Kollegen fehlen mir dann aber bei den Befragungen von Haustür zu Haustür." Er hielt kurz inne. Schickte einen schnellen Blick über die geschäftigen Beamten um sich. „Ich will Sie auch nicht unnötig hier festhalten, Herr Bach. Der Vorsitzende des Bauern- und Winzervereins hat mir Ihre Telefonnummer gegeben, weil Ihr Weinberg direkt an diesen Grasweg stößt. Wahrscheinlich hätten wir das auch am Telefon klären können, aber hier draußen ist der Empfang mehr als schlecht. Haben Sie in den letzten Wochen und Monaten irgendetwas hier gesehen, was für uns von Interesse sein könnte? Das Opfer ist eine junge Frau von ungefähr 25 mit langen roten Haaren."

Bach überlegte. Seine Augen suchten Kendzierski.

„Der Ort hier ist ein beliebter Treffpunkt." Bach deutete mit einer knappen Kopfbewegung in Richtung des weißen Sichtschutzes. „Hier kommen immer mal Pärchen hin, die eine halbe Stunde unbeobachtet sein möchten. Die Spuren können Sie in den Büschen finden. Manchmal liegen die Kondome sogar vorne in meinem Grauen Burgunder. Im Dorf kennt fast jeder diese Ecke hier. Da ich aber zum Glück nur selten noch im Dunkeln in meinen Weinbergen arbeiten muss, habe ich selbst noch nie jemanden hier gesehen." Bach zuckte mit den Schultern. Sein Blick wanderte in die Höhe, der blaue Himmel über ihnen, das Dorf am Hang. Breivogel wollte gerade zu einer nächsten Frage anheben, als Bach seinen verlorenen Faden wiedergefunden zu haben schien. „Sie müssen meinen Weinbergsnachbarn befragen." Bach nickte. „Der macht das im Nebenerwerb, als Hobby-Winzer, weil er die Flächen von seinen Eltern geerbt hat. Der wollte sie auch mir nicht verpachten, obwohl er oft nur am Sonntag, frühmorgens oder spätabends dazu kommt, die notwendigen Handarbeiten zu machen. Der könnte sicher mehr sagen. So viele Kondome, wie man hier in den Hecken sieht, muss das ein rege frequentiertes Plätzchen sein." Bach grinste jetzt kurz. Er sah Kendzierski belustigt an. „Sie kennen den übrigens recht gut."

Quälend lang zog sich die Stille. Kendzierskis fragender Blick. Und Bach, der den Moment auszukosten schien. *Der Weinbergsnachbar, keine Ahnung, warum man darum einen solchen Hokuspokus machen musste.*

„Ihr Feuerwehrkollege, Joachim Borngässer." Bach beobachtete die Reaktion in Kendzierskis Gesicht. „Seine Mutter stammt von hier. Sie hat nach Nieder-Olm geheiratet, aber die Weinberge in Essenheim immer behalten. Jetzt macht sie der Joachim neben seiner Arbeit bei der Feuerwehr. Wenn einer etwas gesehen hat, die verschiedenen Pärchen, die sich hier regelmäßig treffen, dann er."

44.

Mit dem Suppenlöffel schaufelte sie Zucker in die Pfanne. Drei, vier, fünf. Die Butter war längst geschmolzen und warf erste Blasen am Rand. Schnell faltete sie die Zuckertüte zu und zog den grünen Gummiring vom Handgelenk, mit dem sie das Ganze wieder fest verschloss. Besser wäre es, den Zucker später noch in eines der großen Bügelgläser umzufüllen. Wenn noch Zeit blieb, würde sie das in Angriff nehmen. Die Getreidemotten war sie gerade erst losgeworden. Eine sauber verschlossene Tüte türkischer Haselnüsse. Da mussten sie schon drin gewesen sein und sich von dort über die Haferflocken bis ins Gewürzregal vorgearbeitet haben. Der Rosmarin hatte sich bewegt, sonst hätte sie es gar nicht bemerkt. Sie schüttelte sich vor Ekel bei dem Gedanken, dass nicht viel gefehlt hätte, und das wäre alles in ihrem Gulasch gelandet.

Der Geruch des karamellisierenden Zuckers holte sie aus ihren Gedanken. Schnell rührte sie ihn mit dem Holzlöffel durch und kontrollierte die Hitze. Er mochte es am liebsten mit Haselnusssplittern. Sie hatte deswegen extra welche gekauft, obwohl sie das nach den Erfahrungen mit den Motten eigentlich nicht mehr hatte machen wollen. Aber kein Frankfurter Kranz ohne Krokant und wenn der Junge den gerne mit Nüssen wollte, dann bekam er ihn. Sie spürte die wohlige Wärme in ihrer Brust. Endlich fügte sich doch alles. Es wurde ja auch höchste Zeit. Sie zog die Pfanne von der Platte und rührte alles noch einmal gut durch. Dann musste sie nachher nicht mehr so lange den abgekühlten Krokant bearbeiten. Schnell warf sie einen Blick auf die Küchenuhr über der Tür. Halb eins. Sie atmete beruhigt aus. Reichlich Zeit, weil der Kaffeetisch im Wohnzimmer schon gedeckt war. Das alte Porzellan mit dem Goldrand. Wertvolle Erbstücke ihrer Großmutter, die auch damals schon nur bei ganz besonderen Anlässen hervorgeholt worden waren. Also wann, wenn nicht heute? Sie musste sich nur noch selbst herrichten. Die Haare kämmen und das geblümte Kleid anziehen. Vorhin hatte sie kurz überlegt, ob sie nicht doch noch schnell zum Frisör hätte gehen sollen. Dann wäre aber der ganze Zeitplan vollständig durcheinandergekommen. Um vier wollte er hier sein und sie mitbringen. Auch wenn es die alte Freundin war, die sie schon kannte, so wollte sie sie doch gebührend und herzlich willkommen heißen.

Es war die Freude für ihn, die ihr über alle Bedenken hinweghalf.

45.

Ich hätte nie geglaubt, dass ich mal einen solchen Fall auf den Tisch bekommen würde." Breivogel neben ihm schnaufte. Kaum einzuordnen, ob es die Anspannung oder eine drückende Last war, die diese Regung ausgelöst hatte. Kendzierski hatte sich dem Kripobeamten bereitwillig angeschlossen. *Wenn Sie den Weinbergsnachbarn kennen, dann kommen Sie doch mit.*

„Da lang." Das war jetzt aus seinem Mund gekommen. Ein Reflex, seine Bewegung mit der rechten Hand dazu, die Breivogel am Steuer seines Passats die Ausfahrt aus dem Kreisel auf der Pariser Straße in Richtung Bahnhof andeuten sollte. Der Adresse nach musste es eines der kleinen Gehöfte auf der linken Seite sein, die sie kurz vor dem frisch renovierten Bahnhofsgebäude erreichten. Klara hatte dort immer schon mal hingewollt. Der Bau aus den Sechzigern war in den letzten Jahren aufwendig saniert und zu einer kleinen Veranstaltungshalle ausgebaut worden, in der regelmäßig Jazzkonzerte stattfanden. An einen Bahnhof erinnerte das kaum noch.

„Der große Raum im Präsidium wird für die Pressekonferenz heute Nachmittag kaum ausreichen." Jetzt war es eindeutig ein Stöhnen gewesen. „Als junger Kripobeamter träumt man davon. Internationales Medieninteresse, alle Kameras auf einen gerichtet. Der große Fall, in dessen Mittelpunkt man selbst steht. Und jetzt habe ich Herzrasen bei dem Gedanken daran. Ein Dutzend Kamerateams hat sich schon angemeldet. Alle deutschen Sender und noch ein paar aus dem Ausland dazu."

„Hier!" Der hellgelbe Backsteinbau gleich links musste es sein. Ein herrschaftliches Wohnhaus zur Straße, reich verziert. Breivogel parkte seinen Wagen ein Stück weiter auf der rechten Seite, halb auf dem Bürgersteig.

„Ich habe ja Sie dabei. Da kann mir nichts passieren."

Kendzierski erwiderte das gequälte Grinsen. Unzählige Male war er schon auf der Bahnhofstraße an diesem Gebäude vorbeigekommen. Ein prachtvolles Wohnhaus, an das sich das Hoftor anschloss, über dem ein Weinstock quergezogen war. Einige grüne Ranken hingen weit herab. Kaum wahrnehmbar bewegten sie sich im sanften Zug der vorbeifahrenden Autos. Wie ferngesteuert trottete Kendzierski hinter dem Kripobeamten her. Wahrscheinlich war Joachim schon längst wieder unterwegs. Mit dem alten Feuerwehrwagen und heute ohne den gewohnten Beifahrer. Es war also sinnlos hierherzukommen und vor dem verschlossenen Hoftor zu stehen.

„Ja?" Breivogel presste sich das Handy an sein Ohr. Das Klingeln hatte Kendzierski nicht gehört. Er war nur halb da. Der größere Teil seiner Aufmerksamkeit kreiste fernab auf fremden Wegen.

„Das passt ins Schema." Der Beamte nickte mehrmals. Sie standen jetzt vor dem Hoftor. Breivogel ließ sein Telefon in der Innentasche seines Sakkos verschwinden. „Auch der Liebhaber der Rothaarigen hat sich gemeldet. Die Nachricht ist schon über den Ticker gegangen und als Eilmeldung durchs Internet. Das bekommen viele dann direkt aufs Handy. Sie haben sich gestern spätabends getroffen und sind im Streit auseinander. Er hat sie deshalb nicht zur Bushaltestelle gebracht, wie sonst immer." Breivogel schüttelte den Kopf, während er Kendzierski weiterhin fragend ansah. „Einfach im Weinberg stehen gelassen hat er sie und ist zurück nach Hause zu Frau und Kindern. Auch hier eine junge Freundin, Mitte zwanzig und ein deutlich älterer Partner, der jetzt um Diskretion bittet. Man könnte fast glauben, die gehörnten Ehefrauen hätten sich zum Rachefeldzug aufgemacht, um die Gespielinnen ihrer Männer aus dem Weg zu räumen." Breivogel wandte sich ab und suchte nach einer Klingel an der Hauswand neben dem Hoftor. „Dann sollten wir schon mal anfangen, alle weiteren Liebesnester im Umkreis zu überwachen, falls noch mehr Ehefrauen auf Rache sinnen." Er lachte kurz auf.

Kendzierski drückte die Klinke und schob die Tür im Hoftor auf. Es trieb ihn voran. Die Zeit, die unerbittlich verrann. In ein paar Stunden lag die erste Analyse seines Pullovers und seiner Cordhose vor. Er musste wissen, ob Joachim irgendetwas gesehen hatte. Jeder noch so kleine Hinweis konnte entscheidend sein. Große runde Tonkübel, aus denen bunte Blütenmassen quollen, standen an der Hauswand entlang. Ein sauberer und gepflegter Innenhof mit einer alles dominierenden Kastanie in der Mitte. Der Hauseingang musste auf der Rückseite sein, die sie jetzt erreichten. Das helle Kopfsteinpflaster führte noch ein Stück weiter und endete an einem großen dunklen Scheunentor. Auf der obersten Stufe einer breiten rötlichen Sandsteintreppe erwartete sie bereits eine ältere Dame in einem Kleid mit großen roten, grünen und gelben Blüten.

„Guten Tag, die Herren, ich habe Sie hereinkommen sehen."

„Wir haben keine Klingel am Hoftor gefunden." Breivogel hatte übernommen.

„Die hat es dort auch noch nie gegeben. Unser Hoftor ist offen, wenn ich daheim bin. Und wer zu uns findet, ist willkommen."

„Wir wollten zu Joachim Borngässer."

„Mein Sohn ist nicht zu Hause. Der hat heute Urlaub." Sie richtete sich kerzengrade auf und blickte herausfordernd auf sie hinab. Die Nase in die Sonne gereckt schimmerte ihr weißes Haar in diesem Licht leicht violett. Ihre Gesichtszüge waren glatt, auch um die Augen und den Mund herum. Die weißen Haare ließen sie älter wirken. Vielleicht Mitte sechzig. Joachim hätte er auf Mitte, Ende dreißig geschätzt. Das passte.

„Wie können wir ihn denn erreichen?"

Sie legte den Kopf noch ein wenig mehr in den Nacken. Ihre spitze Nase stand jetzt fast senkrecht in die Höhe. „Da werden Sie heute kein Glück haben. Der ist nicht zu erreichen. Kommen Sie morgen wieder."

Kendzierski spürte, wie ihm die Hitze in den Kopf schoss. Zorn und Ungeduld, keine gute Mischung für eine kluge Gesprächsführung mit einer selbstbewussten älteren Dame. Und diese schien ihre kleine Unterhaltung nun auch noch als beendet anzusehen. Auf der obersten Treppenstufe drehte sie sich bereits leicht zur Seite. „Sie entschuldigen mich. Ich habe noch reichlich Vorbereitungen zu treffen."

„Wo ist er!" Einem scharfen Befehl gleich war das aus Kendzierski herausgekommen.

Joachims Mutter hielt abrupt in der Bewegung inne und sah ihn erschrocken an.

„Ich wüsste nicht, was Sie das angeht, junger Mann!" Sie war jetzt deutlich ungehalten. „Ich darf doch bitten!"

Breivogel warf ihm einen knappen missbilligenden Blick zu. Ganz die Ruhe selbst, der dicke Kripobeamte, der es zu genießen schien, der Hektik des Tatorts entkommen zu sein. „Wir müssen in einer sehr, sehr dringenden Angelegenheit mit ihm sprechen." Breivogel legte seinen Kopf verständnisheischend schräg, *Schwiegermutters Liebling*. Ihr Blick hellte sich auf. Wahrscheinlich würde sie den Kripobeamten nachher zu Schwarzwälder Kirschtorte einladen, während er draußen im Auto warten konnte. Sie kostete den Moment der abwartenden Stille bis zum Letzten aus.

„Er möchte mir nachher seine neue Freundin vorstellen. Am Nachmittag zu Kaffee und Frankfurter Kranz." Ein seliges Lächeln trat auf ihr Gesicht. Für einen Wimpernschlag hielt sie die Augen geschlossen. „Viel erzählt hat er nicht. Aber es würde mich nicht wundern, wenn es diejenige ist, mit der er vor ein paar Jahren schon einmal zusammen war. Sie hat ihn damals für einen älteren Mann verlassen. Ich hätte sie nicht zurückgenommen, aber letztlich bin ich froh, dass er überhaupt noch eine abbekommen hat. Er ist doch schon 36." Sie seufzte erleichtert.

„Können wir ihn über das Handy erreichen?"

„Ach, das hat er selten dabei, wenn er nicht im Dienst ist." Sie hielt inne, scheinbar ringend mit sich selbst und der Frage, wie weit sie gehen durfte. „Klara Degreif, aber ich habe keine Ahnung, wo sie im Moment wohnt. Aber bitte sagen Sie ihm nicht, dass Sie das von mir haben." Entrückt lächelnd wanderte ihr Blick auf die Fensterbank neben sich. Dort stand in der prallen Sonne auf einer dunkelblauen Kuchenplatte ein Frankfurter Kranz. Das Letzte, was Kendzierski erkannte, war ein flacher See geschmolzener Butter um ihn herum.

Danach wurde ihm schwarz vor Augen.

46.

„Komisch, dass wir uns in den vielen Jahren nie gesehen haben. Willst du Zucker, Milch?"
Klara goss ihm Kaffee ein. Zum Glück hatte sie die Spuren von Pauls Wüten im Flur bereits beseitigt, bevor sie sich mit dem Windelbeutel auf den Weg nach unten zur Mülltonne gemacht hatte. Die Tür zum Schlafzimmer konnte sie im Vorbeigehen zuziehen, sodass Joachim der Blick auf das Chaos dort drinnen verwehrt und ihr ein Erklärungsversuch erspart blieb. Sie spürte seine Augen auf sich ruhen. Konzentriert hielt sie die Kaffeekanne und mühte sich redlich, nicht zu sehr zu zittern. Sie konnte trotz aller Bemühungen nicht verhindern, dass die Tassen, die Kanne und der Tisch verschwammen. Tränen traten ihr in die Augen. Joachim war nicht der, mit dem sie das aus dem Nichts über sie hereingebrochene Unheil besprechen wollte. Der Ex als Seelentröster. Das passte nicht. Mit der linken Hand wischte sie die Tränen weg. Er behielt sie weiter im Blick. Das konnte ihm alles kaum verborgen bleiben.

„Und was hast du in den letzten Jahren so gemacht?" Klara sah ihn an. *Was machst du so, Frau, Kinder?* Vollkommen bescheuert. Sie bereute es bereits, dass sie ihn hier hoch eingeladen hatte. An jedem anderen Tag ja, aber heute und in diesem Gefühlschaos, in dem sie sich befand, war das einfach nur idiotisch. Sie wollte schreien, weinen, Pauls Klamotten im Schlafzimmer herumschleudern, um zu verstehen. Erklärungen suchen für das, was er ihr angetan hatte. Die Distanz zwischen ihnen, die schon mit der Schwangerschaft begonnen hatte, noch verstärkt als Laura auf der Welt war. Alles nicht mehr so wie davor. Die Umarmungen seltener, hölzern und unbeholfen. Kaum körperliche Nähe. Die ständige Müdigkeit, die sie beide lähmte. Sie ärgerte sich über die Tränen, die ihr jetzt schon wieder in die Augen traten. Und Paul suchte sich Abwechslung und Zerstreuung im Puff. Die verstreut liegenden Klamotten aus seinem Schrank als die endgültige Flucht? Ohne Vorwarnungen, ohne Anzeichen. Das wollte einfach nicht in ihren Kopf. Und am gleichen Tag stand Joachim vor ihrer Tür. Die miesen Wendungen des Schicksals. Sie konnte die Last fühlen, die auf ihren Brustkorb drückte. Das Atmen fiel ihr unendlich schwer.

„Ach, nicht viel. Ich wohne immer noch bei meiner Mutter. Sie braucht mich. Alleine käme sie kaum noch zu Rande. Sie ist zeitweise schon recht verwirrt. Backt nachts Kuchen, weil sie keine Ruhe findet." Er zuckte mit den Schultern und sah ihr in die Augen. Sie versuchte seinem Blick standzuhalten und sich zumindest den Ansatz eines mitfühlenden Lächelns aufs Gesicht zu zwingen. Das Klingeln des Telefons irgendwo im Flur ließ sie zusammenzucken. In der Bewegung stockte sie. Erstarrt für einen kurzen Moment. Wenn er das war? Paul? Umständliche Erklärungsversuche für das, was passiert war, was ihn angetrieben hatte. Zähe Bemühungen für ein Quantum Verständnis. Es schnürte ihr schon bei dem Gedanken daran den Hals zu. Keinen Ton würde sie herausbekommen. Heulend den Hörer in der Hand, schluchzend, erstickt und sprachlos. Nein, das machte keinen Sinn. Sie musste erst in Ruhe nachdenken über all das, was über sie hereingebrochen war. Ein paar Stunden, in denen sie Ordnung in das Chaos zu bringen gedachte.

Joachim sah sie fragend an.

„Nicht jetzt, wo wir uns so viele Jahre nicht gesehen haben." Das Klingeln erstarb. Dafür konnte sie das Surren ihres Handys auf der steinernen Arbeitsplatte in der Küche hören. Ganz leise meldete sich ihre Tochter zu Wort. Klara warf einen schnellen Blick auf ihre Armbanduhr. Kurz nach zwölf. „Laura ist wach. Sie braucht frische Luft. Willst du mitkommen? Den Kaffee können wir auch nachher fertig trinken. Ich muss sie nur schnell anziehen und ein Gläschen einpacken. Sie bekommt bald Hunger auf ihr Mittagessen." Ohne eine Antwort abzuwarten, lief sie in Richtung Kinderzimmer. Sie musste raus hier, so schnell wie nur möglich. Die Enge nahm ihr die Luft zum Atmen.

47.

Verdammt!" Kendzierski brüllte in den blauen Himmel. Die harten Bruchsteinwände der Häuser, die gelb-roten Backsteine dazwischen, sie warfen den Schall seines Schreis zurück. Zerfetzt die Stille, die noch bis eben geherrscht hatte. Das Knistern und Tuten an seinem rechten Ohr. Er hatte Breivogels Handy so fest an seinen Kopf gedrückt, dass es schmerzte. Kein Wort wollte er verpassen. *Schließ die Tür ab. Lass keinen herein. Wir sind in ein paar Minuten bei dir. Ich erkläre dir dann alles. Auf gar keinen Fall aufmachen, hast du mich verstanden? Niemandem, auch ihm nicht.* Verdammt, wo war Klara? Und warum ging sie nicht an ihr Handy?

Laura! Sie musste mit ihr beschäftigt sein, sie wickeln oder aus dem Bett holen. Dann ging sie nie an ihr Telefon. Sie mussten los, so schnell wie nur möglich. Kendzierski spürte, wie alles in ihm raste. Sein Herz schlug hämmernd in seiner Brust. Hektisch suchte sein Atem, Schritt zu halten. Es rauschte in seinen Ohren. Breivogels Handy hielt er ausgestreckt in der Rechten. Der Kripobeamte langte danach. Aus großen Augen starrte er ihn fragend an.

„Wir müssen zu mir. Er will dorthin!"

„Klara Degreif?"

Kendzierski nickte und lief los. Es waren nur noch ein paar Meter bis zum Auto. Das Rauschen in seinen Ohren überlagerte alles. Das Zetern der Spatzen in der von der Hitze gezeichneten Forsythie neben ihm. Der Zug am nahen Bahnhof, der quietschend zum Stehen kam. Ein Signalhorn, das zweimal erklang.

„Warum haben Sie denn nicht schon früher etwas gesagt?" Breivogel mühte sich, Schritt zu halten. Schnaufend folgte er Kendzierski mit ein paar Metern Abstand.

„Ich hatte doch keine Ahnung, dass er es auf sie abgesehen hat! Auf mich ja, aber nicht auf Klara." Fast flehend hatte das geklungen.

„Auf Sie?"

Beide hatten jetzt den Passat Breivogels erreicht. Der Kripobeamte schüttelte den Kopf, weit davon entfernt, die Zusammenhänge erfassen zu können. Obwohl sie gehetzt waren, war Kendzierski die kurze Wegstrecke wie eine Ewigkeit vorgekommen. Hinein in den Wagen, mit quietschenden Reifen gestartet. Die Schranke war unten, der Zug stand noch im Bahnhof.

„Schnell hier rechts, wir fahren außen herum. Das kann dauern, bis die hier wieder aufmachen."

„Soll ich die Kollegen rufen? Brauchen wir Verstärkung?" Breivogel starrte ihn kurz an. Auf seinem Gesicht standen unzählige kleine Schweißtropfen.

„Wir müssen so schnell wie möglich zu mir nach Hause. Ich bin so blind gewesen!"

Kendzierski rieb sich über die Augen. „Ich war ihm die ganze Zeit so nahe und habe es nicht bemerkt." Er schüttelte sich, während sie an dem alten Fabrikgelände einer Fruchtsaftfabrik vorbeirasten, das mittlerweile zum Einkaufszentrum umfunktioniert worden war. Die entscheidenden Minuten. Wie lange war er schon bei ihr? Ein kurz aufglimmender Hoffnungsschimmer: Vielleicht war sie gar nicht daheim? Und Joachim nicht auf dem Weg zu ihr? Eine irre Vorstellung. Die verwirrte Mutter. Der in der prallen Sonne schmelzende Frankfurter Kranz. Sie hatte Dinge vermischt, die nicht zusammengehörten. Hoffnungen ohne wirkliche Grundlage.

Klara hatte nie von den Ex-Freunden vor ihm erzählt, er nie danach gefragt. Was hatte das auch mit ihm zu tun? Der Altersunterschied. Es passte in das Schema. Der Hass auf Frauen, die sich mit älteren Partnern einließen. Eisige Kälte umschlang ihn. Ein Hass, den Joachim auch für Klara hegte, der ihn antrieb, jetzt in diesem Moment bei ihr daheim? Kendzierski wehrte sich gegen diese Gedanken. Sträubte sich und vermochte sie doch nicht zu unterbinden.

„Schneller!" Er schrie es heraus. Obwohl er doch wusste, dass Breivogel kaum mehr tun konnte. Die kurvige Strecke. Das quälende Warten, bis man sie auf die Hauptstraße ließ, nur um sofort wieder links abzubiegen. Am Roten Kreuz vorbei, der Rettungszentrale für das Selztal. Breivogel fingerte sein Handy heraus, ohne die Geschwindigkeit zu reduzieren.

„Wenn er der Täter ist, dann brauchen wir Verstärkung. Er wird nicht unbewaffnet unterwegs sein. Wir bekommen das in den Griff." Ein knapper mitfühlender Blick in seine Richtung. „Breivogel hier. Schick mir vier Mann für einen Zugriff im Nieder-Olmer Neubaugebiet." Der Kripobeamte sah ihn fragend an.

„Tresterweg 36." Kendzierski hatte es fast gebrüllt.

„Genau. Möglichst schnell. Kein Blaulicht, keine Sirene ab dem Ortseingang. Wir wollen ihn nicht aufschrecken. Gib in der Zentrale Bescheid. Mögliche Geiselnahme." Breivogel schnaufte, während er sein Telefon zurück in der Innentasche seines Sakkos verschwinden ließ.

„Waren das Ihre Klamotten? Auf der Leiche."

Kendzierski nickte. Es war jetzt sowieso zu spät und sinnlos, weiter den Unbeteiligten zu mimen.

„Es war Ihnen deutlich anzusehen, dass irgendetwas nicht stimmte. Woher hat er die?"

„Keine Ahnung. Ich habe alles durchwühlt bei mir. Vielleicht war er in unserer Wohnung. Ich konnte Klara nicht mehr fragen, ob sie die Sachen in die Altkleidersammlung gegeben hat. Die Container stehen bei uns gleich um die Ecke. Er hat sie vielleicht dabei beobachtet und die Tüte abgegriffen."

Kendzierski zitterte. Der Gedanke daran trieb ihm den kalten Schweiß auf die Stirn. Sie waren jetzt endlich auf der Straße nach Zornheim, auf dem Weg zum Kreisel, von dem es in Richtung des Neubaugebietes in den Weinbergen abging. Wie eine endlose Reise kam ihm das vor. Wenn sie ihm nur nicht aufmachte, ihn nicht hereinließ!

„Kann ich es noch mal versuchen, vielleicht erreiche ich sie jetzt."

Breivogel hielt ihm das Handy hin. Kendzierski drückte mit zitternden Fingern darauf herum. *Bitte, bitte, geh dran!* Ein Freizeichen, die Tonfolge der Wahlwiederholung. Das Klingeln, keine Reaktion. Wo war Klara? Breivogel beschleunigte aus dem Kreisel heraus. Quietschende Reifen auf trockenem Asphalt. Der Geruch von verschmortem Gummi stieg ihm in die Nase. Noch im Fahren schleuderte Kendzierski die Tür auf.

„Warten Sie auf mich!" Den Befehl des Kripobeamten hörte er nicht mehr. Er rannte, so schnell er nur konnte, die Betonstufen zum Hauseingang hinauf. Im Laufen zog er seinen Schlüsselbund aus der Hosentasche. Im Flur hallten seine Schritte. Es roch nach Reinigungsmittel. Frisch gewischt. Wahrscheinlich war der Putztrupp heute Morgen da gewesen. Hatte der Kinderwagen unten gestanden? Unter der Treppe war ihr Platz dafür. Den Bügel mit den Gummigriffen und der Handbremse konnte man beim Hinaufgehen erkennen. Er hatte nicht darauf geachtet. Blind vor Aufregung und der marternden Angst um Klara und seine Tochter.

„Klara!" Er brüllte in die Wohnung hinein, noch bevor er die Tür ganz aufgedrückt hatte. „Klara, wo seid ihr?" Schnelle Schritte über den Teppich im Flur. Absolute Stille. Keine Antwort. Die Tür zum Kinderzimmer gleich nach der Garderobe links stand offen. Die Schlafzimmertür war zu. Er stieß sie schwungvoll auf. Das Chaos, das er angerichtet hatte. Im Wohnzimmer war auch niemand. Ihr Geruch, den er so sehr liebte, der sich verband mit dem Duft der Reinigungstücher, die sie für Laura verwendeten. Sein Blick irrte suchend umher. Der Esszimmertisch. Die Kaffeekanne, eine Milchpackung, zwei Tassen. Der Schmerz in seiner Brust drückte ein gequältes Seufzen aus ihm heraus. In beiden Tassen war Kaffee, zur Hälfte gefüllt. Zitternd näherten sich seine Finger. Die Angst, sie umzustoßen. Die Tasse war warm. Seine Fingerspitzen verharrten einen Moment am Porzellan. Als ob sie hofften, noch mehr zu erfahren.

Wo war er hin mit ihnen?

48.

Tief sog er den Geruch in sich hinein und schloss für einen winzigen Moment die Augen. Wollte dieser Moment doch ewig wären! Unvergänglich der Sommerduft, der sich mit ihrem verband. Das Knirschen unter den Rädern des Kinderwagens. Sie beide nebeneinander. Die Blicke der Entgegenkommenden verrieten es. Wohlwollendes Lächeln. Die Freude am Glück der anderen. Das junge Paar, ihr gemeinsames Kind im Wagen davor. Für alle sah es so aus, als ob sie beide zusammengehörten. Nicht nur in diesem Moment, sondern für immer. *Wenn ich dir doch nur sagen könnte, was ich alles getan habe, um dich wiederzubekommen.*

Er verbot sich diesen Gedanken augenblicklich. Alles eine Laune des Zufalls, dass es genau so gekommen war. Jener Vormittag, an dem die Blonde an seinem Weinberg am Schuttabladeplatz auf ihren hohen Absätzen unbeholfen vorbeigestolpert war. Um den Anschluss bei den notwendigen Laubarbeiten nicht zu verlieren, hatte er auch an jenem Morgen zwei Stunden vor Dienstbeginn im Weinberg gearbeitet. Ein Zufall, wie ihre Reaktion auf seinen Scherz mit der verschlossenen Tür. Ihr Bitten und Betteln hatte er jetzt noch im Ohr. So präsent, wie das dumpfe Geräusch, als ihr Schädel mit voller Wucht auf den hölzernen Türrahmen traf. Was hatte sie sich auch die gesamte Dose ihres Pfeffersprays ins eigene Gesicht sprühen müssen. Das Blut war aus der klaffenden Wunde unterhalb des Haaransatzes gequollen.

Hätte er sie so einfach liegen gelassen, alles wäre ganz anders gekommen. Und er würde in diesem Moment nicht hier neben Klara laufen. Sie ganz nahe bei ihm. Ihre Arme berührten sich fast. Unsichtbar verband sie das gemeinsam Erlebte, die Vergangenheit und das, was noch vor ihnen beiden lag. Egal wie lange und intensiv es werden würde, er war bereit, jede Sekunde in sich aufzunehmen und zu speichern. Eingravierte, tiefe Furchen, die durch nichts zu löschen waren. Auf dass er ein ganzes langes Leben von diesen Momenten würde zehren können. Er schlug die Augen auf und atmete die warme Sommerluft tief in sich hinein.

Mit ihm würde Klara nicht mehr weinen müssen.

49.

Sie können nicht weit sein!"

Kendzierski brüllte es heraus, obwohl Breivogel direkt hinter ihm stand. Der kräftige Kripobeamte im ausgebeulten blauen Sakko schnaufte schwer. Über seine Wangen rannen breite Ströme von Schweiß.

„Aber wohin?"

Kendzierski schüttelte den Kopf. Seine Lippen formten Silben, ohne dass er einen wirklichen Ton herausbrachte. Sinnlose Bewegungen, weil es keine Antwort auf diese Frage gab. Weg, Klara und Laura mit ihm. Sie beide in seiner Gewalt. Kendzierski spürte, wie alles vor ihm verschwamm. Tränen schossen ihm in die Augen. Sein Magen verkrampfte sich. Tastend bewegte er seine Hände. Halt suchend an der Stuhllehne direkt vor ihm.

„Draußen stand ein alter VW-Bus. Gegenüber auf der anderen Straßenseite. Verdreckt mit einem grünen Landwirtschaftsschild hinter der Windschutzscheibe. Würde mich nicht wundern, wenn das sein Wagen wäre. Zumindest passt er nicht hier in die Neubauumgebung. Sie müssen also zu Fuß unterwegs sein." Breivogel blickte ihn fragend an. Seine Theorie, für die er Zustimmung suchte. Der Strohhalm, an den Kendzierski sich so gerne geklammert hätte. Die Angst lähmte ihn. Unfähig zu reagieren. *Verdammt, renn los!* Sie konnten doch gar nicht so weit sein. Fünf, zehn, fünfzehn Minuten Vorsprung, mehr nicht. Hinunter in Richtung Zentrum, zu ihm. Oder am Hang entlang in die nahen Weinberge. Wo wollte er hin mit ihnen? Ein Irrer, der zwei Frauen ermordet hatte. Unschuldige Opfer, denen ihre Liebesbeziehung zu älteren Männern zum Verhängnis geworden war. Aufgestauter Hass, der sich jetzt entlud. Ein Hass, der zuletzt die treffen sollte, die er für sein langes Leiden verantwortlich machte.

„Kendzierski, wir müssen sie suchen. Bis die Verstärkung vom Tatort in Essenheim da ist, kann es noch ein paar Minuten dauern." Breivogel hatte seine Schultern mit beiden Händen gepackt und schüttelte ihn.

„Fahren Sie die Straßen drum herum ab. Ich gehe in die Weinberge. Dort gibt es mehrere größere Obstfelder und zwei Schuppen. Vielleicht bringt er sie dahin. Klara ist etwas kleiner als ich, lange, glatte, dunkelbraune Haare. Ihn kennen Sie ja."

Kendzierski rannte los. Mehrere Stufen auf dem Weg hinunter nahm er auf einmal. Der Kinderwagen war weg. In der Zwischenzeit konnten sie fast überall sein. Und wenn das nicht sein Auto war, der VW-Bus gegenüber? Er verdrängte jeden weiteren Gedanken in diese Richtung. Mit Schwung sprang er den Zaun auf der Rückseite des Hauses an und zog sich in die Höhe. Wankend unter seiner Last schaffte er es dennoch, das rechte Bein hinüberzubringen und ausreichend Halt zu finden, um seinen Restkörper folgen zu lassen. Der kürzeste Weg in die Weinberge. Wenn sie zu Fuß und mit dem Kinderwagen hier unterwegs waren, dann konnte er sie vielleicht oben vom Hang aus sehen. Schwer atmend hetzte er zwischen zwei Rebzeilen hinauf. Saftiges Grün zu beiden Seiten, totes Gras unter seinen Füßen. Die Hitze hatte ganze Arbeit geleistet. Kein Windzug ging hier. Stauhitze, die auch das letzte Restchen Feuchtigkeit aus dem Boden saugte. Tiefe Risse im gebackenen Erdreich zwischen den knorrigen Rebstöcken. Spalten, in die seine ganze Hand hineingepasst hätte.

Stöhnend erreichte er das Ende der Zeile. Die letzten Schritte machte er rückwärts, um den Blick schweifen zu lassen. Hektische Suche. Wild huschten seine Augen umher, ohne Plan und System. Die Hoffnung auf das erlösende Bild. Klara mit dem Kinderwagen. Ganz alleine beim Nachmittagsspaziergang. Alle Aufregung umsonst. Nur die Ausgeburt eines panischen Geistes. Zertrümmerte Hoffnungen jetzt schon, weil sie ganz sicher nicht zwei Tassen Kaffee eingegossen hatte, um diese dann halbvoll stehen zu lassen. Kendzierski ballte seine Fäuste, bis alles Blut aus ihnen heraus war. Tief gruben sich seine Fingernägel in das Fleisch der Handflächen. Er wollte den Schmerz fühlen in diesem Moment. Einen Schmerz, der nicht seiner Brust entstieg. Oberflächlichen Schmerz, der aber nicht zu spüren war. Denn er war betäubt von der Angst, die ihn regierte. Nichts zu sehen. Kein Mensch weit und breit. Eine kurze Bewegung nach rechts, nach links. Unentschlossen, wohin er weiterrennen sollte. Machte das überhaupt Sinn? Aber er konnte doch nicht hier ins dürre Gras sinken und weinend ausharren, bis sie die beiden gefunden hatten. Er musste weiter. Nach links auf dem ausgefahrenen Feldweg, ein paar hundert Meter und dann in einem Bogen hinauf und in die andere Richtung. Unmöglich, dass sie schon bis nach Zornheim gelaufen waren. Was hatte der bloß vor?

Den ersten Schuppen erreichte er über einen Grasweg, auf dem er jetzt entlangrannte. Wenn Joachim das alles vorbereitet und geplant hatte, dann war es vielleicht jetzt schon zu spät. Wie vom Blitz getroffen durchzuckte es ihn. Ein einziges Bild, das sich als Momentaufnahme in seine Netzhaut fraß. Klara mit dem Kinderwagen, Joachim dicht neben ihr. Sein Arm ruhte auf ihrer Schulter. Ihr Kopf sachte angelehnt an ihn. *Ihr Halt, der Tröster.* Als ob sie zusammengehörten. Kendzierski spürte den Druck auf seinem Hals. Vorsichtig lief er geduckt weiter. Jeden Schritt behutsam gesetzt, nahe an den Rebzeilen, um schnell zwischen dem dichten Laub Deckung zu finden. In sich gekehrt beide, das Drumherum ausgeblendet. Ein gutes Dutzend schneller Schritte lag jetzt nur noch zwischen ihnen. Er rannte auf Zehenspitzen voran, die Atmung auf ein Minimum reduziert. Noch ein paar schnelle Schritte, dann reichlich Schwung.

Kendzierski traf ihn mit dem Knie voran im Rücken, sodass er von Klara weggeschleudert wurde. Ein dunkler Schrei, von dem Kendzierski nicht zu sagen wusste, ob er nicht doch aus seinem eigenen Mund gekommen war. Mit voller Wucht warf er sich auf ihn, drückte ihn nieder und schlug zu. Auf seinen Hinterkopf, immer wieder.

Aus weit aufgerissenen Augen starrte ihn Klara an. Über ihre Wangen rannen die Tränen. Der Anblick ließ ihn in der Bewegung erstarren. Kendzierski kam zu sich. Er konnte nicht weiter zuschlagen.

Epilog

Klara war weg. Paul Kendzierski spürte den Druck auf seinem Magen. Der Blick in den Kleiderschrank. Die Leere, die ihn herausfordernd angrinste. *Bitte ruf mich nicht an. Meinetwegen mussten zwei Menschen sterben. Ich brauche die Zeit, um alles zu verstehen. Es wird wieder gut.* Er atmete tief durch und lauschte dabei dem Knistern der Bettdecke. Er würde auch heute wieder nicht die Kraft aufbringen, sein Bett zu verlassen. Eine quälende Müdigkeit, die ihn lähmte. Wie viele Tage schon? Er versuchte, sich zu erinnern. Die Rückkehr in die Dunkelheit, die sich über die Ereignisse gelegt hatte. Sie hüllte den Schrecken wohltuend ein. Die Angst, dass Borngässer sich an Klara und ihrer Tochter Laura hätte vergreifen können. Die Panik in diesem Moment, die ihn auch jetzt wieder zittern ließ. Die Kälte kroch seinen Rücken hinauf und brachte die Fragen mit, die er sich in den langen Nächten alleine schon so oft gestellt hatte. Viele Fragen und keine Antworten. Erklärungsversuche, die doch so abwegig und wirr erschienen, wenn man nicht nur der Beobachter war, sondern das Ziel eines Verrückten.

Er konnte ihn jetzt noch lachen hören. Joachim, der schwitzend neben ihm im Feuerwehrauto saß. Zwei Personen in einem Körper. Der Junggeselle, ein Kumpel-Typ, der bei den Kollegen der Feuerwehr beliebt gewesen war und auch als Nebenerwerbswinzer akzeptiert wurde. Von Klara hatte er nie loslassen können. Die große enttäuschte Liebe. Verlassen, weil sie sich für einen anderen entschieden hatte, einen älteren Mann – für ihn, Paul Kendzierski. Über die Jahre hatte Borngässer sie beobachtet, still verfolgt, ihr aufgelauert, um ihr unbemerkt nahe zu sein, sie sehen, hören und riechen zu können.

Parallel dazu hatte sich der Hass aufgetürmt. Wie in einem zweiten Menschen loderte er auf und wuchs sich nach dem ersten Mord an der Blonden zum Feuersturm aus. Nicht mehr zur bremsen von diesem Moment an, den ein Zufall herbeigeführt hatte. Selbst die Kripo und ihre Psychologen hatten noch keine Erklärung dafür, warum er ihr gerade an diesem Tag gefolgt war. Ihre Schreie, das Tränengas, das sie sich in der Panik selbst ins Gesicht gesprüht hatte, ein Gefühl der Macht und Überlegenheit, das er in diesem Moment gespürt haben musste. Das Ventil für den über die Jahre aufgestauten Hass auf die Frauen, die sich mit älteren Männern einließen. Bilder, die seinen Schmerz anfachten.

Der erste Mord war eine Erlösung. Die Erlösung dauerte aber nur einen Moment. Der notdürftig aufgeschichtete Damm war gebrochen. Absehbar, dass Borngässer wieder zuschlagen musste bei der nächsten sich bietenden Gelegenheit. Das gleiche Muster, die Rothaarige im Wagen ihres Liebhabers. Der Streit, ihre Flucht, die ihr zum Verhängnis wurde, weil er im Schutz der Rebzeilen bereits wartete. Die Klamotten, die er neben dem Altkleidercontainer gefunden hatte und mit denen er die zweite Leiche bedeckte. Eine fixe Idee, um Kendzierski Schaden zuzufügen und Klara zu lösen. Im rechten Moment an ihrer Tür und zurück in ihrem Leben, als das bisherige in Schutt und Asche zu fallen schien. Halt im Chaos und er dort, wo er hinwollte: an ihrer Seite. Vereint im Unglück, dessen Urheber er eigentlich war und das er glaubte, beherrschen zu können.

Breivogel von der Kripo hatte versucht, Kendzierski zu beruhigen. Klara sei zu jedem Moment sicher gewesen. Borngässer hätte ihr kein Haar gekrümmt. Sie nicht angerührt.

Schwer vorstellbar, dass der zweifache Mörder diese Grenze einhielt.

Kendzierski stöhnte und zog sich die Decke über den Kopf. Er wollte zurück in die Dunkelheit, die ihn das alles vergessen ließ, die sie ausradierte, diese Tage in der Stauhitze des Teufelspfads. Er sehnte sich in diesem Moment nach nichts mehr als einer Berührung, einem Wort von ihr.

Bitte Klara, komm zurück!

Andreas Wagner,
Jg. 1974, ist als Winzer Quereinsteiger: Der promovierte Historiker führt das von den Eltern übernommene Weingut in Essenheim seit 2002 zusammen mit seinen beiden Brüdern. Er ist verheiratet und hat vier Kinder. Mehr zum Autor unter www.wagner-wein.de

Pressestimmen:
Alle drei Romane bieten spannende und unterhaltsame Lektüre, mit gut charakterisierten und sehr witzigen Personen – etwa dem Bürgermeister Erbes, dem Winzer Bach oder dem alten Wirt und Weinbeißer Grass.
Eine gelungene Cuvée von Weinkunde und Kriminalgeschichte, geschrieben mit Sachverstand und der Erfahrung harter Arbeit im Weinberg.
(Ulrike Steinheider, STERN Nr. 13 / 2010)

Die Etiketten für Wagners Bücher sind schnell zur Hand: Weinkrimi und Regionalkrimi. Das klingt nach bieder erzählten Geschichten mit reichlich Lokalkolorit, nach Fachsimpelei mit Blick auf sonnenbeschienene Reben. Ein wenig bedient Wagner tatsächlich diese Klischees, doch im Kern sind seine Krimis entschieden mehr, das beweist auch „Hochzeitswein".
Dieser Autor erzählt anders als seine Kollegen. Er wählt ungewöhnliche Perspektiven, um gängige Krimiplots zu vermeiden. So gibt es keine langen dialogischen Verhörpassagen. Der Autor geht lieber in den inneren Monolog. Ein Verdächtiger lässt das Gespräch mit dem Kommissar Revue passieren. Gefühle und Ängste kommen zur Sprache.